俺にトラウマを与えた女子達がチラチラ見てくるけど、残念ですが手遅れです

The girls who traumatized me keep glancing at me, but alas, it's too late.

1
first volume

御堂 ユラギ
イラスト：緜

友人
神代《かみしろ》汐里《しおり》
幼馴染
硯川《すずりかわ》灯凪《ひなぎ》
姉
九重《ここのえ》悠璃《ゆうり》

母
九重《ここのえ》桜花《おうか》
ご近所さん
氷見山《ひみやま》美咲《みさき》
俺
九重《ここのえ》雪兎《ゆきと》

「貴女はなんなの？
雪兎に何をしたの？」

「硯川さんこそ、ユキとどういう関係なんですか？」
イケメン
巳《み》芳《ほう》光《こう》喜《き》

「今日ね、楽しかったよ。
中学の頃に戻ったみたいだった。
一緒にいられて嬉しかった」

The girls who traumatized me keep glancing at me, but alas, it's too late.

1

俺にトラウマを与えた女子達がチラチラ見てくるけど、残念ですが手遅れです 1

御堂ユラギ

OVERLAP

イラスト／緜

プロローグ

The girls who traumatized me keep glancing at me, but alas, it's too late.

「私、先輩と付き合うことにしたから」

黄昏《たそがれ》に染まる空が彼女を紅《あか》く彩る。彼女は逡巡《しゅんじゅん》しながらもハッキリとそう口にした。その緋色《ひいろ》に照らされた瞳に映し出されている感情がなんなのか読み取ることもできないまま、ただ言葉だけが現実をかたどっていく。

幼馴染《おさななじみ》から聞かされたその言葉で、全ては勘違いだと悟ってしまった。

硯川灯凪《すずりかわひなぎ》。幼稚園の頃から仲の良かった幼馴染。

どうしてそれを俺に伝えようと思ったのか。幼馴染としての義務だと考えているのかもしれない。いや、違う。これは彼女なりの警告だ。いつまでも付き纏《まと》うなと。

俺に彼女の考えは分からない。いつだって誰の考えも理解できない。

だからかな。いつからか、彼女が俺にかける言葉は辛辣なものになっていた。

こんな関係になりたかったわけじゃない。

俺達《たち》の間に、幼馴染にありがちな神話めいた夢物語など存在しない。

小さい頃の約束なんて、仮にそんなものがあったとしても、それはほんの些細《ささい》な気の迷いで、泡沫《うたかた》の如《ごと》く消えてしまう。

ただ彼女は俺にとってずっと特別な存在だった。

辛《つら》い環境の中で耐えられたのは間違いなく彼女のおかげだ。

最近ではギクシャクすることも多かったが、それでもずっと一緒に仲良くしてきたと、そう思っていた。少なくとも俺はそのつもりで今日まで過ごしてきたんだ。

中学生になると、灯凪はどんどん美人になっていった。

化粧を覚え、お洒落《しやれ》に気を使うようになり、社交的で明るい彼女は人気者だった。

そんな灯凪の背中を見ながら、俺は幼馴染という関係から一歩踏み出そうと中学二年生の今年、決意した。

毎年二人で一緒に行っていた夏祭りで告白するつもりだった。

灯凪とは両想《りようおも》いだと思っていた。

きっと、告白を受け入れてくれるだろうと烏滸《おこ》がましくも錯覚していた。

だが、そんな甘い見通しは脆《もろ》くも崩れ去る。ただの己惚《うぬぼ》れにすぎなかった。

彼女が俺に向けてくれている感情が「好意」なのだと勘違いしていた。

「好き」になってくれる人がいるのだと嬉《うれ》しかった。

あぁ、なんだそれは「好意」じゃなかったのか――。

ストンと、何かが自分の中に落ちた。彼女の言葉に俺自身が納得してしまう。

いつかこんな日が来ることを、内心悟っていたのかもしれない。

暗い影が心に差す。彼女に向けられていた感情。

それは、好意ではなく、言うなれば同情、それとも憐憫《れんびん》か。

自分はただの幼馴染でしかないのだと突き付けられてしまった。

「ふん、アンタとの腐れ縁も終わりかしら。今年の夏はいつもみたいに付き合えないかもね」

「そうなんだ、おめでとう」

失恋したばかりの相手に幼馴染は残酷に言葉を重ねていく。

傷口に塩を塗り込むように、まるで見せつけるように。それが腹立たしくもあった。彼氏ができれば俺と一緒になんていられない。いたくもないだろう。

俺は彼女に何を言えば良いのか、真っ白になっている頭では何も考えられない。

だからだろう。口から零《こぼ》れたのは素直な祝福だった。この今俺が抱えている醜い感情を覆い隠すような言葉。灯凪の顔が一瞬、怒りに染まる。

「――――ッ！　先輩はアンタと違って頼りがいあるし、格好良いし、告白されて良かったわ！」

灯凪が先輩と呼んでいる人は、一週間前に灯凪に告白していたサッカー部の三年生だ。

灯凪は俺と違ってモテる。良く告白もされていたが、それでも今まで一度も告白を受け入れたことはなかったはずだ。そんな灯凪に俺は安心していたのかもしれない。俺の傍《そば》から離れることはないと、都合の良い幻想に浸っていた。

けれど、わざわざ俺と比較して晒《さら》さなくても良いのに。

いつからこんなに嫌われていたんだろう。確かに俺では灯凪とは釣り合わない。

彼女にとって俺は、幼馴染というポジションに居座るだけの疎ましい存在になっていたのかもしれない。

そうだ、分かっていたはずじゃないか。俺は邪魔で不要な存在なのだと。

いつだって、誰もがそう教えてくれていたじゃないか。そんなことは俺が一番分かっていたはずなのに。どうして、どうして期待を抱いてしまったんだろう。

告白しようと昂《たかぶ》っていた気持ちのやり場が失われてしまった。

これまで抱え込んでいた感情はどんどん膨らみ、擦り切れるような日々を過ごしていた。それも今日で終わりなのだと思うと、解放感と寂しさの両方が襲ってくる。

膨れ上がった風船のように張り詰めていた気持ちがパンと弾《はじ》け飛んで萎《しぼ》んでいく。これはケジメだ。どうせ届かぬ想いなら、最後に彼女に伝えるのも良いかもしれない。俺の本心を。伝えるはずだった想いを。

「灯凪、俺は今年の夏祭りの日に君に告白するつもりだった」

「……え？」

去年のあの日から答えは出ていた。彼女が俺の手を拒絶した日から、本当は分かっていた。

それなのに、気づかないフリをして、目を背け、誤魔化し、幼馴染という関係に甘えてきた結果でしかない。

「ずっと君が好きだった。君だけを見ていた。どんどん綺麗《きれい》になる君が誇らしかった。だから今年こそ踏み出したかった。遅かったのか、それとも最初から相手にされてなかったのか分からないけど」

「うそ……嘘《うそ》……よね……？　じゃあ、私は何の為《ため》に……」

灯凪が動揺している。瞳が真意を探るように揺れていた。気持ち悪いとそう感じているのだろう。俺からそんな目で見られていた事に対する不快感と嫌悪感。

「君の向けてくれている感情が好意だと思っていた。俺達は両想いなんだと勝手に勘違いして己惚れていた。そんなこと、あるはずないのに」

「ち、違うの！　私も――」

「俺達の気持ちは違っていたんだ」

何処《どこ》からすれ違っていたのか、今ではもう分からない。ずっとすれ違っていたのか、或《あ》いは何処かで違えたのか、ただ今更それを考えたところで意味はない。

「なんで……そんなの私だって――!?」

「悪いな。これで終わりなら、最後に気持ちだけでも伝えておきたかったんだ。君にとっては迷惑だろうが許してくれ」

「さ、最後って……なに……？　やめて……何を言おうとしているの!?」

灯凪は顔面蒼白《そうはく》になっていた。血の気を失っている。

「さようなら、灯凪。幼馴染は今日で解消しよう。先輩とお幸せに――」

遊具が茜色《あかねいろ》に染まっていた。昔、良く一緒に遊んでいたその公園が別れの場所になるなんて皮肉なものだと自嘲する。砂場で一緒にお城を作った。日が沈むまで走り回った。強固な絆《きずな》を感じていたんだ。

でも、俺達の関係はそんな砂上の楼閣のように脆くて、あっさりと崩れ去る。

だが、これでいい。気持ちを伝えてしまえば、幼馴染のままこれまでのように振舞うのは無理だ。それでもその覚悟を持って告白するつもりだった。

でも、その必要もなくなった。もうこの場にいたくない。

ただ消えたかった。あの日のように。誰の前からも。俺は家に向かって走り出す。

「ま、待って！　雪兎《ゆきと》、お願い待って話を……——！」

人の感情は難しい。どうして俺はこんなにも愚かなのか。

灯凪が向けてくれていた感情が「好意」でなかったとするなら、俺はもう一生「好意」というものを理解できないのかもしれない。

——こうして少年は、また一つ壊れた。

第一章「手遅れな彼」

The girls who traumatized me keep glancing at me, but alas, it's too late.

逍遥《しょうよう》高等学校。一年B組。それが俺のクラスだ。

高校に入学したばかりの一年生にとって、新しいクラスでの自己紹介というのは今後を左右する重要なイベントと言える。無難に済ませるのか、華々しく高校デビューを飾るのか、同じクラスになったクラスメイト達の「こいつは味方なのか敵なのか」という剣呑《けんのん》な視線がビシビシと突き刺さっていた。

だが、心配は要らない。俺は人畜無害の陰キャだから！

既にスクールカーストの選定は始まっている。ここで一発ウケを狙ってみたいが、そんなリスクを背負うつもりはさらさらない。無難にやり過ごすことで、存在感の薄い人という鉄壁アピールをかますべく完璧なプランを立てていた。

そんなことは重々分かっていたのだが、それでも俺の口から飛び出したのは、正反対の言葉だった。

「今日までお世話になりました。学校辞めます」

つい衝動的に口走ってしまった。空気が凍り付き一様にドン引きしている。

しょうがないよね。俺だってそう思うもん。

振り向くと、担任の藤代《ふじしろ》小百合《さゆり》先生も顔を引き攣《つ》らせていた。

今年初めて担任を任されたばかりだけあって、教師というには随分若い。
「お、おいどうしたんだ？　何か悩みでもあるなら聞くが？」
なにこの先生、良い人すぎない？　言葉遣いはぶっきらぼうだが、本当に心配している
であろうことが表情から伝わってくる。
素晴らしい担任に出会えた奇跡に感謝するしかない。
「いえ、すみません。ちょっとどうしようもない世界の理不尽さを体感して衝動的に言っ
てしまっただけで他意はありません」
「それで心配するなっていうのは無理があると思うが……」
なんでこのクラスにアイツ等《ら》がいるんだよ！
できれば顔を合わせたくなかったが、悪戯《いたずら》な神の巡り合わせとしか思えない。
俺は現実が受け入れられず、何度も何度もクラス名簿を確認した。
その結果、目の前が真っ暗になり所持金が半分になった。ぼったくりすぎだろ。
憂鬱の一言だ。いきなりこのような暴挙に出てしまった理由は当然あるが、それをこの
場で口にするわけにもいかない。
「九重《ここのえ》雪兎です。このクラスでは陰キャぼっちを目指しています。今後は主に寝たフリを
して過ごそうと思っているので、できる限り関わらず空気のような存在だと認識してくれ
ると嬉しい。因《ちな》みに俺は大らかなので「なにあれ感じ悪いー」的な陰口を叩《たた》かれても全く
気にしません。存分に言ってください。ま、俺みたいな陰キャに話しかける奴《やつ》なんていな

いか！　あはははは」

真顔で笑ってみる。クラスメイト達《たち》は既に俺から目を逸《そ》らしていた。

俺の一分の隙も無い見事なアピールによって言わんとしていることは十二分に伝わっているようだ。物分かりが良いことは人生を生き抜く秘訣《ひけつ》でもある。

「おい、入学早々一年を棒に振るようなこと言うなよ！」

「大丈夫ですよ先生」

「な、何がだ？」

「俺は既に人生を棒に振っているので」

「なんなんだよお前は!?　なんか妙にリアルっぽくて怖いんだよ！」

さりげない関わるなアピール。本当だったらクラスメイト達と一緒にキャッキャウフフな楽しいスクールライフを送る未来もあっただろうが、その目論見《もくろみ》が一瞬で破綻した今、俺に残されているのは陰キャとして、貝のように大人しくしていることだけだ。来年から本気出す。多分。

「とりあえず九重、お前が問題児だと言うことは理解した」

小百合先生のとんでもない発言に憤慨してしまう。

「品行方正な俺の何処が問題児なんですか！　俺と先生の仲じゃないですか」

「お前との仲なんて一時間もねーよ！」

「さっき、あんなに優しい言葉を掛けてくれたのに！」

「彼氏面すんな！　あと真顔すぎて恐《こわ》いんだけど!?」

「俺、先生だったらオーケーですから」

「私もギリギリ許容範囲内だよクソ！」

――ハッ！　思わず先生と茶番を繰り広げてしまった。

こんなことをしている場合ではない。目立つことは俺の本意ではないのだ。

無駄に傷を負って席に戻ると、隣の席に座っている爽やかイケメンがゲラゲラ爆笑していた。顔面から光が照射されている。

見るからにクラスの中心的ポジションになりそうな奴だが、誰コイツ？

「アハハハ！　お前、面白いな！」

「目玉付いてんのか。どう見ても無難な挨拶だっただろ」

「……無難？　それにしても、お前がいるなら、この一年楽しくなりそうだ」

俺の中でのファーストインプレッションは主人公属性のウザい奴に決定した。

他のクラスメイト達が自己紹介を進める中、スマホのアプリゲームを起動すると、朝、コンビニで買ってきたばかりのコードを読み込んで早速課金に勤《いそ》しむ。百連引いて爆死とかありえないだろ。三％は何％なんだよ！

「雪兎、連絡先交換しようぜ？」

スクールカースト選定の儀式が終わると、ガチャを回していた俺に隣の爽やかイケメンが話しかけてきた。眩《まぶ》しい。

いきなり下の名前で呼びかけてくるというイケメンにしか許されないムーブをいともたやすくやってのける。これが同じ種族だと言うのは納得いかない。

「藪《やぶ》から棒に攻めてきたな田中」

「ちげーよ！　俺は巳芳光喜《みほうこうき》。さっき自己紹介しただろ？」

「悪いが、一つも聞いてなくてな」

「マジでお前何しに来てるんだ。初日から飛ばしすぎだろ……」

俺はガチで何も聞いていなかったのだが、巳芳と名乗った爽やかイケメンが何故《なぜ》話しかけてきたのか気にならないこともない。

「だいたい俺の話聞いてたか？　俺みたいな陰キャ中の陰キャ、キングオブ陰キャに話しかけてどうする？　俺はこのクラスのスクールカースト最底辺を舐《な》めるように這《は》って生きていくつもりだ」

「お前の何処が陰キャなのか全く分からないが、どう見ても一番目立ってたぞ。お前より面白い奴の記憶がない。まぁいい。俺と友達になろうぜ？」

何を言ってるんだコイツは？　俺のパーフェクトアピールを聞いてなお、友達になろうなどと言ってくるとは、何かしら思惑があるに違いない。

とりあえず目の前の爽やかイケメンを凝視してみる。そして俺は気づいた。

ははーん、なるほど。さてはコイツ俺を引き立て役にするつもりだな？

こいつは俺という陰キャを隣に置くことで、爽やかイケメンという主人公属性の自分を最大限引き立てるつもりなのだ。そう、俺はモブである。

「巳芳、なんて悪辣な奴。だが、何を考えているのか分からない奴より打算で声を掛けてくる奴の方が付き合い易《やす》いかもしれない」

「ボロクソに言われている気がするが、絶対に何か勘違いしてるだろ？」

「で、友達って何するんだ？　金払えば良いのか？」

「いきなり不安になるようなこと言うなよ！　お前の過去に何があるんだよ！」

「こんなことで俺の陰キャぼっち計画が破綻してしまうとはな……」

「言っとくけど、恐らく第一印象は完全にヤバい奴だからな」

「まぁ、問題ない。よろしくな光喜」

「お、おう。急に素に戻るのな。どんなメンタルなんだよ。……ま、それはいいか。とりあえずこれからよろしくな！」

突如イケメンスマイルがフラッシュされ目が潰れそうになる。思わず魂が浄化されかけるが、少なくとも良い奴っぽいので心の中で印象を微修正しておいた。

「ところで雪兎、お前放課後どうする？」

「は？　何かあるのか？」

「えっとね、折角同じクラスになったんだし、行ける人達で親睦会やろうと思ってるんだけど、カラオケ、九重君も来ない？」

光喜と話していると、後ろから女子が話しかけてきた。

ふわっとした栗色《くりいろ》のボブカットが似合っている。こんな早々にクラスメイトで集まるイベントを企画するなど、如何《いか》にもコミュ強と言わんばかりだ。

これはまさしく陽キャ中の陽キャ。俺の対極にいるライバルといっても過言ではない。ヘビとマングース。いずれ決着をつけなければならない相手。要注意だ。

「陽キャキングか。いや、女子だからクイーンか。エリザベスと呼んでいいかな？」

「私、桜井香奈《さくらいかな》って言うんだけど、なんでエリザベスなの!?」

「相容《あいい》れぬ者同士か……。でも、良く俺を誘う気になったね？」

「巳芳君と話しているの見てたら、そんなに悪そうな感じもしなかったし」

視線を向けると、話しかけてきたエリザベスの後方に複数のクラスメイト達が集まっていた。参加するメンバーだろうか。その顔ぶれをサッと見渡して俺は決めた。

ありえない、地獄じゃないか。魔界に存在する村のように殺意に満ちている。

「ごめん、桜井さん。今日は俺これから用事があって行けないんだ。誘ってくれてありがとう。俺の分まで楽しんできて」

「そっか、残念だけどしょうがないね！　また誘うね！」

「うん、楽しみにしてる。じゃあ――」

まだまだそれぞれが顔色を窺《うかが》っているおっかなビックリな教室から抜け出す。

用事があるというのは本当だった。今日は母さんの帰宅が遅れるらしいので夕飯の用意をしなければならない。

だが、なによりも、俺は彼女達と一緒にいたくなかった。

「いやいやいや、九重君、アレで陰キャ……？」

教室から流れるように出ていった九重雪兎《ゆきと》の背中を見つめながら、あまりにもチグハグなその印象に桜井香奈は頭を抱えていた。

「今の台詞《せりふ》がサラッと言える人も珍しい気がするんだけど……」

「しかし、雪兎ってあんなんだったか？　全く何があったんだか──」

巳芳光喜もその背中を目で追っていた。正直、期待なんてしていなかった。

全くの偶然。物足りない日々。つまらない学園生活になるかと思ったが、どうやら杞憂《きゆう》に終わりそうだ。思いがけず再会することになったアイツは大きく変わっていたが、その変化は完全に斜め上だった。

いったいこれまで何があったのか気になるが、それでも今は期待の方が大きい。

「じゃあ、行くとするか」

こうしてクラスメイト達による親睦会が始まるのだが、まさかそれが波乱を起こすことになろうとは、まだ誰も知らなかった。

◆

カラオケに集まったのは十二人。実にクラスの三分の一が参加していることになるが、巳芳と桜井が音頭を取ってクラスメイト全員に声を掛けた甲斐《かい》もあり、特定のメンバーやグループで固まるということもなく参加者のバランスは取れている。

カラオケに向かった一同は、二部屋取り、思い思いに交流を楽しんでいた。

「ってかさー、九重ちゃんのアレなんだったの？」

「そうそう、聞きたかったのに来れなくて残念だよ」

歌も程々に会話も弾む中、一時間ほど経過し互いの警戒心も徐々に薄れてきた頃、おもむろに九重雪兎の話題になる。

ギャルめいた風貌の峯田美紀《みねだみき》と桜井の会話に、中学の頃サッカー部でエースだったという高橋一成《たかはしかずなり》と巳芳も交ざる。

「絶対危ない奴だって。いきなり自己紹介で退学宣言とかありえないでしょ」

「心配ないって一成。雪兎は面白い奴だよ」

「巳芳っち、やたら九重ちゃんのこと好きだけど、なにかあるの？」

「ちょっと昔、色々とあってな」

「え、知り合い？」

「いや、あっちは憶《おぼ》えてないだろうし、俺も直接会話したのは今日が初めてだ。でも、アイツが凄《すご》い奴なのは知ってる」

「巳芳君ってスポーツ万能だよね？　その巳芳君がそう言うってことは九重君って運動で

きる人？」

巳芳光喜がスポーツ万能であることは既に多くのクラスメイト達に知られていた。入学早々、わざわざ教室まで先輩達が部活の勧誘に来るほどだ。

まだ体育の授業が行われたわけではないが、それでも感じ取れるものもある。

「――もしかして、巳芳君、中学時代バスケやってた？」

ふいに別の方向から声が割り込む。

その声の主《ぬし》は神代汐里《かみしろしおり》だった。

長い髪をポニーテールにまとめ、女子としては高い百七十センチを超える身長。制服の上からでもその大きな胸部が存在感を発揮している。

「あれ、俺のこと知ってるの？」

「そういうわけじゃないんだけど、ユキのことを知ってるってことは、もしかしてと思って」

「あー、そうだな。ひょっとして神代もバスケ？」

「うん。私はユキと同じ中学だったの。私も女バスやってたから……」

「へー、そうなんだ。もしかして雪兎があのとき出てこなかった理由、知ってたりする？」

「――ごめん、話せない」

「……そっか」

何かしら含みのある会話を繰り広げる二人を興味深そうに桜井達は見ていた。

「神代さんって九重《ここのえ》君と仲良かったの？」

「……逆かな。私はユキに嫌われているから」

「なになに？　神代ちゃんどういうこと？」

伏し目がちに話す神代からはこれまで見せていた快活な雰囲気は霧散していた。

神代汐里と会話したことがある者達《たち》からすれば、それは違和感を持つ姿だ。

「ユキが今日来なかったのは、きっと私のせいだから――」

「違うわ。雪兎が来なかったのは、私がいるからよ――」

鋭さを持った声が、その場の空気を引き裂いた。

「ん？」

「え？」

全く同じ内容の言葉を伴って突然現れた乱入者は硯川《すずりかわ》灯凪《ひなぎ》だった。

クラスでも神代と並ぶ双璧として早くもその地位を確立しつつある。

どういうわけか、彼女もまた普段の雰囲気とは一変し暗い影を落としていた。

「二人共、九重君と知り合いなの？」

「なんだよ先に教えてくれよ。アイツどんな奴《やつ》なんだ？」

高橋の問いかけが聞こえていないのか、二人は互いに視線をぶつけ合う。

「ごめん、神代さん。ちょっと良く分からなかったんだけど、貴女《あなた》のせいってどういう意味？」

「硯川さんこそ、ユキとどういう関係なんですか?」

親睦会とは到底思えないような剣呑《けんのん》な雰囲気が周囲を包み込む。

(ね、ねぇ! なにこれ何で急に修羅場が始まってるの!?)

(わかんないよ! あの二人と九重ちゃん知り合いっぽいけど、訳あり?)

コソコソとあちこちでひそひそ話が行われるが、二人は気にした様子もない。

「雪兎、お前なにやらかしたんだよ……」

一人爆笑している巳芳を尻目に、親睦会は突如ギスギスし始めていた。


九重雪兎は中学の頃バスケ部に所属していた。男子も女子も部活は体育館を使うこともあり、同じ部活同士交流もある。といっても全員を知っているわけではない。

一年の頃は、九重雪兎のことなど全く知らなかった。

私、神代汐里が彼に興味を持つようになったのは二年の夏からだった。

彼に何があったのか分からない。いつからそうだったのかも知らない。

けれど、ちょうどそれくらいの時期から、彼はメキメキとバスケの実力を伸ばしていった。それは決して才能とかそういうものじゃない。そんな言葉で片付けるのは彼の努力を否定することになる。

彼は誰よりも練習したから上手《うま》くなった。きっとそれだけのことだから。

九重雪兎はバスケにのめり込んでいった。まるで何かを振り払うかのように打ち込んでいた。放課後も残ってずっと彼だけが練習していた。

夏休み、彼一人だけが練習していることもあった。学校だけじゃない。公園に設置されている野外コートで練習している姿も見かけたことがある。

女子の中でもとりわけ背が高い私はパワーフォワードを担当していた。

その頃、あまり部活に熱心じゃなかった。大会で上位を目指せる程チームが強いわけでもない。もともとそこまで運動部に力を入れている学校でもなく、男子も女子もチームメンバーは程々に部活を楽しんでいた。

でも、彼だけは違った。彼だけは取り憑《つ》かれたように一人ボールを持ち続け、リングに向かってシュートを打ち続けていた。

何かに駆り立てられるように、何かを忘れようとするかのように。

そんな姿に喚起されたのだろうか、いつしか男子の部活にはこれまでにはなかった熱気と真剣さが含まれるようになっていた。彼もポイントガードとしてトップクラスの選手になっていた。そんな彼がいれば大会で上を目指せるかもしれないという期待感が、いつしかバスケ部を変えていた。

――すごい、と思った。

とても素直な賞賛。姿勢だけで誰かに影響を与えられる凄い人。

中途半端な私なんかとは違う。羨ましくて、眩《まぶ》しくて、その背中をいつまでも見ていたいと思う反面、自らを顧みない危うさが心配で、彼から目が離せなくなり、いつしか私は九重雪兎に話しかけるようになっていた。

しばらくして、私は彼をユキと呼ぶほど親しくなり会話も増えていった。

部活以外の場所でも気軽に会話するようになっていた。

それは、これまであまり異性の友達がいなかった私にはとても楽しい時間だった。彼はとても優しく懐が深くて、同級生とは思えないくらい達観していた。

話しているだけで安心できる大切な人。

今ならハッキリと分かる。このときにはもう私は惹《ひ》かれていたんだ。

でも、そのときの私は、まだその気持ちを素直に認められるほど大人じゃなかった。

初めての感情を整理できず、持て余し、曖昧な気持ちのまま彼に声を掛け、そのままの感情を彼に告げた。

そして自分の感情から目を背けた結果、あんなことをしてしまった。

今から思えばそれが全ての失敗だった。最初から彼に近づかなければ良かった。

その背中を遠くから眺めているだけで満足するべきだったんだ。

結局、私は彼を最低な形で裏切り、傷つけ、そして、全てを奪ってしまった——。


「……私は雪兎の幼馴染《おさなな》《じみ》よ」

この場に似つかわしくない静寂の中、硯川が告げる。

「もしかして、ユキが変わったのは硯川さんが原因ですか？」

「そうね。でも、貴女はなんなの？　貴女は雪兎に何をしたの？　言いなさい！」

「わ、私は――」

「ストップ、ストップ！」

深刻そうにやり合う二人を見かねた桜井《さくらい》が仲裁に入る。

「今日は親睦会だから！　ね？　二人共仲良くやろ？」

「はぁ。私は帰るわ」

「雰囲気悪くしてごめんね桜井さん。私もあっちの部屋に行くね？」

去っていく二人を尻目に部屋の中には居た堪《たま》れない空気が漂う。

「こ、この空気どうしよう？」

「ほら、一成。何か歌え」

「え、俺に振るのかよ!?」

「九重ちゃんの話は今度本人に詳しく聞くってことで」

「あの雰囲気だと絶対ロクなことにならないよぉ……」

いったい三人に何があったのか、突如勃発した二大美女の修羅場にカラオケを楽しむ気分でもなく、すっかり気もそぞろなクラスメイト達だった。

第二章「姉模様、母模様」

The girls who traumatized me keep glancing at me, but alas, it's too late.

早速で悪いが、俺は家に帰って早々に事情聴取を受けている。九重雪兎《ゆきと》容疑者。

「アンタ、なんであんなこと言ったの？」

今日も今日とて食卓は謎の緊張感に包まれているが、いつも以上に目つきが怖い。被告人である俺の目の前に座っているのは、姉の九重悠璃《ゆうり》さん。

すこぶる機嫌が悪い。裁判なしで実刑判決が出そうなんだけど、誰かなんとかしてくれない？　俺には無理です。

「皆目見当が付かないのですが……」

姉は正直言って肉親の目から見ても母さん似の美人だった。

もう完全に女神。腰まで届く黒髪は美しく、目鼻立ちはハッキリ整っていて清楚《せいそ》な美人としか言いようがない。キツ目の眼差《まなざ》しも雰囲気とマッチしている。

とりあえず一日三回は拝んどこう。ＳＳＲ姉を引いた俺は幸運だが、きっと前世の俺が徳を積みまくったに違いない。今世の俺ではないことだけは確かだ。

歳《とし》は一つ上で同じ逍遥《しょうよう》高校に通う二年生。聞けば次期生徒会長と名高いらしく、その美貌と相まって学園でも屈指の有名人だとかなんとか（詳しくは良く知らない）。俺のような不出来な弟からすれば自慢の姉だが、そもそも高校では格差がありすぎて、姉弟として認識されていないのが辛《つら》い。むしろ朗報かも？

母さんといい姉さんといい俺と同じ血族とは到底思えない。

昔、純粋に疑問に思って『九重雪兎、橋の下で拾った説』を母さんに提唱してギャン泣きされて以来、俺の中でこの話題は触れてはいけないタブーになっていた。

「アンタさ、友達できた？」

姉さんに話しかけられると後光が眩しく、悲しいかな緊張してしまう。

大きな瞳で正面から見つめられ直視できず思わず目を逸《そ》らす。なにかこう見えないオーラが迸《ほとばし》ってるんだよね。アレだよアレ。スピリチュアル。

だいたい姉さんは家で胸元の緩めなサイズの大きいTシャツにショートパンツといったラフな格好で過ごしているだけに目のやり場に困るのも原因だった。

「……友達……友達……とは……？」

「そこに疑問を持つのは怖いから止《や》めてよ」

出来損ないの弟が、まともに高校生活を送れているのか気になるのだろうか。

姉さんの優しさは三千世界に轟《とどろ》いているが、俺の評判が悪ければ、姉さんにも影響するかもしれない。やべー、これからは気を付けないと。

「巳芳《みほう》とかいうの、友達じゃないの？」

「悠璃さん、巳芳を知ってるんですか？」

姉の口から突如飛び出した爽やかイケメンの名前に思わず面食らう。

そんなにアイツ有名人なの？　確かに顔も性格も良い。

もしかして、姉さんは年下が好きなのかもしれない。遂《つい》に姉さんにも春が！

「ひょっとして、好み――とか？」

「は？」

思わず視線で射殺《いころ》されそうになる。今すぐにも有罪判決が飛び出しそうなくらい冷たい目だった。俯《うつむ》いている頭をそっと上げて顔を盗み見るが、睨《にら》みつけられている。地雷を踏んでしまったらしい。

悠璃のにらみつける！　雪兎のぼうぎょりょくがさがった！

「ななな、なんでもありません！」

動揺しまくりの俺。怒らせたら命はないと本能が警告を発している。

「で、なんであんな挨拶しちゃったわけ？」

「その前に何故《なぜ》筒抜けなんでしょうか……？」

「質問に答えなさい」

「はい」

悲しいかな弟とは姉に対して無力なものである。というか、どうも姉さんの口ぶりからすると、教室での一幕を把握しているようだ。まさか早々にクラスメイトの中にスパイを疑わなければならなくなるとは前途多難すぎるだろ。

「硯川さんと神代《かみしろ》さんのせい？」

「……それはノーコメントで」

「有罪。死刑」

「嘘《うそ》です、いや嘘じゃないです正解です」

司法制度もビックリの恣意的《しいてき》な判決が下された。裁判員制度は助けてくれない。

「あれ？　でも悠璃さんがどうして神代のこと――」

「それくらい把握しているに決まってるでしょ」

なんだと……決まっていたのか！　今世紀最大級の衝撃に愕然《がくぜん》とするがまだ四月だった。

この調子だと先が思いやられる。

まったくもって触れたくない話題だったが、どうやら姉さんは俺のクラスメイトを完璧に把握しているらしい。殆《ほとん》ど名前も憶《おぼ》えていない俺より詳しい。しゅごい……。

もしかしたら、頭の良い姉さんにとっては当たり前のことなのかもしれない。

だが、それにしても姉さんが神代を知っているのは驚きだった。

硯川《すずりかわ》は幼馴染で、姉さんとも面識があるが、神代とは全く接点がないはずだ。

わざわざ二人の名前を出されて、若干心がざわつくのは否めない。

「すみません悠璃さん、勉強してきます」

食べ終わった食器をさっさと片付け、そそくさと逃げるように後にする。

このままでは断頭台に送られかねない。今はこの場にいたくないという衝動の方が勝っていた。

「雪兎、本当に大丈夫なの？　アンタは――」

「いえ、大丈夫です」

姉さんの言葉を遮る。無礼極まりない自分の態度に腹が立つ。申し訳なさに後で姉さんに投げ銭しようと決めて一目散に部屋に向かった。

姉さんは何を言おうとしていたんだろう？　ひょっとして俺のことを心配してくれていたのだろうか。いや、そんなことはあり得ない。

暗い部屋の中、電気もつけずにベッドに倒れ込んだ。

――だって、姉さんは俺のことを嫌っているのだから。


「だいたいなんであの子ばっかり、こんな目に……」

あぁ……もう！　イライラと頭を掻《か》きむしる。高校に入って状況が改善するかと思ったのに、むしろ悪化している。作為めいたクラスメイト達《たち》の顔ぶれが憎らしい。

部屋に向かおうとする弟に何も声を掛けることができない無力さに歯噛《が》みする。無神経に触れられたくない話題を出して怒らせてしまったかもしれない。

どうして私はこんなに不器用で無神経なのか。私のことを周囲はやたらと持ち上げるが、実際の私はこれほどまでに無力だ。弟に何もしてあげられない。

私と弟、そして母さんはこのマンションで一緒に暮らしている。三人家族であり、父と母は遥《はる》か昔に離婚していた。幸いうちは裕福であり、母さんの収入も多く親権で揉《も》めることはなかった。だが、もっと別の深刻な問題を抱え込んでいる。

あの子が入学してくる日を心待ちにしていたのに、これじゃあこれまでと変わらないじゃない！　淡い期待は崩れ去り心配事は増すばかりだ。

弟には明るく楽しい高校生活を送って欲しかった。でも、このままだとそれも叶《かな》わない。言い知れぬ不安が尽きない。弟のクラスメイトを確認したとき表情が曇った。考え得る限り最悪の組み合わせだ。

硯川灯凪《ひなぎ》と神代汐里《しおり》。

弟のことが好きなくせに裏切って捨てた馬鹿な女と、弟の努力を全て台無しにしたクソ女。絶対に許せない。この二人にはもう弟に近づいて欲しくない！

よりにもよって、この二人と同じクラスになるなんて可哀想《かわいそう》。なんとかしてあげることができないかと考えたが、進級してクラス替えが行われるまではどうにもならない。私にできることは何もない。

思わず自嘲してしまう。今更、姉ぶったって、今更心配したってなんだと言うのか。私が二人を嫌いなのは、結局は同族嫌悪だからだ。私は自分が大嫌いだ。その嫌いな自分と同じ二人が嫌いなのも当然だった。

去り際に見た弟の顔を思い出す。私はまた弟を傷つけてしまった。あのときから何も変わっていない。弟が私を見る目は、いつも怯《おび》えている。

私からすぐに目を逸らすのを見れば、雪兎がどう思っているかは一目瞭然だ。

常に私の機嫌を窺《うかが》い、必要であること以外、一切話しかけてこない。

そんなのがまともな姉弟関係のはずがない。しかし、そんな風にしてしまったのは私だ。

時間の経過がわだかまりを解消してくれるのではないかと期待したが、緩和どころか悪化している。目論見《もくろみ》が外れた分、辛い現実がより引き立つだけだった。

あの日から、弟は私を悠璃さんと呼ぶ。一度も姉と呼んだことはない。

そんな私が姉面して弟に何か言うことなどできるはずもなかった。

——だって、私は弟に嫌われているのだから。


「ただいま」

母さん——九重《ここのえ》桜花《おうか》さんが帰宅する。二十時を過ぎていた。

相変わらず忙しいらしい。帰宅がこの時間になることは良くあるが、そういうときはだいたい俺が夕飯を担当している。

姉さんは……あまり家事が得意ではない。天は二物を与えずといったことなのかもしれない。そういうところも逆に魅力になっているので美人は得だよね。

「おかえり」

「あ、うん。ご、ごめんね夕飯作れなくて」

「いや、いいけど」

働いてくれているのにそんなに引け目を感じることもないと思うのだが、母さんは基本的に自分で家事をやりたがる。もっと任せても良いと思う。俺じゃなくて姉さんに。家では自堕落な姉にもっとやらせるべきではないだろうか。

「雪兎は……学校は順調？」

「まぁ、そうかな」

「そうなんだ。良かった」

微妙に気まずい沈黙が訪れる。家族揃《そろ》って妙に学校のことを聞いてくるのは俺が問題を起こしていないか気になるからだろう。現に初日から起こしてしまった。

それだけ信用がないとも言えるが、何かと中学時代はお騒がせしてしまったことから考えても完全に自業自得だった。

「迷惑掛けるようなことはしないよ多分。大人しく過ごすつもりだし」

「そうじゃない、そういうことじゃなくて――」

「夕食作ってあるから良かったら温めて食べて。じゃあ俺は部屋に戻るよ」

「……ぁ……」

部屋に向かおうとするその背中に、母さんの寂しそうな視線が送られていたことを俺は知らない。

◇

「おい、爽やかイケメン。少しくらい顔の出力を抑えろ」

「やっと登校してきたか」

「なんだ、何かあるのか？」

「まぁな。色々と聞きたいことがあるんだが――」

朝、教室に着くなり光喜《こうき》と不毛なやり取りをしていると、誰かが元気よく割り込んでくる。陰キャにとって朝からこのテンションを維持できる陽キャは天敵に他ならない。早くも疲労感に襲われるが、案の定、俺のライバル桜井香奈《さくらいかな》だった。

「おはよー九重君！」

「桜井さんか。おはよう。昨日は行けなくてごめん。どう楽しめた？」

「あはは。最初は和気藹々《わきあいあい》と楽しんでたんだけどねー」

「ん？　何かあったの？」

言葉尻を濁すエリザベスの反応は先程の光喜と似通っていた。思わせぶりな態度、若干言い難《にく》そうに言葉を濁していることから考えれば、どうせ面倒なことだろう。一切、関わりたくないが、そこで俺の灰色の脳細胞が真実に辿《たど》り着く。

ははーん、なるほど。さては修羅場でも発生したな？

ありそうな可能性としては、遊んでいる途中で誰かが爽やかイケメンに告白し、それに危機感を持った他の女子も告白して修羅場が発生したのだろう。それで途中からギクシャクしてしまい今日も引きずっているというわけだ。

あまりの完璧な推理に自画自賛してしまう。まさに令和のホームズ、それがこの俺、九重雪兎《ゆきと》である。これまでモテたことがない、彼女いない歴＝年齢の俺と違い、入学して早々色恋沙汰とは浮かれたものだね。

「あのさ。九重君って、硯川さんと神代さんと知り合いなの？」

「まぁ、知り合いと言えば知り合いだけど」

な、何故エリザベスがその名前を⁉　昨日の姉さんに引き続き二人の名前を出されて困惑してしまう。俺の知らないうちに世間では硯川と神代ブームが起こっているというのか？　ならば、俺にできることはブームを華麗にスルーするーだけだ。

「それって聞いても大丈夫な話？」

「別に何もないって。ただの知り合い。硯川とは昔、家が隣同士で幼馴染《おさななじみ》だっただけ。神代は中学の頃、部活で交流があっただけだから」

「このクラスの二大美女と九重君にそんな繋《つな》がりがあったんだね」

「俺の知らぬ間に早くもそんなカーストカテゴリーができていたとは……」

「いや、でもあの様子はどう見ても、そんな感じじゃ――」

二大美女という地位はバラモンなのかクシャトリアなのか。少なくとも俺と同じ階級ではないはずだ。最高位の位置付けだとすれば俺が話しかけることも恐れ多いが、それならそれでむしろ気が楽なので全く問題ない。

「おら、さっさと席に着け問題児――」

小百合《さゆり》先生が教室に入ってくる。ひとまずこの話題が終わりになり、ホッと一安心するが、え、いつの間に俺、問題児になったの？っていうか、それあだ名!?


ここら辺で改めて言っておこう。

昔から俺はとにかく女運が悪かった。

この歳《とし》にして女難の相を極めし者といっても過言ではない。

母さんからは疎まれているし、姉さんからは嫌われているし、両想《りょうおも》いだと思っていた幼馴染に告白しようと思えば先に彼氏を作られてフラれる。そんな傷心中に嘘告のターゲットにされたりと、とにかくロクな目に遭わない。

他にも攫《さら》われそうになったり、迷子の女の子を助けようと思えば親に通報されるし、小さい頃から散々面倒で厄介なトラブルや不運に巻き込まれ続けた結果、いつしか俺はすっかり感情がぶっ壊れていた。

アレだな。俺はきっと異世界から転生してきたのだ。異世界で勇者として暴虐非道を尽くした結果、復讐《ふくしゅう》に遭い殺されこの世界に転生したのだろう。これだけ女運が悪いということは、その業を背負っているに違いない。

他人と深い関係を結ぶことが苦手だ。それ以前に相手の感情を察することも共感することもできない。傷つきたくないとか、恐《こわ》がっているとかそういうことじゃない。単純にもうその手の感情が理解できないだけなのだ。

今となっては、人と関わることも面倒だと思うようになっているが、一方で、上辺だけ仲良くすることは得意なわけで、それで誰かが困ることはないしね。円滑に生活を送ることができるのであれば、それは俺の処世術と言っても良いだろう。

このクラスにアイツ等《ら》がいることを知った時点で、俺の高校でのミッションは、陰キャとしてクラスメイトとの接触を極力最小限にしつつ洞窟の中で密《ひそ》かに光り輝くヒカリゴケのように地味で平和に過ごすことだったが、思わず自己紹介で運命を嘆いてしまったばかりに、何故《なぜ》か隣の爽やかイケメンに気に入られてしまった。

このままではマズイ！　俺の陰キャぼっち計画が破綻しかかっている。

だが、俺には切り札がある。陰キャと言えばそう——。

「雪兎は部活、何かやるのか？」

ふっふっふっ。待ち望んでいた話題が来てしまったか。罪深き男な俺。

放課後、ダラダラ光喜と雑談していると部活の話題になる。逍遥《しょうよう》高校は特にスポーツが優れているというわけではないが、それなりに運動部は活発だ。といっても、有難いことに全員が何らかの部活に所属しなければならないという規則もない比較的緩やかな校風が魅力だった。

「そういうお前はどうなんだ？」

「色々と運動部に誘われてるんだけどな。考え中だ」

「ッチ！　これだから陽キャは。いいか良く聞け。陰キャな俺に相応《ふさわ》しい部活と言えば一つしかない」

「ユキ！」

このクラスに俺を下の名前で呼ぶ奴《やつ》は現状、隣の爽やかイケメンしかいないはずだが？

と、思い振り返ると、なるべくなら関わり合いになりたくない人物。

「神代《かみしろ》か」

神代の表情がいきなり険しくなる。え、何か気に入らないことでもあった？

女子というのはまるで良く分からない生態をしている。姉さんもいきなり機嫌が悪くなったりするし情緒不安定なのかもしれない。モテない俺に女性の感情の機微を理解しろというのは難しい要求だった。

「名前、呼んでくれないんだね」

「そんな仲じゃないだろ」

「そう……だね……」

いきなり何を言いだすんだコイツは？　女子を馴《な》れ馴れしく呼び捨てなんかできるはずがない。それが許されるのは光喜のようなイケメンだけだ。

「ユキはバスケ部に入るんだよね？　私ね、男バスのマネージャーになろうと思ってるんだ！　だから今度こそ一緒に――」

バスケ。中学時代の三年間、バスケに打ち込んでいたことを思い出して懐かしくなる。

だが、残っているのは嫌な思い出ばかりだ。自分で立てた目標も達成できず、何の成果も出せなかった。ただチームに迷惑を掛けた記憶しかない。前に進む為《ため》に打ち込んだはずが、それすら果たせず停滞していただけだった。

「神代、俺はもうバスケはやらない」

「え？……嘘《うそ》だよね？　だって、あんなに――」

「もう全部終わったんだ。なんのモチベーションもない」

「ずっとバスケやってたじゃん！」

「その結果どうなったのか、お前が一番良く知ってるだろ」

その瞬間、神代の表情がハッキリと歪《ゆが》んだ。今にも泣きそうな目でこちらを見つめている。その視線を逸《そ》らすことなく、真っすぐに受け止める。

「神代、いつまで俺に同情しているつもりだ？」

「違うの！　ごめんなさいユキ！　アレはそんなんじゃなくて――」

「そもそも陰キャな俺がバスケなんてやるわけないだろ。陰キャに相応しいのは古今東西、帰宅部と相場が決まっているからな！ってことで、俺はさっさと帰る。じゃあな。マネージャー頑張れよ」

「――待って！」

呼び止める神代を無視して、玄関へ向かう。ローファーを履きながら、部活に興じる生徒達《たち》を尻目に悠々自適な帰宅部ライフ。これぞ望んでいた青春の姿だ。部活部活で中学時代は放課後全然遊べなかった。青春を浪費していたとも言える。

そういう意味でも高校では帰宅部としてゆるーくスクールライフを楽しむつもりだ。今更ボールを触ってもなんとも思わない。あのとき抱えていた熱気、熱量は全て失われてしまった。もう昔みたいには向き合えないだろう。

「昔みたいに……か……」

昨日のカラオケでの一コマを再び見るかのようだった。教室内がざわついている。今度はクラスメイトの目撃者も多い。渦中の真っただ中だった。

(九重君《ここのえ》、アレで何もないはないでしょ！　昨日の今日でまた修羅場!?)

クラスメイトがチラチラ神代に視線を向けているが、当の本人は唇を噛《か》みしめたまま、教室の入り口を見つめていた。教室内の喧騒《けんそう》にはまるで気づいていない。

「あのさ、神代さん。マネージャーになってくれるの？　俺バスケ部に入ろうと思ってるから嬉《うれ》しいよ」

「ごめん、考えさせて」

「え？」

神代に気があるのだろうか。うっすら笑みを浮かべた伊藤《いとう》が神代に話しかけるが一蹴される。今は明らかに声を掛けるタイミングではなかった。

(プププ……笑っちゃいけないんだけど、ちょっと伊藤君、可哀想《かわいそう》……)

(えぇぇぇ!?　なに、じゃあ神代ちゃんは九重ちゃんの為にマネージャーになろうとしてたってこと？）

「雪兎は帰宅部なのか残念だな。俺も運動は好きだけど部活は中学時代散々やったし、だったらここは俺も帰宅部にしてみるか」

一人、巳芳《みほう》だけが空気を読まず、そんなことを呟《つぶや》いていた。

◇

「何故、神は俺に試練を課そうとするのか……」

俺は茫然自失《ぼうぜんじしつ》で黒板を眺めていた。昨夜、突如環境意識の高まりと共に意識高い系にクラスチェンジした俺は、まずはできる事から始めようと筆記用具のシャープペンシルを全て鉛筆に交換した。プラスチックの削減である。その場ではニヤニヤと悦に入っていたのだが、授業が始まってから気づいてしまった。

これ削ってねぇじゃん。何で誰も鉛筆削り持ってないの？　全く削られていない新品の鉛筆が三本。俺は無力だった。削られていない鉛筆など、買い手の付かない暗号通貨並に価値がない。こんなの転がして遊ぶしか使い道ないよね。

おかげで午前中の授業を一切ノートに取ることができていない。筆記用具を借りれば良いのにと思うじゃん？　でも、陰キャぼっちの俺には難易度が高い。それにシャーペンを借りて使うくらいならそもそも環境意識に目覚めていない。そんなわけで俺はこれから購買に向かわなければならないのだった。

　立ち上がりかけると、誰かに呼び止められる。

「雪兎、お昼一緒に食べない？」

「いやどす」

　思わず京都弁が出てしまったが、俺と京都には何の関係もない。接点ゼロである。昔、一度行ったことがあるが、外国人観光客の声ばかりで「ここは日本か？」と逆に疑問に思ったくらいだった。

　それはどうでもいいが、声の主《ぬし》を確認する必要はない。俺がこの声を聞き間違えるはずがないからだ。それだけ長い時間を一緒に過ごしてきた相手、硯川灯凪《すずりかわひなぎ》。その名前にズキリと鈍い痛みが走る。

「硯川、俺に関わろうとするな」

「な、なんで？　私達クラスメイトでしょ。それに幼馴染じゃない」

「それは昔のことだ。今はもう違う」

「なんでそんなこと言うの？　それは雪兎が勝手に決めてるだけでしょ」

　硯川灯凪。かつて好きだった幼馴染。俺が恥ずかしくも両想いだと勘違いしていた相手。告白しようとして、その前にフラれてしまった哀れな道化が俺だった。

「硯川、他の奴と食べてくれ。俺は彼氏に悪いからいいよ」

「――――ッ！」

ざわり、と教室内に衝撃が走る。しまった！　硯川に彼氏がいることは中学時代は割と知られていて有名だったが、高校ではそうでもない。俺は迂闊《うかつ》にも硯川の個人情報を漏らしてしまったかもしれない。

「こんなことも許してくれないの……？」

「硯川、君の為だ。もし俺だったら自分の彼女が異性と親しくしていたらあまり良い気分はしない。ただのクラスメイトならともかく、それが幼馴染《おさななじみ》だったら尚更《なおさら》だ。君だって彼氏が他の女と仲良くしてたら嫌だろ？」

「だからそれは――――！」

俺が硯川と幼馴染の関係を解消した理由はまさにそれだった。クラスメイトと一緒に食事しているくらいで嫉妬するような狭量な男はいないだろうが、それが異性の幼馴染となると話が変わってくる。

硯川が他の誰かを選んだ時点で俺が一緒にいるわけにはいかない。

異性の幼馴染と距離が近いのを見れば彼氏としては不安になるに決まっている。

それに硯川は本気で彼氏のことが好きだ。付き合ってすぐに、あんなことをしているくらいだ。それだけ仲睦《なかむつ》まじいのだろう。

だとすれば俺にできることは距離を置き、彼女の邪魔にならないよう振舞うだけだ。何故、硯川がそんな簡単なことに気づかないのか分からない。元の関係のままいることなんてできるはずないのに。

「悪いな。それに俺は今から購買なんだ」

昔、好きだったからこそ硯川には幸せになって欲しい。それが素直な気持ちであり、そう願う俺が破局の原因になるわけにはいかない。失恋した哀れな男に居場所はない。俺は硯川に近づいてはいけない存在だ。彼女の隣に立つのは俺じゃない。

それに、じゃあ今はどうなのか。俺は今でも硯川が好きなのだろうか？

多分それを俺が理解する日は――もう来ない。


九重雪兎《ゆきと》の爆弾発言でクラスはざわついていた。

「え、硯川さんって彼氏いるの？」

「やっぱりあれだけ美人だと彼氏いるのか……」

「えー。俺狙ってたのに」

「誰、この学校の人？」

「あっ、そういえば硯川さんって中学の頃――」

口々に情報が伝播《でんぱ》していく。それを止めたのは硯川自身だった。

「――止《や》めて！　ごめん、お願い……そのことだけは言わないで……」

悲鳴にも似た叫びが教室内の空気を引き裂く。それは拒絶。その話をすることを許さないという強固な意志。憔悴《しょうすい》する硯川の様子は、何もかもを否定していた。

「ご、ごめん硯川さん……」

教室内は一転、静まり返っていた。お昼休み。本来明るく賑《にぎ》やかな時間に似つかわしくない重苦しい沈黙が支配する。

「私が悪いの……全部私が……——」

小さく漏らした硯川のその声を聴いている者は誰もいない。

◆

何故《なぜ》俺はよりにもよってアンパンを二つも買ってしまったのか。普通、違う味を選ばない？　若気の至りとしか言いようがない。永遠の謎は意外と身近なところに転がっていた。学食は既に人で一杯だった。外に出て何処《どこ》か一人になれるような静かな場所を探していると、非常階段を見つける。陰キャな俺には最適なスポットではないだろうか？　ここにしよう、そうしよう。

「——相馬《そうま》さん、俺と付き合って欲しい」

辿《たど》り着いた理想郷では告白が繰り広げられていた。ここって告白スポットだったりする？　だとすればユートピアは早くも崩壊だが、何気に告白シーンを見るのは初めてなので物珍しい。といっても、他人の恋路程どうでもいいことはない。俺には野次馬根性など毛頭ない。とりあえず俺はそんなやり取りは一切合切無視して階段に腰を下ろした。

ふぅ。やっぱり甘いパン二つは失敗だったな。因《ちな》みに俺は週二回ほど購買と学食を利用している。母さんが忙しい分、自分で三日間は弁当を作っているが、流石《さすが》に毎日は面倒なので妥協した。当然、一緒に姉の分も作っているが、残りの日は姉さんがお弁当を作ってみるのも良いのでは？　と、さりげなく提案したところ五千円貰《もら》ってしまった。買収である。そして目を合わせてくれない。

まぁ、料理が苦手な姉にやらせても残念な結果になるだけなので構わないけど。

「あの……君、何か俺達に用事かい？」

何故かさっきまで告白をしていた男性が話しかけてきた。上級生らしい。

「え？　すみません俺達初対面ですよね？　用事なんてありませんけど」

「えっと……君は……」

ちょっと何を言っているのか分からない。そもそも俺、関係なくない？

何をもって用事があると勘違いしたのだろうか。告白なんて重要なタイミングで俺を巻き込む必要ある？

「じゃあ君、何故ここに来たの？」

「あぁ、そういうことですか！　いや単純に何処か一人になれて落ち着ける場所がないかと探していたら辿り着いただけです。俺は陰キャぼっちなので空気のようにいないものと扱ってくれて構いません。ミツオビアルマジロのように口も堅いですし。さぁ、どうぞ続けて続けて」

腑《ふ》に落ちなそうに首を捻《ひね》りながらも渋々納得してくれた。というより、本気で関係ない上にどうでもいいので納得してくれないと困る。
「えっと……じゃあ、相馬さん返事を貰っていいかな？」
チラチラと視線をこちらに送りながら先輩（男）と先輩（女）が、緊張感のあるやり取りをしている。空気中の含有成分へリウム並の存在感しかない俺を気にする必要もないと思うのだが、これだから小心者は。
「ご、ごめんなさい」チラ
「理由を聞いても良いかな？」チラ
口の中が餡《あん》で甘すぎて身体《からだ》が猛烈に水分を求めていた。こういうときは牛乳に限る。実はこう見えて身長伸ばしたいんだよね俺。
「えっと、貴方《あなた》のこと、良く知らないので」チラ
「知るために付き合ってみるっていうのは？　それとも好きな人がいるの？」チラ
「そういうわけじゃないんだけど、ごめんなさい」チラ
「はぁ。分かった。諦めるよ。来てくれてありがとう」チラ
どうやら終わったらしい。先輩（男）が去っていく。ようやく静かになりそうだ。折角発見した憩いの空間を邪魔するとは先輩であってもギルティだ。
すると、何故か隣に先輩（女）が座ってくる。いや、早くアンタも戻れよ。
「はぁ。困っちゃうよね。こういうの」
「現在進行形で困っているのは俺ですが」

「あはは。君、本当に何しに来たの？　まさか君も私に告白とか？」

「己惚《うぬぼ》れが凄《すご》いですね先輩」

「さっきの彼も良く知らないんだ。相手のこと知らないのに告白されても、何も言えないよね」

「おいおい、誰も聞いてないのに話し出したよ」

「君、本当に下級生？　容赦なさすぎない？　上級生は敬うものじゃない？」

「アンパン二つの謎に比べれば興味ないので」

「私ってアンパンに負けてるの……？」

　さっさと帰れよ！　どう見てもヤバい女だった。何故急に自分の心境を初対面で無関係の下級生に話し出したのか、俺を壁か何かだと勘違いしてるのかもしれない。

「良いじゃない。少しくらい話を聞いてくれても。こんなところに来るんだもん。どうせ友達いない陰キャなんでしょ？」

「自己顕示欲丸出し先輩！」

「ご、ごめん怒った？」

「いえ、自己顕示欲丸出し先輩って良い人ですね。俺の周りはどいつもこいつも陰キャぼっちだと認めてくれない奴《やつ》ばかりなので感動しているところです」

「うーん、急に私も認めたくなくなってきちゃった」

「そりゃないよ自己顕示欲丸出し先輩」

「というか、それ止めてくれる!?　史上かつてなく恥ずかしいから」

「じゃあ自己顕示欲先輩の方が良いですか？」

「全部だよ全部！　いったいなんなの君？」

「じゃあなんて呼べば——あっ、やっぱ興味ないので良いです」

「腹立つ！　なんかめっちゃ腹立つ！」

なんかこの人、さっきの先輩（男）がいた頃と雰囲気が変わっている。お淑《しと》やかそうな印象だったが、随分と明るい性格のようだ。

「私は相馬鏡花《きょうか》。二年生だからよろしくね」

「なんで俺、クリームパンにしなかったんだろ……」

「聞いてよ！　お願いだからパンより興味持ってよ!?」

「えぇ……」

「そこまで嫌そうにする!?　ほら、君の名前、名前教えて？」

「九重《ここのえ》雪兎です」

「へー。九重君って言うんだ。そういえば二年にもいるよ」

「あぁ、姉さんですね」

「え？　君、あの九重悠璃《ゆうり》さんの弟なんだ？」

「ＤＮＡ鑑定の必要はあると思いますが」

「自虐が怖くて笑えないから程々にしようね？」

「はい」

俺としては自虐ではないのだが、とはいえこれを姉さんに言ったら、どんな目に遭うか分からないので迂闊なことは口にできない。

「ふーん。君さ、今後もここに来る？」

「普通に教室で食べるときもあるので、週一回か二回くらいですね」

「そっか。じゃあ私もたまに来ようかな」

「面倒くさいなぁ……。あっ、いい意味で」

「いい意味でって言えば何でも許されるわけじゃないからね!?」

「そうだったのか……勉強になります」

「ちょっと落ち込んでたけど、君と話して気持ちが楽になったかも。ありがと」

「相談料貰っていいですか？」

「あはは。分かった。今度クリームパン奢《おご》ってあげるから」

「女神か……。これから女神先輩と呼びますね」

「止めてくれる!?　なんか君、本当にそう呼んできそうで冗談が通じないタイプっぽいから怖いんだけど」

「俺の人生が冗談みたいなものですからね」

「だから、それが笑えないんだけど！」

結局このまま昼休みが終わるまで先輩と話すことになり、俺の陰キャぼっち計画はまたしても水泡に帰した。いったい俺はいつ目的を達成できるのか、静かなスクールライフを求めるばかりである。

◇

一眼レフカメラとミラーレス一眼。俺の脳内限定勝負では五勝四敗という結果だったが、ここで敢《あ》えて言わせてもらおう。素人が求めるのは高画質より手軽さだと声を大にして言いたい。割と母さんはモノから入る主義なのだが、子供の写真を撮りたい（まぁ、姉さんのことだろう。美人だし）と一念発起し、数年前にフルサイズデジタル一眼レフカメラを購入してしまった。

ハッキリ言っておく。滅茶苦茶《めちゃくちゃ》重い。レンズも合わせると総重量何キロ？　というレベルである。何故、APS—C機を選ばなかったのか、何故、軽量なミラーレスにしなかったのか、その取り回しの悪さにあまり持ち運ばれないフルサイズデジタル一眼レフカメラは我が家で宝の持ち腐れとなっていた。

しかもレンズも単焦点まで合わせると五本もある。勿体《もったい》ないよな。

「今度から在宅ワークになるの。会社に行くのは週一くらいで良くなるから、家にいられる時間が増えるわ」

ニコニコである。喜色満面、破顔一笑、稀《まれ》に見る上機嫌。おもむろに母さん——九重桜《おう》花《か》さんがそんなことを言い出した。

　これも社会情勢の変化だろうか、学校も何かと臨時休校になる機会も増え、落ち着かない日々が続いているのだが、それを聞いて果たしてどう答えるのが正解なのか、とりあえず分からないので、相槌《あいづち》だけ打っておく。

「へー」

「仕事の量も全体的に減るし、貴方達《たち》と一緒にいられる時間が増えて嬉《うれ》しいわ」

「ふぅん。良かった。じゃあこれから母さんがお弁当作ってくれるの？」

「もちろんよ。ごめんね今まで任せきりにしちゃって」

「仕事してるんだし、気にしないで」

　姉さんと母さんの会話に疑問を抱く。はて？　何故か今、俺の台詞《せりふ》が取られたような気がするのだが気のせいだろうか。我が家においてお弁当作りは俺の担当である。「気にしないで」という台詞は本来俺が言うべきではなかろうか。

　しかし俺はそんなことをアピールするほどセコイ男ではない。瀬戸内海並に広い心を持っているのだ。悠璃さんに任せると悲しみしか待っていないのでしょうがないのだが、これを機に母さんに家事を習ってできるようになってもらうことを期待するしかない。花嫁修業というやつだが、姉は美人なので引き取り手には困るまい。……性格を除けばだけど。アレ、おかしいな。なんか殺気が……。

「アンタ、今失礼なこと考えなかった？」

「滅相もございません」

だいたい母さんが家にいる時間が増えるなら、俺にできることは限られている。サーカスに登場する調教されたクマのように唯々諾々と過ごすだけである。

そんなやり取りが交わされた週末の土曜日。家電量販店でミラーレス一眼の性能向上に驚愕《きょうがく》した帰り道、予想外の雨に見舞われる。

今日、雨って言ってなかったじゃん！　天気予報に恨みがましい怨嗟《えんさ》の念を送っていると、自宅マンションの手前で大きな荷物を抱えて困り顔の女性を見つけた。

「どうかしましたか？」

突然の雨だけに濡《ぬ》れるのは仕方ないが、あの荷物だとすぐには動けないだろう。

歳《とし》は母さんより、もう少し若いくらいだろうか。温和そうな女性。これまで付近で見かけたことはない。

「あら、貴方は？」

「俺はここの住民なんですが、困りごとでも？」

「まぁ、そうだったの！　じゃあこれからはご近所さんね」

「これから……ですか？」

「引っ越してきたの。氷見山《ひみやま》美咲《みさき》と申します。よろしくお願いしますね」

「俺は九重雪兎《ゆきと》と言います。それでどうしたんですか？」

「え……？　ごめんなさい。もう一度教えてもらって良いかしら？」

「九重雪兎といふ者でありけり」

「どうして急に古語なのかしら。……九重雪兎君……君が……？」

「俺のこと知ってるんですか？」

「えっと……私は……」

氷見山さんが何かを言いかけるが、雨足が強くなり始めていた。

「まずは移動しましょう」

いつまでもこの場に留《とど》まっているわけにもいかない。どうしたのかなどと聞かなくても見れば分かる状況だが、一応礼儀のようなものだ。こうして円滑なコミュニケーションが形成されていくのであり馬鹿にはできない。そんな配慮を知ってか知らずか柔和な笑みを浮かべながら困ったように荷物を持ち上げる。

「それどころではないわね」

「雨、強くなってますし急ぎましょう。持ちますよ」

「ちょっと荷物が多くて。いきなり降ってくるものだから。嬉しい申し出だけど、貴方も早く帰りたいでしょう？　悪いわ」

「気にしないでください。これも円滑なコミュニケーション（以下略）」

「略されると気になるのだけど……少し困っていたの。お願いして良いかしら？」

「モチのロンですよ」

「あらあらまぁまぁ。クス。貴方《あなた》、随分古い言い回しをするのね」

「マジ卍《まんじ》。JKですからね俺」

「JKは女子高生という意味よ」

そんなジェネレーションギャップを彷彿《ほうふつ》とさせるやり取りをしながらエレベーターで五階まで上がると、氷見山さんの部屋に到着する。うちの正面右隣に建っている一人暮らし用のマンションだった。

「ごめんなさい、濡れちゃったわね。すぐにタオルを用意するわね」

「いえ、お気になさらず」

「そういうわけにもいかないわ。上がってくれる？」

一人暮らしの女性の部屋に招待されるというドキドキイベントが急に発生して緊張MAXだが、氷見山さんの自宅は本当に引っ越してきたばかりなのか段ボールで占められており、特に意識するようなこともなかった。ホッと一安心な俺です。そこはホラ。俺も一応男なわけで。などと誰かに向かって言い訳してみる。

「ごめんなさいね。まだ荷解《にほど》きも何も終わってなくて。そこに座って。紅茶とコーヒーどっちがいいかしら？」

「ありがとうございます。できればコーヒーだと嬉しいです。氷見山さんは今週から引っ越してきたんですか？」

「そうなの。知り合いもいなくて不安だったんだけど、早速貴方と出会えて幸運だったわね」

　コーヒーを入れてくれるが、あれ、なんで隣に座るの？　こういうときは普通正面に座らない？　ふわりと甘い匂いが鼻孔をくすぐる。これが大人の女性のフェロモンなの!?

年齢的にかなり上とはいえ、氷見山さんはとても美人だった。

　しかし、俺の鋼のメンタルがこの程度で揺らぐことはない。すげぇや俺。

「お一人で暮らされるんですか？」

「昔、これでも婚約者がいたのよ。でも、不妊治療が上手《うま》くいかなかったの。彼は旅館の跡取りだったからご両親が認めてくれなくて。どうしても子供が欲しかったんだけど……」

　は？　何この人いきなり重たい話してるの？　俺、初対面ですけど。何かそういうオーラ俺から出てる？　そういえば少し前にも女神先輩（名前は忘れた）とこんなことがあったような……。

「そうね。ちょうど、その頃に子供が生まれていれば、こんな風に一人でいることもなかったのかもしれないわね」

「ソーナンデスカー」

　もはやカタコトである。俺の背中には冷や汗がダラダラと流れていた。これはまた厄介事に巻き込まれているのではないかとこれまでの俺の人生経験がアラートを大音量で鳴らしている。今すぐにこの場から逃げ出さなければ俺の命はない。いや、貞操が危ない！

「それにね、教師になりたかったけど、挫折してしまったの」

「氷見山さんが担任だったら、嬉しい人が多そうですけど」

「本当にそう思う？」

「え？」

「本当かな？」

　この人、ぐいぐい来るな！　紫がかった瞳がじっと俺を覗《のぞ》き込んでいた。どこか不安そうな儚《はかな》げな眼差《まなざ》しが揺れている。

「……そう思いますけど」

「そう、ありがとう。もし良かったら、これから仲良くしてくれる？」

「そ、それはもちろん……はい」

　ぎこちない返事になるが悟られたら不味《まず》い。相手は百戦錬磨だ。恋愛経験皆無の俺が勝てる相手ではない。だって、めっちゃイイ匂いなんだもん。なんでこんなに近い距離で話すの？　俺のこと好きなの？　意識しちゃうよね！

「そうだ、後で引っ越しの挨拶に行くわね。ご両親にご挨拶もしたいし」

「そ、そんなに気にしなくても良いんじゃないですか？　ほら、都会はコンクリートジャングルとも言いますし、田舎と違って隣に住んでいる人が誰か知らないという事例も多々あり、近隣同士の付き合いは希薄で、そうした煩わしさからの解放こそ現代人の――」

「そういうわけにはいきません。だいたい貴方、さっき円滑なコミュニケーションを語っていなかった？」

「返す言葉もございません」

「お蕎麦《そば》持って行くわね」

「はい」

　年上には弱い俺だった。


「あら、誰かしら？」

　危険な土曜日を命からがら乗り切った翌日。十九時頃、我が家のチャイムが鳴らされる。

今日は日曜日であり母さんも家にいた。緩いカットソーにレギンスという格好が目に毒すぎた。俺は目を逸《そ》らすことしかできない。だって、お尻が――と、何故《なぜ》か姉さんの視線が怖いので思考をシャットアウトしておく。

　うん、改めてスタイル抜群だ。プロポーションに拘《こだわ》りがあるのかな？

「俺が出ます」

　訪ねてきたのは氷見山さんだった。そういえば後から行くと言っていたような気がする。

一日ぶりの邂逅《かいこう》に途端に嫌な汗が噴き出してきた。

「こんばんは雪兎君」

「昨日ぶりですね氷見山さん」

　なんかもうほら俺の知らないうちに距離を縮められている。いつそんな親し気に呼ばれるような仲になっていたのか。典型的な破滅パターンである。

「君のおかげで助かったわ。ありがとう。今日は挨拶だけのつもりだけど、後でちゃんとお礼させてね？」

「いえ、気にしないでください」

「そういうわけには――」

「誰だったの雪兎……って、どちらさま？」

「コチラ引っ越してきた氷見山さんです」

「あら、そうなんですか？」

母さんが応対してくれる。助かった。俺はその場から逃げ出したかったのだが知り合いになった経緯もあり、留まることを余儀なくされていた。

なんか氷見山さんが手を離してくれないんだもん。なんで握ってきたの!?

「今後ともよろしくお願いしますね」

「こちらこそ。なにか困っていることがあれば、いつでも訪ねてきてください」

「ありがとうございます。じゃあね雪兎君」

「はい、氷見山さんも」

と、急に耳元で氷見山さんに囁《ささや》かれる。

「お礼、なんでもしたいこと言ってね」

「――な、なんでも!?　そんなこと言われると真に受けてしまいますが……」

「好きなことでいいのよ」

たかだか少し荷物持ちをしただけでリターンが膨大すぎる。どうなってんだよ！

「俺を甘く見ないでください。そんなに甘やかすと、抱き着きますよ」

流石《さすが》にこれくらい言えば、氷見山さんも気持ち悪いと距離を置くに違いない。

「いいのよ。ほらおいで」

目論見《もくろみ》は一秒で破綻した。なんの躊躇《ちゅうちょ》もなくそのまま抱きしめられる。

「ちがっ、嘘《うそ》です。嘘ですから！　うわっ、なんかめっちゃ柔らかい！　溺れる」

「な、なにやってるんですか！」

突然の暴挙に慌てた母さんがグイグイと引き剝がしに掛かるが、思いの外、氷見山さんの抱きしめる力、通称HG《ハグ》力は強い。

「あぁ～なんかもうなにもかもどうでもよくなってきたぞ」

「雪兎、気をしっかり持ちなさい！　なに満更でもない顔してるの！」

なんの身動きもできやしない。今の俺は抵抗値0オームなのだった。

「ふぅ。満足したわ」

アレからすったもんだした後、ようやく氷見山さんが解放してくれたのだが、どういうわけか氷見山さんは来たときより、機嫌が良さそうだ。

ふわりと、頭を撫《な》でられる。

「ごめんなさい。可愛《かわい》くてつい子供扱いしてしまって。嫌だったわよね」

「あー。なんというか、こういうことあまりされたことなかったので新鮮というか、母さんみたいだなぁと。すみません失礼ですね」

「うふふ、そうなの？　なんだか嬉《うれ》しいわ」

「良かった気分を悪くされたかと」

「そんなことない。もし甘えたかったら、いつでも言ってね。私にはそれくらいしかできないから」

「一応これでも高校生になったのですが……氷見山《ひみやま》さん？」

何かを憂えるような表情がとても印象的だった。

「雪兎《ゆきと》君、じゃあまたね。桜花《おうか》さんもこれで失礼しますね」

「はい、おやすみなさい」

氷見山さんが帰っていく。どうやらなんとか乗り切ったらしい。幾らご近所といってもそこまで頻繁に顔を合わせることもないだろう。これで一安心だ。

そんな様子を、母さんが何処《どこ》か不安げに見つめていた。


「はぁ……」

大きなため息が零《こぼ》れた。頭を冷やそうとベランダに出る。ひんやりとした空気が心地好《よ》く頬を撫でていく。流れ落ちた雨粒が辺りを濡《ぬ》らしていた。

氷見山美咲《みさき》さん。柔らかい性格で話し易《やす》い女性だった。彼女自身は良い人だと思う。今後も何かと交流があるかもしれない。

しかし、私の心をこの空と同じように鈍く曇らせているのは別のことだった。

「羨ましい……な」

羨望。憧れ。願望。綯《な》い交《ま》ぜになる複雑な感情。

息子と彼女の最後のやり取り、親密な親子のようだった。私が理想としている姿でもある。あんな風に接することができたならどれほど幸せだろうか。あのように楽しく会話できたら、きっと今よりもっと息子の色んなことを知れるだろう。

今ではそんなことすら叶《かな》わない。ぎこちなく当たり障りのないことしか話せないそんな親子の関係。改善することができず、どうやってそれをしたら良いのかも分からず、それがずっと重しになっていた。

子供達《たち》の姿を撮りたくて、成長を見守りたくて、一緒に写りたくて購入したカメラも今では埃《ほこり》を被《かぶ》っている。一緒に出掛けたのはいつだっただろう？　親子三人。その三人だけの絆《きずな》も守れなかった。

雪兎の言った台詞《せりふ》が耳から離れない。「こういうことをあまりされたことがない」「母さんみたい」と言っていた。じゃあ私という存在は何なの？

私は母親だと自信を持って名乗れるのだろうか。息子が最後に甘えてきたのはいつだろうと思い返すが、幾ら思い出そうとしても無駄だった。あの子はこれまで一度も甘えてきたことがない。

本人を見ず、何も聞かず、何も言わせず。そうさせたのは過去の愚かな私だった。その瞳に映るのは諦観。何も期待せず、何も求めず、全てを諦めていた。

いつしかそれは当たり前になり、息子からは何も求められなくなっていた。

そういう風にしてしまったのは私の責任だ。気づいた時には、手遅れで、その後に起こった全てが私のせいだと、私が元凶なのだと言えた。

そして少しずつ壊れ、関係は希薄になり、すれ違ったまま成長していく。誰かが傷つき、本人も傷つき、それにさえ気づかないままに。このままいけばどうなってしまうのだろう。もう全てが間に合わないのかもしれない。

胸中を不安が支配する。私はかぶりを振った。素直に気持ちを直視すれば、私の抱いている感情はもっと醜く単純だった。あの瞬間、二人のやり取りを見ていた私は、純粋に嫉妬していたのだから。心の片隅に宿った恐怖心。

もしかして、息子を盗られるのではないか？

何処かそう感じていたのを認めなければならない。そんなことはあるはずない。血縁関係上も間違いなく私の大切な息子だ。でも、血縁関係さえあればそれで母親なの？　と、私自身が疑念を持っていた。むしろ証明するものは、それだけしかないとも言える。

もしかしたら、私は母親だと思われていないかもしれない。そうでなければ、自分を橋の下で拾った説など、大真面目に疑問を呈してくるだろうか？

きっとあの子は、自分は愛されていないと思っている。それだけは間違いない。幾ら言葉で否定しても、過去の私の態度がそれを許さない。

本来、与えるべきであり享受するはずだった愛情が欠落し不足している。感情が育っていない。水をやらずに枯れてしまった心。その結果が今だった。

彼女なら、氷見山美咲さんなら、そんな愛情を与えてあげることができるのだろうか。一度しか会っていないはずなのに、なんとなく、彼女の瞳には親愛の情が込められていたような気がする。あと、妙に息子にベタベタしていた。私だってしたいのに許せない。

でも、もし愛情を与えようとしている存在が自分ではないとしたら、もう私は息子にとって用済みなのかもしれない。

嫌だ、それだけは嫌だ――！　漠然とした恐怖。

働いてきたのはどうして？　それは何よりも大切な家族がいるからだ。手放したくない。母親として見限られたくない。激情が心の中を渦巻いていく。たった三人だけの家族。三人だけになってしまった家族。それを決断したときから、それだけが私の支えだった。後悔したままこのままでいいはずがない。

仕事が落ち着き、出社する必要がなくなった。在宅ワークに切り替わったことで、大幅に家にいられる時間が増えたのは幸運だった。もしかしたらこれが最後のチャンスなのかもしれない。目を背けてきた関係を正して、真っすぐに向き合う最後の。

この機会を逃せば、今度こそ本当に手遅れになってしまう。私は信じたかった。まだ間に合うと。まだ取り返せるのだと。これからやり直せるはずなのだと。

でも、それは——あまりにも険しくて。

「学校では話しかけてこないで」

「はぁ。いい迷惑だわ。どうしてアンタなんかと幼馴染《おさななじみ》なのかしら」

「こんなのもう止《や》めましょう。私は忙しいの。——本当に馬鹿みたい」

「うそつき」

瞳に宿る嫌悪。仲良くやれていると思っていた。友情、親愛、絆。そんな目に見えない確かなものが存在するとワケもなく信じていた。

気づいたときには手遅れだった。ただその事実に納得して、もう間に合わないことを悟って、それでもみっともなく足掻《あが》いて、そして呆気《あっけ》なく終わる。

嫌われることには慣れていた。今度は彼女の番。それだけのことでしかなくて。何処かで彼女だけが特別なのだと、ありもしない幻想を抱いていた。そんなはずないのに。それが彼女の望みなら、これ以上迷惑は掛けられない。

この先、彼女が幸せでいられますように。そう願って、彼女から目を背けた。


「君には失望したわ」

「どうしてあの子のことを——！」

「君には傍《そば》にいて欲しくない。きっと不幸にするから」

「――もう二度と来ないで」

苛立《いらだ》ち、焦燥、言葉に込められた責めるような響き。いつの間にか裏切っていた期待。理由さえも分からないまま。でも失望されたことに驚きはなかった。

いずれこうなることを漠然と感じとっていたのかもしれない。久しぶりに交わした言葉は決別で、従うしかない。どのみち接点は殆《ほとん》どなくなっている。

俺達の関係は彼女によって改めて再定義された。

『幼馴染』を失格になり、友達でもなく、ただの無関係な赤の他人へと。

◇

人類は着実に文明の歩みを進めているが、中には変わっていないものもある。

傘の起源は四千年前に遡るというが、あのシルエットは不変のままだ。もっとも折りたたみ傘が発明されたのはかれこれ百二十年前だと言うから進化していないわけではない。

何故《なぜ》、写真を撮るとき「チーズ」なのか、やまびこを試すとき「ヤッホー」なのか。ここは由来に囚《とら》われずそろそろ進化しても良いんじゃないか？　そんなわけで俺は人類の進化を司《つかさど》るべく眼前の山々に呼びかけてみた。

「タルタロス！」

やまびこは返ってこない。無念。テンションは奈落へと一直線だ。

人類史への挑戦を諦め、俺は気になっていた疑問をぶつけた。

「ふざけるなよ爽やかイケメン」

「今の奇行よりふざけてることなんてあるのか？」

「人類の可能性に挑んだだけだ。で、これはどういうこと？」

分厚い雲に覆われ、どんより澱《よど》んだ空は歓迎していないとでも言いたげだ。

深く息を吸い込むと新緑の息吹を感じる。目の前には都会だとあまり見られない雄大な自然が広がっていた。天気予報によると夜から崩れるらしい。

顔を下に戻すと、当社比百五十％増しのイケメンフラッシュが襲い掛かる。ストロボでも付いとるんかコイツは。何事もなかったように白々しい態度をしているが、どうしてこうなったのか弁明の機会を与えてやる。

「なんなのなの？　この班、なんなのなの？」

「なのなのうるさい。壊れたロボットかお前は」

俺と光喜《こうき》、そして硯川《すずりかわ》と神代《かみしろ》というクラスで限りなく相性が悪いであろう四人は揃《そろ》って同じグループになっていた。爽やかイケメンの陰謀である。

山道の入り口で出発を待っているが、俺はこの状況に疑問符だらけだ。

俺達は今、郊外学習に来ている。郊外学習は、毎年、生徒間の交流を深める為《ため》に入学後すぐに行われているハイキングだ。山道を二時間掛けて登ったのち、昼食を取って下山するらしい。掘った穴を埋め戻すかのような所業といえる。

「おかしいだろ！　どうして俺が陽キャ軍団の中にいるんだ。好きにグループを作るよう指示されて余った挙句、仕方なく担任に入れてやってくれと頼まれたグループに嫌そうな顔で迎え入れられるのが陰キャの役割じゃないのか？」

「余ってる枠に入れてやっただろうが」

それはそうだが、目下最大の懸念事項はこの男ではない。

「どうして俺の意を酌んで断らないの？」

「知るか！　偶然あの二人と一緒になっただけだ」

ここそこ光喜とやり合っているが、その間にも硯川と神代の視線が刺さりまくっていた。気まずい。無礼講だと言われたのに、上司と話しているうちに機嫌を悪くさせてしまった新入社員の如《ごと》く気まずい。まぁ、俺に社会人経験はないんだけど。

彼女達の学園生活を邪魔したいわけじゃない。俺のことなど高速道路に落ちている片手袋の如く気にせず楽しくすごしてくれればそれでいい。

折角の郊外学習、素直に仲の良い友達同士で組むべきだ。わざわざ不快な気分になることなどない。

引率している教師の笛が鳴り、二時間かけて山道を登る。登山道は傾斜も緩やかでこれといって困難や危険があったりもせず、快適な道中だった。

それとは裏腹に道中の雰囲気は最悪だった。爽やかイケメンはトークも完璧だ。上手《うま》く話題を回しながら会話が途切れないように気を遣っている。どうせなら三人で仲良くしていて欲しいのだが、どういうわけかちょいちょいこちらにも話を振ってくる。その度に俺は「あ、ハイ」「別に」「逆に言うと」を繰り返すBOTと化していた。逆に言う人って良くいるけど、逆に言う必要なくない？

そうこうしているうちに目的地へ到着する。心地好《よ》い疲労と達成感、山頂から眺める綺《き》麗《れい》な景色に自然と表情が綻んでいる人も多かった。

とはいえ、体力がない組はそれなりにいるらしく、山頂ではゼーハー言いながら芝生に座り込んでいるグループも半数くらい見受けられた。

はぁ……。気が進まない。かといって無視することもできず、渋々声を掛ける。

「大丈夫か硯川？」

「雪兎《ゆきと》？　えっ……あ、ありがとう。でも、どうして？」

少し離れた場所に座り込んでいた硯川に買ったばかりのスポーツドリンクを渡す。話しかけられたことに驚いたのか慌てた様子を見せるが、表情は優れない。

硯川が疑問を持つのも当然だ。入学以降、俺から話しかけたことはない。距離を置いているのは事実だが、どういうわけか今になって幼馴染だからと構ってくるのは理解できなかった。過去に否定したのは、それを選んだのは硯川自身なのに。だからこそ一歩踏み出そうとしたが、結局はフラれてしまった。

中学に入学してすぐ、硯川から学校で話しかけるなと言われたことを思い出す。

新しい環境で、新しい関係を構築していく中、昔からの関係性を引きずることが煩わしいと感じたのだろう。疎遠になるべくしてそうなっていた。人間関係というものは案外その程度のものなのかもしれない。

彼女にとって俺はむしろ邪魔になっていた。何にもなれなかった俺達《たち》の関係はいつしか赤の他人になり、とっくに終わっていたはずだ。

「何処《どこ》にでも販売機があるのは便利だよな」

硯川の息が上がっている。が、それだけではない。足首を庇《かば》うような仕草。すぐにそれを隠そうと振舞うがバレバレだった。ここまで登ってくる間、殆ど会話らしい会話もなかったが、こんな場所で取り繕ってもしょうがない。それくらいの分別は弁《わきま》えているし、そんなことを言っている場合でもなかった。

「悪かった。ペースを考えてなかった」

「ううん。足を引っ張ってごめん」

「気にしないで硯川さん！」

「帰りはもう少し考えないとな」

神代や光喜も心配そうだ。硯川に無理をさせてしまった。偶然にも全員が帰宅部という超インドアな班になってしまったが、俺は俺で今でもランニングや筋トレを欠かしていない。中学時代に女バスだった神代や爽やかイケメンもスポーツ万能だ。そのせいか、ここまで登ってくるのに随分とペースが速くなっていた。

　それが原因で硯川に大きな負担を掛けた。体力的なことだけではない。昔の俺なら硯川が無理していることにもっと早く気づいたはずだ。それが今の俺達の距離とはいえ、辛《つら》そうな硯川を見るのはどうにも忍びない。

「硯川、脱げ」

「……え？　だ、駄目よこんなところで!?　そういうのは別の場所で──」

「なにを言ってるんだ君は。いいから足を出せ」

　別の場所ってなに？　リュックの中からテーピングを取り出して硯川の前に座る。勘違いに気づいたのか硯川は顔を真っ赤にしていたが、渋々頷《うなず》くと靴を脱ぐ。

「こ、これでいい？」

「靴下も脱がないと巻けないだろ」

「で、でも……」

「？　あぁ、匂わないから気にするな」

「そ、そういうことは言わなくていいの！」

　下心など一切ないが、流石《さすが》に異性相手では恥ずかしいのだろう。反省反省。

「うんうん。デリカシーに欠けてたな。フローラルだから大丈夫だ」

「全然理解してないじゃない！」

「いや、しかし臭いと言ってしまうと傷つくのでないかと……」

「く、臭いの!?」

「シュークリームってクリームをこぼさず食べるの難しいよね」

「誤魔化さないで！　どうなの、ねぇ！」

「分かった分かった。嗅がないように息を止めておくから」

「それもう臭いって言ってるのと同じじゃない！」

「そんなに言うなら嗅ぐよ。嗅げばいいんだろ！」

「そうよ嗅ぎなさいよ！って、ダメダメダメ！　嗅いじゃダメだからねっ！」

おっと、そうだった。今は硯川の足の匂いを堪能している場合ではない。

「暴れるな。落ち着け。少し触るぞ？」

「ん……」

これも乙女心というやつなのか、急に大人しくなる。傍目《はため》から見れば女子高生の生足を触っている変態クソ野郎が俺だった。通報されたら素直に自首します。

しかし硯川は通報する様子を見せない。セーフ。足裏、くるぶしから踵《かかと》、ふくらはぎからアキレス腱《けん》に掛けて丁寧にテーピングを巻いていく。

「手際良いな雪兎。いつも持ち歩いているのか？」

「ランニングとかはしてるからな」

「やっぱ一緒に運動部入ろうぜ」

「俺にとっては帰宅部が運動部なんだよ」

あながち間違ってもいない件。陰キャぼっちの俺が家に帰ってすることと言えば勉強か

筋トレくらいしかない。友達？　ハハッ
「どうだキツくないか？　動かしてみろ」

「う、うん。……大丈夫だと思う」

「これで少しは楽になると思う。下山はのんびり行こう」

「ありがと」

「痛かったら言えよ。じゃあな」

「ま、待って！」

離れようとすると呼び止められるが、横から誰かに肩を叩《たた》かれる。振り向くと、申し訳なさげな表情をした担任の小百合《さゆり》ちゃんだった。めっちゃゼーハーしてる。

ゾンビか、この人。どんだけ体力ないんだよ！

「九重《ここのえ》……すまん、私にも頼む……」

「先生、そんなんで子供の運動会とかどうするんですか」

「私は未婚だ！」

「そのうち困りますからね。最低限身体《からだ》を動かしておきましょうね」

「だって、家に帰るのなんていつも二十一時回ってるんだぞ。夕飯も外食ばかりだし、最近は不摂生が祟《たた》ってるのかファンデーションのノリも悪くてな。運動してる時間なんてないんだよ。私の人生はもう終わりだ！　このまま枯れるんだ！」

先生がしょげていた。生々しすぎてツッコめない。

しかし大人の先生に触れるのは流石に気が引ける。あ、そうだ！

「神代、教えるから先生にテーピングしてあげてくれ」

「わ、私が!?」

遠巻きに様子を見ていた神代に声を掛け、道具を渡す。

「マネージャーがどうとか言ってただろ。それくらい必須知識だ」

「そっか、そうだよね。うん、分かった。やってみる！」

恐る恐るといった手つきで真剣な表情の神代がテーピングを巻いていく。

「キツイキツイキツイ！」

「わわっ、ごめんなさい！」

「あ、先生セルライト見つけましたよ。お、ここにもある」

「バカヤロウ！　それだけは女性に言っちゃいけないやつだろ！」

「まぁまぁ。セルライト解消に効果的なマッサージ方法教えてあげますから」

「内申点、期待して良いぞ」

「あざっす。キシャシャシャシャシャ」

「真顔で笑うの怖すぎるんだよ。それ笑い声じゃないだろ」

自由時間。トイレから戻った俺の隣に硯川が腰を下ろす。

硯川はテーピングが気になるのか足首を摩《さす》っている。

「こういうのって本当に効果あるんだね。初めてだから不思議」

「マメとか靴擦れは大丈夫か？　絆創膏《ばんそうこう》もあるし遠慮なく言ってくれ」

「なんでそんなに準備万端なのかしら……」

「どういうわけか怪我《けが》が多くてな。常備しているわけだ」

「そういえば雪兎、中三のときも大怪我してたね」

「知ってたのか」

「当たり前でしょう。ずっと見てたんだから」

ずっと見ていた？　硯川《すずりかわ》が俺を？　なんの為《ため》に？

「俺は君を見てなかったのにな。今日だって、辛そうなのに気づかなかった」

「……あのさ、どうして助けてくれたの？」

思い詰めたような表情。思えば、俺が知っている硯川はもっと勝気で俺に対して辛辣だったはずだ。今そんな雰囲気は霧散している。一致しない印象。

まるで、遥《はる》か昔の硯川に戻ったような、でもその頃とも違う。

「同じ班のクラスメイトだぞ。心配くらいする」

「クラスメイト……そっか。そうだよね」

噛《か》み締めるように硯川はその言葉を繰り返していた。ごそごそとポケットを漁《あさ》る。

「チョコレートをやろう。それ食べて元気出せ」

「え？……ありがと。昔もいつもくれたっけ」

糖分は疲労回復に最適だからね。気休めみたいなものだ。

「安静にしてればすぐに良くなるから」

その場から立ち去ろうとすると、か細い手が摑《つか》んでいた。

「――ごめん、行かないで」

「それ……まだ、持ってたのか」

「え？　あっ……憶《おぼ》えてたんだ」

「記憶力にはそれなりに自信がある」

ふと、硯川のスマホケースに付けられた不細工なクマのストラップが目についた。

それは俺が昔、縁日の屋台で入手したものだ。すっかり彩色も剝げてボロボロになっている。見栄えも良くない。そんなものを未《いま》だに付けているとは驚きだった。

「あの頃、楽しかったな……」

「彼氏と喧嘩《けんか》でもしてるのか？」

「それは……。あのね、灯織《ひおり》が会いたいって言ってたよ。逍遥《しょうよう》、受けるんだって」

「そういえば最近会ってないか。元気にしてる？」

「元気だけど、喧嘩中なんだ」

「ふぅん。仲良かったのに珍しいな」

「うん、それも私が原因。どうすればいいと思う？」

「謝るしかないだろ」

喧嘩しているのは彼氏じゃなくて妹とだったのか。だが、姉妹喧嘩なら仲直りもそこまで難しくないと思う。俺なんて悠璃《ゆうり》さんと喧嘩したことないからね。

灯織ちゃんは灯凪《ひなぎ》の妹だ。俺をお兄ちゃんと呼んでくる妹属性の使い手であり、灯織ちゃんも幼馴染《おさななじみ》と言えるかもしれない。俺の記憶にある灯織ちゃんは尊みに溢《あふ》れた優しい子だった。謝れば許してくれるって！

「許してくれないよ絶対。だって私は灯織のことも踏み躙《にじ》ったから」

遠い目で何かを思い出すように硯川はただ自然を眺めていた。部外者でしかない俺がしてやれることは何もない。外野が姉妹喧嘩に口など挟めない。それでも、硯川がどうしてか俺の言葉を待っているということだけは、なんとなく伝わってくる。

「元の関係に戻れないなら、新しい関係を作るしかないよな」

「……え？」

「元の仲良し姉妹に戻れなくても、新しい姉妹関係なら硯川と灯織ちゃん次第だろ。ま、俺が言っても説得力ないけど。悠璃さんに嫌われてるし」

「ふふっ。それは絶対にないよ。でも、そっか。そうだよね。ありがとう雪兎《ゆきと》」

フッと、少しだけ表情が柔らかくなる。だが、それは一瞬のことで、覚悟を決めたように一息だけ吐くと、強張《こわば》った表情をこちらに向ける。

硯川はゆっくりと立ち上がると、背筋を伸ばし、深く深く頭を下げた。

「これまで酷《ひど》いことばかり言ってごめんなさい。早く謝らなきゃって思ってた。でも、もしかしたら昔みたいに戻れるんじゃないかって、何事もなかったように一緒にいられるんじゃないかってはしゃいでた。なかったことになんてできないのに」

「硯川？　何を言ってる？」

「今更自分勝手なことを言ってるのは理解《わか》ってるの。傲慢で身勝手で醜悪で、自分のことしか考えてなかった。だから……ごめんなさい！」

　肩を震わせ、謝罪を繰り返す。それは硯川が抱えていた後悔。人の目が集まっていることさえ気にせず、その想《おも》いを伝えてくる。だが、

「えっと……すまない。君から酷いことを言われた記憶なんてないんだが」

「……え？」

　俺はただ困惑していた。硯川が何を謝罪しているのか分からない。

「むしろ俺の方が謝らないとな。硯川ごめん。君のことを言いふらすつもりなんてなかったんだ」

　以前、硯川が話しかけてきたとき、うっかり硯川に彼氏がいることを漏らしてしまった。彼女がどう思っているのかは知らないが、少なくとも他人から自分の個人情報をバラされて良い気はしないだろう。

「君には感謝してる。俺は……言われなくちゃ分からないから」

「な、なんで雪兎が謝るの？　悪いのは私なの！　あのときだって――！」

　確かに硯川から辛辣なことを言われたこともある。けれどそれは、ただの事実だ。それ

が酷いとは思わなかった。理不尽と感じたことはない。

ハッキリ迷惑だと言ってくれたからこそ、身の程を弁《わきま》えることができた。そのことにとても感謝している。嫌々ながら上辺だけの付き合いをするより遥かに健全だ。

「喧嘩してるわけじゃない。怒ってもないし、謝られる理由なんてないよ」

俺達《たち》は別に仲違《なかたが》いしてこうなったんじゃない。歩む道がそれぞれ違っていて、俺が彼女の隣に立てなかっただけだ。そのことに悔いも恨みもあったりしない。

「——君は優しい。だから俺は……会いたくなかった」

再会は悲劇だ。出会わなければ、まさにこの瞬間、こんな顔をさせることもなかった。

彼女が俺にとって大切な存在であることに変わりはない。だからこそ。

もう彼女の邪魔にならないように、ただ幸福を祈る。

幼馴染を失格になり、友達ですらない今の俺達はただのクラスメイトだから。

タオルを水道で濡《ぬ》らし、それをテーピングの上から巻いて患部を冷やす。硯川にできるだけ大人しくしているよう告げて、その場を離れた。

「ユキ！」

見計らったように神代《かみしろ》が声を掛けてくる。そのことが酷く憂鬱だった。

「す、硯川さんとどんな話してたの？」

「足の臭いと姉妹喧嘩と進路相談の三本だ」

「えっと……全然分かんないや」

おかしい。余すことなく伝えたのに、全く神代に伝わっていない。

「今度みんなで遊びに行くんだ。前はユキ来れなかったし、一緒にどうかな？　きっと楽しいと思うし。行きたいところとかある？」

「微妙な空気になりそうだし遠慮するよ」

「……そ、そっか。考えておいてくれると嬉《うれ》しいな！」

がっくりと肩を落とす姿は痛々しい。神代汐里《しおり》は天真爛漫《てんしんらんまん》な性格だ。

誰に対しても分け隔てなく接することから人気がある。だが今は、そんないつもの快活な彼女は鳴りを潜めていた。そうさせているのは俺だ。

縋《すが》るように瞳が揺れていた。天真爛漫さは見る影もない。

「一つ聞いて良いか。どうして逍遥を選んだ？」

「それは……。ユキが行くって知ったから」

最悪な答え。これでも、できることをしたつもりだ。謝罪に来た神代にもう来なくて良いと釘《くぎ》を刺した。言わなければ毎日神代は病院に来ていただろうし、そうなれば余計な詮索を招くかもしれない。それは避けたかった。そもそも判断したことも含めて全て俺の自己責任だ。神代が気に病む必要は何処《どこ》にもない。

それにもし万が一、悠璃さんと病室で遭遇するようなことがあったら大事《おおごと》だ。

もう二度と会うつもりはなかった。なのに神代は追いかけてきた。

「なぁ、神代。そんなに俺は可哀想《かわいそう》か？　そんなに憐《あわ》れなのか？」

「そんなこと思ってない！　嫌われてるのは分かってるの。学校で誰にも言えなくて、リハビリだって手伝えなかった。ただユキの為に何かしたいだけ。私にはそれくらいしかできないから……。お願い、私にも何かさせてよ！　じゃないと……」

「それを俺が望まないとしてもか？」

「……ユキが私と会いたくないことだって知ってる。自己満足にユキを利用してるだけだから。でも、あのままお別れなんて嫌だったから……」

大きな瞳に溜《た》めた涙が、今にも零《こぼ》れ落ちそうになっていた。

「はぁ……。神代。君ができることは何もない。いい加減、部活にでも入れ。誰もが君を求めている。帰宅部なんて似合ってないんだよ」

「それは……ごめん。でも、私はユキといたいの！」

「そんなに辛《つら》そうなんじゃ意味ないだろ」

俺がいる限り神代は苛《さいな》まれ続ける。こんな風に苦しむ神代を見たくなかった。離れることが最善で、何処か知らない場所で、笑顔でいてくれればそれでよかった。

「……ユキは、本当にもうバスケやらないの？」

「今となっては未練もないしな」

もともと失恋を振り払う為に打ち込んでいただけだ。褒められたもんじゃない。

それでも打ち込んでいた期間に身に付いた習慣は今もまだ生きている。

「でもまぁ、たまにストバスならやってるけど」

「ホ、ホント!?」

思いがけず余計なことを口走ってしまうと、目に見えて神代の反応が変わる。

「身体《からだ》が鈍《なま》るし、習慣みたいなものだ」

「いつ!?　どこにいるの？」

「公園のフリーコートだけど……」

おいおいどうしたの神代ちゃん!?　涙を腕で拭うと、急速充電されたように目に光が戻り、いつもの神代らしいテンションが復活する。さっきまでとは裏腹に、少しだけ弾む会話。落差が凄《すご》すぎてサーキットブレイカーでも発動しそうだ。

「わ、私も行く！　一緒にやろ？」

「好きにしたら良いんじゃないか？」

「うん！」

到底、断れそうになかった。距離が近いんだよ！　キラキラした目が散歩をせがむ犬を彷彿《ほうふつ》とさせる。尻尾があったらぶんぶん振ってそう。

神代は落ち込んでいるよりも元気な姿が一番似合っている。それはあの頃からずっと変わらない。根っからの体育会系だ。

きっと、身体を動かしたいのだろう。検索窓に「帰宅部」と入力するとサジェストに出てくるのは「クズ」、「後悔」などロクな単語じゃない。幾ら何でも神代を俺に付き合わせる必要はない。彼女の居場所は別にある。

しかしながら、どうしても衝動が抑えきれず、ついやってしまう。

「神代、お手」

「ワン！」

「ほーら、神代取ってこい」

非常食として常に携帯しているお菓子の中から袋入りの飴玉《あめだま》を取り出して放り投げた。

神代が一目散に取りに走る。え、本当に行くの？　あ、帰ってきた。

飴玉を持って帰ってきた神代は、頬を薄く染めながら何かを期待するような眼《め》をこちら
に向けている。俺にどうしろと？

「な、撫《な》でないの？」

「神代、心して聞いてくれ。君は犬じゃない。人間なんだ。自覚を持て」

「やらせたのユキでしょ！　折角、取って来たのに！」

なに言ってんの!?　女子高生を撫で回すなど変態クソ野郎の誹《そし》りを――って、さっきも
こんなこと言ってなかったっけ？　まったくもって今更だった。

だったら、しょうがない！　俺は改めて十秒ほど神代を観察してみた。

昔より女性らしく、それでいてあどけなさも残している。だが、俺は止まらない。

やってやる！　やってやるぞ！

「分かった。君が犬の気持ちになるなら、俺はブリーダーの気持ちになろう」

「そ、そういうことじゃないんだけど、撫でてくれるならそれでも……」

「俺は覚悟を決めたぞ神代。よーしよしよしよし、よーしよしよしよし」

「ユ、ユキ!?　頭だけだよ！　そこ……お腹《なか》を撫でるのは駄目だって！」

「よーしよしよし、よーしよしよしよし。偉いぞ～良く取ってこれたな」

「ひゃん！　そこは触っちゃ、あっ……も、もう無理……やめっ……」

神代が悶《もだ》えていた。懲役何年かな？　情状酌量の余地があったら良いなぁ……。

「自分が人間であることを思い出したか？」

「ワタシハニンゲンデス」

「ふぅ。俺の犠牲が無駄にならずに済んだか」

「ユキ！　こ、こんなこと他の人にやったらセクハラだからねっ！」

「いや、君相手でも普通にセクハラだろ」

「分かっててやったの!?」

「無自覚だったらヤバくない？」

「自覚あってもヤバいよ！」

どっちもどっちだった。神代が唐突に笑いだす。

「あはははは……ご、ごめん。なんか涙が出ちゃって……」

「花粉症か？」

「違うよ。腕はもう大丈夫なんだよねユキ？」

「あぁ。だからもう気に病まなくていい」

「そういうわけにはいかないよ……」

腫物にでも触るかのように神代がそっと俺の腕に触れる。俺が怪我《けが》するなんて良くあることだ。どういうわけか日常と言い換えても良い。すっかり痛みにも慣れきっていた。

神代との他愛ないやり取り。少しだけ俺達の時間が一年前に戻る。

それでも、一年前とは決定的に違っている。今の俺と神代の関係は対等じゃない。それこそ俺が幾らセクハラしても神代は訴えないだろう。

そして、そうである限り、俺と神代の関係は凍り付いたように停滞したままだ。

◆

「ない……！　どうして!?　落とした……うそ……そんな…………！」

「どうしたの硯川《すずりかわ》さん？」

「ない、ないの！　ストラップが……」

麓まで下山しバスに乗り込もうとすると、硯川が慌てたように荷物を漁《あさ》り始める。硯川の手にはストラップの紐《ひも》の部分だけが握られ、その先についていたはずの不細工なクマのマスコットが無くなっていた。

「アレか。上ではあったよな？」

「うん。下山中に落としたんだ！　どうしよう……アレがないと……！」

「諦めるしかなくない？」

「嫌っ！……捜してくる！」

「無茶言うな。もうバスが出るぞ」

「でもっ――！」

「ストラップが切れたってことは、寿命だな。長く持った方じゃないか？」

「だって……だって、アレは雪兎《ゆきと》がくれた最後の……――」

「あんなの彼氏が幾らでも買ってくれるだろ」

「止《や》めてよ！　もう聞きたくない！」

　硯川は取り乱していた。そんなにアノ不細工なクマが気に入ってたの？　女子の好みは難解だ。しかしだからといって捜しになど行けるはずがない。集団行動している以上、硯川一人の為《ため》に全員の帰宅を遅らせるわけにはいかない。

　そこまで大層なモノには思えなかった。どうにか宥《なだ》めつつバスに乗り込むが、硯川は糸の切れた操り人形のように俯《うつむ》いていた。

　これも天罰なの？　私が久しぶりに雪兎と話せて浮かれてたから？

だとしたら、あまりにも残酷だった。バスに揺られながら、どうしようもない焦燥感が積み上がっていく。あのストラップは私にとって絆《きずな》だ。掛け替えのない時間が存在していたことを証明する大切なモノ。

そして、雪兎が私にくれた最後のプレゼントでもある。きっと今でも欲しいと言えば代わりの何かをくれるのかもしれない。でも、そうじゃない。

私が欲しいのは、本当に望んでいるものは今はもう手に入らない。

どうしよう……どうすればいいの……？　帰ったらすぐに捜しに行こうか。そう遠くはない。暗くなる前に見つけられるかもしれない。

けれど、すぐにその考えを否定する。疲労が溜まっている。今日はもう身体を動かすのは億劫《おっくう》だった。天候だって崩れ始めている。この状態で一人で向かうのは危険だ。だからといって、こんなことに誰かを巻き込めない。

なら明日行く？　時間が経《た》てばそれだけ見つかる可能性は下がっていくだろう。

答えなど出ないまま幽鬼のような足取りで何とか学校まで戻ると、ＨＲが始まる。担任の小百合《さゆり》先生が何かを言っているが、まるで頭に入らない。なのに、その言葉だけは聞き逃すことはなかった。

「おい、九重《ここのえ》はどうした？」

「そういえば、さっき体調不良で帰るとか言ってましたよ」

「私は何も聞いてないぞ？　巳芳《みほう》、本当か？」

「いや、俺も知りませんでした」

「もう帰るだけだから構わないが……あの問題児め。私に言えよな」

彼の席は空白だった。そういえば学校に着いてから姿を見ていない。バスには一緒に乗っていたはずなのに。どういうこと？　体調不良なんてそんな様子はなかった。急にお腹でも痛くなったのだろうか……。後で連絡してみようかな。きっと返信はこないだろうけど心配だ。

言い知れぬ不安が募る。どうしてか嫌な予感は膨らむ一方だった。

「私は帰ってきた！」

大仰に声を張り上げてみるも何の反応もない。悲しき一人芝居だった。

つい一時間前は生徒達《たち》の喧騒《けんそう》で溢《あふ》れていたが、今いるのは俺一人だけだ。

大自然を前に将来は田舎でスローライフを送りたいと妄想するが、現代人には無理ッス。徒歩一分圏内のコンビニに生殺与奪の権を握られているのがこの俺、九重雪兎である。常連すぎて店員に変なあだ名を付けられてそう。知らぬが仏だ。

「放っておくわけにもいかないか」

それなりに長い付き合いの相手だ。あんな顔を見せられれば無視もできない。

今となっては、ただのクラスメイトでも、困っているのであれば助けるくらいはしてもいいはずだ。誰にともなく言い訳をして、気合を入れる。

頭の中に足取りを思い描く。頂上で硯川と会話したときには間違いなく存在していた。だとすれば登山ルートの何処《どこ》かに落ちているはずだ。風も強くはない。飛ばされていることはないかもしれないが、リスのような小動物が咥《くわ》えて移動していれば完全にアウトだ。急ぐしかない。最速でカムバックを果たしたが十七時を回っていた。分厚い雲が空を覆い、急激に気温が下がっていく。日没まで一時間弱。

「往復して見つからなかったら諦めるぞ硯川……」

◆

無造作に鞄《かばん》を部屋に置くと、私はベッドに身体を投げ出した。慣れた手つきでスマホを操作し画像を開く。それがいつものルーティンだった。

そこには楽しかった頃の思い出が沢山詰まっている。しかし、それは中学二年生を境に途切れていた。そこから先は、それまでとは打って変わったように写真は少なくなり、楽しかった日々は色褪《いろあ》せ、灰色の日々が続く。そこに写っている自分の顔も憔悴《しょうすい》し寂し気だった。

「もう戻れないの?……嫌だよ」

あの頃の私はいつでも笑っていた。一見、笑っていないような不愛想に見える表情でも内心では喜んでいるのが分かる。私の隣にいるのは私が大好きな人、大好きだった人。私が密着して写真を撮ろうとすると、いつも困ったような、恥ずかしそうな、でもやっぱり無表情に応じてくれた。大切な、本当に大切な思い出ばかりだ。

──そして、そんな大切な思い出の一つを失ってしまった。

浴衣姿の私が写っている。毎年、彼と一緒に夏祭りに行くのが定番だった。

最初は家族同士で行っていたが、いつ頃からか二人で行くようになっていた。

どれも淡く儚《はかな》く綺麗《きれい》で優しい思い出ばかりが蘇《よみがえ》る。でも、それは全て壊れてしまった。

私が自ら壊してしまった。

もしかしたら、今もまだこんな風に二人で出掛けられたのかな？　もっと深い関係になって、夏祭りに一緒に出掛けて、手を繋《つな》いで、キスをして、帰って来てから二人で──。

涙が込み上げてくる。愚かな自分に、失ってしまった大切なモノに。

どうして？　と、そんな疑問を抱くことは罪だった。全部自分のせいなのだから。私がそれを捨ててしまったのだから。醜く小心者で卑怯《ひきょう》な私がその幸せに耐え切れずに壊してしまった。このままもう昔みたいに話す事もできないのかな？

嫌だよ……もっと話したいよ……昔みたいに触れてよ……──。

夏祭りのあの日、彼が手を繋ごうとしてくれたとき、恥ずかしさのあまり咄嗟《とっさ》に手を引いて振り払ってしまった。ドキドキを悟られたくなかった。

手汗掻《か》いてないかな？　なんて必死に考えて、こっそりハンカチで手を拭いた。

けれど、もう一度彼が手を握ってくれることはなかった。ううん。違う。私から握り返せば良かっただけなのにね。

届かない想《おも》い。伝わらない言葉。本当のことを知って欲しいのに、言えずにここまでずるずると来てしまった。もっと早く彼に自分の気持ちを伝えられていれば。そんな後悔だけが毎日毎日積み重なっていく。

彼の前に立つと足が竦《すく》んでしまう。彼の目を見ると、恐《こわ》くて何も言えなくなってしまう。あの目は、もう私なんてどうでもいいのだと思っているような気がして。幼馴染《おさなな じみ》でも友達でもクラスメイトですらなく、興味のない無関係な他人。そう思われているかもしれない。それはあまりにも残酷で恐怖だった。

それでも私のことを気遣ってくれているからだということは、彼の発言から分かる。当てつけのように裏切った私をまだ大切だと思ってくれていると信じたかった。だからこそあんな風に振舞っているのだと信じることだけが私の心の支えだった。それが、更に私を苦しませることになるとは知らずに。

でも、もう限界だった。耐えられそうにない。同じクラスになり、関係改善の切っ掛けになるかもしれないと喜んだ。でも、それはあまりにも難しくて、近くにいるはずの彼との距離は途方もなく遠かった。

中学三年のときも、彼は大怪我をしていた。思い出の中にある彼はいつも怪我をしている。いつも何かに巻き込まれて傷ついていた。そして、その理由を教えてくれたことは一度もなかった。自分が悪いとしか彼は言わない。誰にも何も言わない。

どうして、どうしてそこまで——。

今日、久しぶりに会話しただけで、私の気持ちは抑えきれなくなっていた。抑圧してきた感情が嵐のように渦巻き噴き出しそうになっている。

膝を抱え、キュッと身体《からだ》を抱きしめ、巻かれたテーピングをそっと撫《な》でる。

歩くのが随分楽になった。彼はちゃんと気づいてくれた。いつも、いつだって、私が助けを求めれば絶対に救ってくれる。でも、あのときだけはそれをしなかった。

この気持ちに素直に従うんだ。雪兎の言葉を思い出す。

元に戻れなくても、新しい関係なら作れるかもしれない。ここで踏み出さなければ、今、踏み出さなければ、この一年間は無駄になる。

もうこんなチャンスは来ない。そしたらもう二度と会えないかもしれない。彼に近づくことさえ許されなくなる。臆病な私のまま、本当に終わって良いの？　このままで良いの？　いいはずなんてなかった。

「——お願いします。もう一度だけチャンスをください」

誰かに願うように、許しを求めるように、私は震える手を握り締める。すれ違ってしまった日々を取り戻すかのように。

勇気を振り絞って謝った。でも、そこにあったのは違和感。埋まらない齟齬《そご》。

謝ることばかり考えてきた私は、彼の言葉に真っ白になってしまった。

「……私は雪兎とどうなりたいんだろ」

思えば、彼と喧嘩《けんか》なんてしたことなかった。怒られたこともない。いつも一方的に私が何かを言っていただけだ。

全てを彼に話そう。これまで何があったのか、何故《なぜ》あんなことをしてしまったのか。赤裸々に気持ちを伝えて、何も隠さず、臆さず、私の全てを伝えるんだ。

そして、私の全部を彼にあげる。だからお願い、もう一度だけ――。


「幾ら何でもこんなもん見つかるわけないだろ……」

いや、見つけたんですけどね!? 気が抜けて木陰に腰を下ろす。つい三往復もしてしまった。体力だけは自信があるといっても流石《さすが》に疲れた。降り出した雨は体力も体温も奪っていく。膝もガクガクで踏ん張りが利かない。つか暗ぇぇぇぇぇぇ! 夜目にも慣れてきたが、何処からか梟《ふくろう》の鳴き声がする。これまた風流だねぇ。野犬じゃなくて良かったよ。対処しようがないしさ。

六合目付近にそれはあった。落としたときに転がったのかルートからやや外れた斜面に引っ掛かっていた。改めてマジマジと見てみるが、不細工なクマの表情が腹立たしい。こんなもんいつまで大切にしてんだよ……。

俺は硯川《すずりかわ》から貰《もら》ったモノも、思い出も、あのとき全て捨ててしまった。今はもう何も残っていない。それなのに硯川は――。

思考を振り払う。そろそろタイムリミットだ。急がないと本格的に帰れなくなってしまう。重い身体を引きずるように斜面を下っていく。

はぁ……。なんとか見つかって良かった。あのままなら硯川は一人で捜しに行きそうな狼狽《ろうばい》っぷりだった。これは俺の自己満足でしかない。これだけ堪能すれば自然はしばらくお腹《なか》一杯だ。現代っ子の都会人は自然とは相容《あいい》れない。後で銭湯にでも行こうかな……って、アレ？　ズルリと、ぬかるんだ地面に足を取られる。

「終わった」

膝が崩れ落ちバランスを失う。あー、これヤバいやつだ。転落かぁ。

緩慢に流れる時間。人生のスタッフロールは悲しいほど短かった。

「俺って、知り合い少なすぎじゃない？」

人間関係の希薄さに思わず自分で呆《あき》れて、そのまま斜面を転がり落ちた。

◇

提灯《ちょうちん》が煌《きら》めき、祭囃子《まつりばやし》がメロディを奏でている。ガヤガヤとした喧騒は楽しさを秘めて空気を彩る。屋台の並ぶ通り道。綿菓子を片手に俺は彼女と一緒に歩く。

「ねぇ、あんず飴《あめ》食べよ！」

気分がそうさせるのか、彼女は昔のように屈託のない笑顔を見せる。今ではそんな表情も珍しい。飴で赤くなった舌をチラリと出して、悪戯《いたずら》っぽく目を細めた。

夏祭りという、特別な一日が童心に帰る魔法を掛けているのかもしれない。

「ほら、アンタ射的得意でしょ。アレ取って！」

白を基調にした藤色の浴衣が清楚《せいそ》な姿と相まって良く似合っていた。

促されるまま獲物を狙う。射的の屋台で撃ち落とした小さなクマのストラップを巾着に入れると、高揚に身を任せるように足取り軽く進んでいく。

俺達にとっては毎年の恒例行事だった。これからも続いていくとそう疑わなかった。

徐々に日が沈み、開始を告げるかのように一発だけ花火が打ち上がる。

「あのさ、そ、その来年は……じゃなくて——……として……」

俯《うつむ》きながら何かを言っているが、次第に増してきた混雑にかき消される。

ドンとひと際大きな音がして、空を見上げた。色とりどりの打ち上げ花火が夜天に華を咲かせる。周囲から「おぉ……」と歓声が上がり、俺達も見入っていた。

人込みに流され、彼女と距離が離れる。

はぐれないよう咄嗟に彼女の手を取り握りしめた。

「————ッ！」

彼女の目が驚愕《きょうがく》に染まり、パシッと手が弾《はじ》かれる。引っ込められた手に伸ばした右手は目的を見失い、虚空を彷徨《さまよ》う。

「……あっ……」

微《かす》かに吐息が漏れ、彼女は自分の表情を覆い隠すように後ろを向いた。

ずっと化かされていたのかもしれない。中学生になると、彼女は徐々に辛辣に当たるようになっていた。もっと早く気づくべきだった。

彼女は教えてくれていたのに。

俺達《たち》の関係は変化して、とうに終わっていることを。

振り払われた手が、拒絶の意思だということに。


しない。

「――ん……あれ……？」

どうにも身体が重い。地球の重力が変化してる？　霞《かすみ》がかかったように思考がハッキリしない。

ぐっしょり汗で滲《にじ》んだシャツが背中に張り付いていた。着替えようと身体を起こすが面倒になり諦める。しょうがないのでタオルで拭いていくが、億劫《おっくう》だった。

朧《おぼろ》げだった記憶が徐々に鮮明になっていく。そういえば風邪を引いたんだった。

ボロボロになりながらなんとか帰宅したまでは良かったが、雨の中、無理が祟《たた》ったのか家に着くなり倒れ込んでしまった。体温計で熱を測ると三十八度を超えていてビックリですよ。入浴だけ済ませて、そのままベッドにダイブしたところまでは憶《おぼ》えている。

時計を確認すると十二時を回っていた。半日以上眠っていたらしい。

まだ少しだけ怠《だる》いが、昨日より体調はマシになっている。熱も平熱まで下がっていた。

風邪薬を飲み、もう一眠りくらいすれば明日には学校に行けそうだ。

それにしても風邪を引いたのは久しぶりだ。身体を鍛え始めてからは初めてかもしれない。

雨に濡《ぬ》れたのが良くなかった。最近色々と慌ただしい日々が続いていたからなのか、いつの間にか精神的なストレスでもあったのだろうか。また家族に迷惑を掛けてしまった。

静寂の中、カチカチと秒針の回る音だけが響く。メトロノームのように規則正しい音が再び眠気を誘う。とても懐かしい夢を見ていたような気がする。楽しいような、悲しいような、どっちともつかない内容だった。ただ喪失感だけが残っている。

机の上に置かれたストラップが目に入った。すっかり忘れていた。

それにしても、これの何がそこまで硯川を惹《ひ》きつけるのやら。ひょっとしたら実はレアだったりするのだろうか。だからこそあんなにも焦っていたと考えれば辻褄《つじつま》が合う。だとしたら早く硯川に渡さないと。

あ、でもすぐには無理かも。そんなことを思いながら、再び意識は闇の中へ落ちていった。

◆

「聞きたいことがあるの。巳芳《みほう》君、少し良いかしら？」

「え、俺ですか？　ちょっと待ってください」

休み時間、思いがけない人物が教室にやってくる。

姿を見せたのは、雪兎《ゆきと》のお姉さんの悠璃《ゆうり》さんだ。さっきまで静かだった教室がざわつきだす。告白かもなんて囁《ささや》きが聴こえてくるが、巳芳君はモテるとはいえ、悠璃さんに限ってそんなことは絶対にありえない。あの人が動くのは雪兎のことだけだ。

一瞬、ハッキリと敵意のこもった眼差《まなざ》しが私に向けられる。恐らく神代《かみしろ》さんにも。

「悠璃さんがどうして……」

雪兎は風邪で学校を休んでいる。昨日、早く帰ったのは本当に体調が悪かったようだ。今日こそはちゃんと向き合おうと覚悟を決めていたのに、どうにも間が悪い。

でもそんなことよりも、雪兎のことが心配だった。私の中にある漠然とした不安は今もまだ燻《くすぶ》っている。

『どういうことなんですか？』

『私がそれを聞きたいの。昨日はそれどころじゃなくて――』

廊下から漏れ聞こえてくる困惑を含んだ声が、それが決して告白なんかじゃないことを証明している。しばらくして話が終わった巳芳君が、神妙な顔つきで戻ってきた。

「どーしたん巳芳っち？」

「いやそれが俺にも良く……って、待てよ。そうか！　まさかアイツ……。硯川さん！」

何かに気づいたのか、巳芳君がハッと表情を変えて、慌てて話しかけてきた。

「昨日さ、雪兎が家に帰ったの十時近かったらしいんだ」

「なんで雪兎がそんな時間に帰るのよ。だって昨日は」

「あぁ。アイツは早めに学校を抜け出した。なのに家に帰ってきたのは夜遅かった。昨日の夜、雨が降ってたよね。そして今日、アイツは学校を休んでる」

こういうとき察しの悪い自分が嫌になる。私より雪兎のことを理解している巳芳君に嫉妬めいた感情を抱く狭量さにもだ。

「あくまでも推測だ。硯川さんストラップを落としたって言ってたよね。もしかしたら雪兎は」

私は話を聞き終わる前に教室を飛び出していた。

「待って、待ってください！」

居ても立っても居られなくなり、全力で追いかける。足の痛みなんて忘れていた。二年の教室に戻ろうとしていた悠璃さんの背中に声を掛ける。じりじりとした焦燥感。

悠璃さんの足がピタリと止まり、後ろを振り返る。怜悧《れいり》な眼差しがひと際厳しくなった。

「あの……！」

「…………なに？」

「雪兎は大丈夫なんですか!?」

雪兎の姉である悠璃さんと話すのは本当に久しぶりだ。昔は優しかった。けど今は……。

「……ただの風邪よ。朝には熱も下がってたし、すぐに治るわ」

「良かった……。お見舞いに行っても――」

「硯川さん。これ以上、私を怒らせないで」

「――……ッ!?」

私の言葉を底冷えするような無機質な声が遮る。

「昨日、どうしてあの子は帰るのが遅かったの？　なにをしていたか貴女《あなた》、知らないかしら？」

「あ……えっと……」

巳芳君の言ったことはあくまでも推測だ。確証があるわけじゃない。答えに窮する私の姿に、悠璃さんは苛立《いらだ》ちを隠すことなく、言葉に怒気がこもる。

「またあの子を騙《だま》したの？　あんなにボロボロになるまで貴女は！」

「すみませんでした！　私が悪いんです！　私が余計なことを言ったから――」

勘違い、自惚《うぬぼ》れかもしれないとしても、謝らずにはいられなかった。

「いい加減にしてよもう！　どれだけあの子を振り回せば気が済むの！」

ただならない様子に視線が集まる。悠璃さんが大きく息を吐いた。

「はぁ……。どきなさい。貴女と問答している暇はないの」

「待ってください！　私も――……！」

「絶対に来ないで」

吐き捨てるようにただそれだけを言われて、私はその場に呆然《ぼうぜん》と立ち尽くした。

「アカン、暇や」

シャキーン、完全復活！　すっかり復活したわけだが、お腹がペコペコだ。

母さんは今日に限って出社だったので酷《ひど》く落ち込んでいた。付きっきりで看病したかったのにとか怖いことを言っていたが、そんなことされたら気が休まらない。

体力が有り余っていた。手持無沙汰だ……やることがない。どうせなら腕によりをかけて豪勢な夕食でも作ろうかと思案しているとガチャリと玄関の開く音がした。

帰るの早くない？　時間的にも母さんではない。姉さんかな？　寝たふりでもしようか。

耳を澄ませると玄関口で誰かと話しているのが聞こえる。


「……帰りなさい」

「――で、でも！」

「看病は私がする。貴女が来ても邪魔なの」

「お願いします！　少しだけで良いんです！」

「そこまであの子が気になるなら、あのときどうして――！」

「――ッ！」

「弟を捨てた貴女に何の関係があるの？」

「ち、違っ……」

「さよなら」

乱暴に玄関が閉められる。あまりの荒れ模様に俺は戦々恐々だった。

姉さんは真っ先に俺の部屋に入ってくる。ノックという常識を期待してはいけない。急いで帰ってきたのか、少し息が上がっていた。

「どう、大丈夫？」

「だいぶ熱は下がって楽になったけど……今、誰か来てなかった？」

ビクビクと尋ねてみる。顔見知りのようだが、それ以上は分からない。

「……新聞の勧誘よ」

「嘘《うそ》が下手過ぎか」

「は？」

「失言でした」

嘘つけぇぇぇぇぇぇ！　なになになんだったの!?　会話は聞き取れなかったが、どう見てもそんな雰囲気じゃなかったよね!?　新聞の勧誘で口論になるはずない。

しかし、それを問い質《ただ》そうにも教えてくれるつもりは毛頭なさそう。気になってしょうがないが、姉さんに「は？」と言われたら、反論不可能の合図だ。それが我が家の鉄則なのであった。弟は辛《つら》いよ。

「身体《からだ》に良さそうなもの色々買ってきたから」

スポーツドリンクや栄養食品、ゼリーなどが置かれていく。なにゆえ全てピーチ味なのか。桃に謎の信仰心を見せるが、食べ易《やす》くて有難い。

「朝よりだいぶ顔色良くなったね。して欲しいことある？」

「ないです」

即答する。姉さんの手を煩わせるようなことなどない。

「汗、拭いてあげようか?」

「さっき自分で拭いたので大丈夫です」

「じゃあ、お粥《かゆ》作る?」

「ハハ、無理すんなし」

「は?」

「調子に乗りました」

悲しいかな姉さんの料理スキルに対する信頼度はハードルが地中に埋まっている。残酷な現実に向き合いつつ、俺は諦めて台所に向かい、自分でお粥を作り始めた。「私の分も作ってよ」とか言ってるが、アンタ元気だろ。

「食欲は?」

「お腹《なか》は空《す》いてるかな」

「睡眠欲は?」

「ずっと寝ていたので目は冴《さ》えてます」

「性欲は?」

「…………ん?」

それ聞く必要ある? 動揺を隠せない。待て。これはあくまでも姉さんによる問診だ。九重《ここのえ》悠璃ともあろう者が、決して無意味な質問などするはずがない!

「ねぇ、性欲はどうなの? ねぇ!」

「あの……」

「答えなさい。性欲は？」

「た、溜《た》まってるかな」

圧力に耐え切れず、ついうっかり正直に答えてしまう。

「そう。風邪が治ったら待ってなさい」

「はい」

なんかもう聞き返すのが怖いので素直に返事だけしておいた。

「悠璃さん、迷惑かけてごめん」

「迷惑って……どうしてアンタは――はぁ。何かあったら呼びなさい」

「うん」

食べ終わり部屋に戻る。姉さんの顔が寂しそうに見えたのは何故《なぜ》だろう？

◆

放置していたスマホを開くと通知がインフレしていた。失敗を悟る。見なきゃ良かった。

硯川《すずりかわ》の名前がズラリと並んでいる。自然とストラップに視線が向いた。

今頃きっと困っているに違いない。学校で渡しても良いのだが、仕方ない急ぐか。

「ちょっとコンビニに行ってきます」

折り返しはすぐだった。風邪はすっかり完治している。

砚川も出られるらしい。どのみちこのままだと眠れそうにないしね。

上着を羽織ると、足早に目的地へと向かった。


「雪兎！」

ちょ、俺、今汗臭いから近寄らないで！　会うや否や胸に飛び込んできた砚川を引き剥がそうとするが意外と力が強かった。ぐぬぬぬぬ……。

「学校終わりに悪いな。明日でも良かったんだが」

「ううん。そんなこと良いの！　風邪は大丈夫なの？」

「すこぶる快調だ。暇を持て余していたからな」

「もし雪兎になにかあったら私……」

砚川がポロポロと泣いていた。——らしくない。ふと、気づく。

「もしかして、家に来た？」

「——……ごめん」

「どうして君が謝る？　悠璃《ゆうり》さんと口論にでもなったのか？」

「ち、違うから！　そういうのじゃなくて……私が悪くて——」

悠璃さんが追い返していたのは砚川だったのか。

「すまん。悠璃さんは武闘派だからな。お腹が空いて気が立ってたんだろう」

「クス。そんなこと言って怒られても知らないよ」

見慣れない泣き顔にズキズキと頭痛がする。俺が憶《おぼ》えている硯川の表情は、いつも不満げで怒っていたはずなのに。

「ほら、硯川。ブサイクマ持って帰れ」

「――！　あ、ありがと。雪兎《ゆきと》はこれを捜しに行ってくれたの？」

「帰宅部だから暇だったんだよ。大事なモノなんだろ？」

「あ、ありがとう……でも、一人で危ない真似《まね》は止《や》めてよ――！」

硯川にストラップの不細工なクマ、通称ブサイクマを渡す。会心のネーミングセンスに拍手喝采が起きるかと思ったが全スルーだった。酷いや。

「それにしても、まさかそんなに貴重品だとは知らなかった」

「そんなわけないでしょ。……これは絆《きずな》だから――」

言葉の意味は分からなかった。詳しく聞くつもりもない。大切なモノは取り戻せたのだから。それ以上は何も望まない。

それからしばらく、硯川は俺のTシャツを涙で濡《ぬ》らし続けていた。

「お腹空《なかす》いた」

「う、うちに来なさいよっ！　食べるものくらいあるわよ」

「もう夜になるぞ。ラーメンでも食べて帰るよ」

この時間だ。あの人も、送り届けるくらいは許してくれるだろう。

それに俺は学校を休んで元気だが、硯川は疲れているはずだ。一人で帰らせるわけにもいかない。ただでさえ足を痛めている。

そういや、こうして二人きりになるのはいつ以来だ？　何処《どこ》かソワソワと落ち着かない。なによりも最近の硯川は俺の知ってる硯川とはどうにも様子が違うだけに気になっていた。あの頃のような苛立ちを見せずに、落ち着いている。

「ごめんね送ってもらって」

「足は大丈夫か？」

「うん、平気。……なんかさ、懐かしいねこういうの。昔もよく遅くまで遊んでて怒られたっけ。まだ……帰りたくないかも」

到着した玄関前で硯川がどこか名残惜しそうにしていた。

「なんだ悩み事でもあるのか？　大丈夫だ。足の匂いなんて誰も気にしないって」

まぁまぁと慰めてみるが、みるみる顔が赤く染まっていく。

「なっ!?　アンタいつまで引っ張ってるのよ！」

「匂いで悩んでるんじゃないのか？」

「違うって言ってるでしょ！　あーそう。もう怒ったわ。だったら嗅ぎなさいよ！」

ふん！　と、鼻息荒くやけくそ気味の硯川がまだテーピングが巻かれたままの脚をこちらに向けてくる。少しだけ、俺の知っている硯川らしかった。

「人に嗅がせようとするなんて、君の嗜好《しこう》は理解不能だ」

「変な誤解しないで！」

やむを得ない。俺は鼻を近づけるとクンクン嗅いだ。そうです私が変質者です。甘んじて受け入れよう。これがガイアか……。ふと、我に返る。いや、あの……。

「なにやってんだ俺達《たち》……？」

「うっ……。アンタのせいでしょ！　ど、どう臭くないわよね？」

「それはさておき。この前、横を通りかかった占い師が泣きながらコーヒー奢《おご》ってくれたんだけどさ、アレなんだったたんだろうな」

「さておかないで！　その話もすっごく気になるけど、まず私の名誉を守って！」

「そうそう。その方が硯川っぽいぞ」

「……え……？」

「すっかり性格が変わったのかと思ってたよ」

拍子抜けしたかのようにポカーンとしている硯川だが、言わんとしていることを徐々に理解したのか、また俯《うつむ》き加減になってしまう。罵詈《ばり》雑言《ぞうごん》が飛んでくるかと思ったが、特にそんなことはなかった。

「……ねぇ、雪兎。私、変われてるのかな？」

「君は俺を嫌ってたんじゃなかったのか？」

「……憎くて憎くて堪《たま》らないんだ自分が。酷《ひど》いよね。素直になれないなんて、ほんとは、そんなの傲慢なんだよ。相手に甘えてるだけ。傷つけてるだけなんだ」

後悔を吐き出すように、自嘲めいた言葉が硯川の口から零《こぼ》れていく。

「変わりたかったんだ。あの日からずっと、ずっと後悔してた。言わなくても分かって欲しいなんて卑怯《ひきょう》だよね。自分で伝えなきゃ、言葉にしなきゃ意味なんてない」

硯川の懊悩《おうのう》にどんな言葉を返すべきなのか分からず黙り込む。

「見つけてくれて――ありがとう。嬉《うれ》しかった」

「もう聞いたよ」

「雪兎は、どうして捜しに行ってくれたの？　私のことずっと避けてたのに」

「昨日も言ったが、別に喧嘩《けんか》してるわけじゃない。困ってたら助ける。それくらいはするよ」

どれだけ嫌われていても、俺が彼女に救われていたのは事実で、なんてことはない。これはただその大きな借りを返しただけで他意などない。

「それは……幼馴染《おさななじみ》だから？」

「関係ない。でも、困ってるなら、助けがいるなら、言ってくれなきゃ分からない。俺はもう君の傍《そば》にいられないから」

「いてよ。……――ずっと隣にいてよ！」

「それは俺の役目じゃ――」

硯川の手が俺の頬に触れる。絞り出すように、ゆっくりと吐露していく。

「私ね、もう先輩と付き合ってないよ。すぐに別れたんだ」

「は？　いや、ちょっと待て。すぐっていつ？」

「付き合って二週間くらい」

「い、いや待て。なんだそれは。じゃあ俺はフェイクニュースを……ポリシー違反を……個人情報保護法違反を……」

ええぇぇマジで!?　初耳なんですけど！　全く気づかなかった。それだけ俺が硯川のことを見ていなかったのは事実だ。穴があったら入りたい。

「言わなかった私が悪いの！　でも、もう嫌なんだ雪兎と話せないの。戻ろ？　私達、あの頃みたいな幼馴染に戻ろうよ！」

「無理だよ。戻れない」

「ど、どうして？　もう遅いの？　間に合わないの？　神代《かみしろ》さんが好き？」

「──違う。ただ、俺はもう君を好きだった頃の気持ちを思い出せないから」

甘い誘惑。それでも、戻りたいなんて思ったことはなかった。いつだって過去は辛《つら》いものばかりだ。戻りたい地点なんてどこにもない。

「私もずっと雪兎が好きだったよ？　小さい頃からずっと好きだった！　雪兎が告白してくれたとき、嬉しかった。すぐに返事をしたかったの！　でも──」

硯川が俺のことを好き？　え、幻聴？　突然の告白は、まるで他人事《ひとごと》のように聞こえていた。なんだよそれは。勢い任せに吐き出された言葉が心をざわつかせる。さっき、素直になりたいって言ってたじゃないか。なのにどうして嘘《うそ》をつく？　そんなにも何故、偽ろうとする？　頭痛が酷さを増していく。

カチリと壊れる音がした。

あるわけないってそんな都合の良い事。一瞬で思考がフラットに引き戻される。

俺達の関係は、かつて選択した過去の延長線上。

「君がそんなに嘘つきだとは思わなかった」

「――なに……を……」

病気のときは気が弱ると言うが、まさに硯川の精神状態もそんなものかもしれない。疲労がピークに達しているんだろう。気が滅入《めい》っていると、どうしても普段は出ない弱気さが顔を見せてしまう。俺だって風邪を引くと口数が減る。姉さんに「アンタは病気のときの方が正気に見えるわ」と言われるくらいだ。

硯川の言葉を反芻《はんすう》する。いったい何故今になってそんなことを言うのか、とても不可解だった。幼馴染というのは希少な関係性だ。他者から見ればその関係は強固で特別なものに見える。だからこそ厄介だった。同性ならともかく、異性の幼馴染となれば必然的にその関係性もその距離感も、誰かと付き合う上では邪魔にしかならない。そうであるが故に彼女はその関係を断ち切ろうとしていたはずだ。

「元に戻れば同じことの繰り返しだ。君がこれから誰かを好きになったとき、俺はきっと君の邪魔にしかならない」

「そんなことあるわけないでしょ！」

硯川《すずりかわ》だけじゃない。誰にとってもそうなのだから。もう慣れていた。

「それに、君がずっと俺を好きだった？　そんな嘘をついて何になる？　君は好きだったから先輩と付き合ったんじゃないのか？　それとも好きでもないのに先輩と付き合っていたのか？」

「――それは!?　でも、嘘じゃないの！　嘘なんかじゃ――！」

硯川が嘘をついているのは間違いない。もし、本当に硯川が俺のことを昔から好きだったと言ってくれるなら、だったらどうして先輩と付き合った？　何故《なぜ》あのとき、そう言ってくれなかった？　それは俺がこれまでの人生でたった一つだけ願ったもので、手を伸ばそうとした未来だった。

でも、それは手のひらから砂のように零れ落ち、俺にはいつも通り何も残ってなかった。

硯川は、付き合って、ああいうことをしていたくらいに先輩のことが好きだったはずだ。それなのに、硯川が昔からずっと俺を好きなどという話は嘘にしか聞こえない。これが先輩と別れてからの話ならまだ分からなくもないが、昔からずっとなどと言われても、まるで信憑《しんぴょうせい》性がなかった。

最初から両想《りょうおも》いだった？　そんなことはあり得ない。

俺は確かにあのとき、フラれて失恋したのだから。

こうして再会する前、最後に硯川に言われた言葉を思い出す。『うそつき』。

彼女は憎しみの宿った目で、絞り出すようにそう言って、俺の前から姿を消した。

「君がどんな理由で俺を嫌っていても構わない。でも、俺は君に嘘をついたことはない。それだけは信じて欲しい。じゃあ俺は帰るよ。灯織《ひおり》ちゃんと仲直りしろよ」


去っていくその姿を呆然《ぼうぜん》と見送ることしかできない。彼を追いかけようとしても足が動かない。上半身だけが前のめりになり転びそうになる。

私はようやく彼の本心を少しだけ垣間《かいま》見た気がした。雪兎の言っていることは正しい。巳芳《みほう》君自身の罪深さに悲しみが襲ってくる。どうにもならない。

巳芳君の話を聞いて、心臓を鷲掴《わしづか》みにされた気分だった。

雪兎は学校を風邪で休んだ。もしかしたら酷い怪我《けが》をしているかもしれない。私は恐怖でいっぱいだった。彼が消えてしまう。いなくなってしまう。その原因を作ったのは私だ。最悪な想像を否定したいのにできない。心が凍《い》てつくような感覚。

視線を落とす。大切な絆。心に届かなかった。触れられなかった。

あの夏祭りの日。私は彼の手を振り払った。

浮かれていた私は、そのとき彼がどんな表情をしていたか見ていなかった。雪兎は私に拒絶されたと感じていたかもしれない。そうじゃないと伝えなかった。

今になって気づいてしまう。そんなことすら理解するまでに時間が掛かった。

そうだった。手を繋《つな》ごうとしてくれたのも、告白してくれようとしたのも、いつだって彼が先だった。じゃあ私は何をしていたの？　ただ餌を待つだけの雛鳥《ひなどり》のように、彼から彼から受け取るばかりで、私から彼に何かをしてあげたことが、伝えたことが一度でもあっただろうか？

嘘つきなのは私。その通りだ。私のついた嘘が、彼を苦しめ私を苦しめている。その嘘を正すのは簡単だった。

しかし、どうしてそんな嘘をついたのか本心を明かすことは恐怖だった。

醜い自分の心。自己保身にまみれ、他者を試し、自分を安全なところにおいて、相手だけを傷つける。自分に素直に向き合っていれば、もう少しだけ待つことができていたら、こんなことにはならなかったのにね。

あの時、私は焦っていた。雪兎《ゆきと》はモテる。本人は気づいていないが、何事にも達観し成熟していた彼は周囲の誰よりも大人びていた。

そして何より優しい。モテないはずがない。たまに奇行をやらかすところやぶっ飛んだ言動も、放っておけなくなる。アンバランスな魅力を持つ幼馴染のことを好きだった子を私は知っている。彼女達が雪兎に告白していないのは、私がいたからだ。だから、あんな真似《まね》をしてしまった。

最低な私。醜い私。嫉妬にまみれた汚い自分。

私が先輩と付き合ったという噂《うわさ》が広まると、すぐに他の子達が彼に近づいていった。その中の一人が神代汐里《しおり》だった。

でも、雪兎は部活に打ち込み始めた。なりふり構わず、一切余所見《よそみ》することもなく、ただひたすらにボールを追いかけていた。

その頃には、私は自分のついた嘘によって雁字搦《がんじがら》めになり、悪意によって増幅されたそれは、取り返しのつかないことになっていた。身動きが取れず悲鳴も上げられず現実という茨《いばら》に縛り付けられていた。

私の口は真実を語るわけでもなく、彼を『うそつき』だと罵った。

『あのね、わたしはずっとずっとゆーちゃんの味方です！』

『じゃあ、ボクはひーちゃんが困ってたら助けるよ』

子供の頃の約束は結婚なんて洒落《しゃれ》たものじゃない。それでも大切な思い出として胸に仕舞っている。彼は憶《おぼ》えてもいないだろう。それでも許せなかった。助けてくれるって言ったのに。彼の隣にいたのは、苦しんでいる私じゃなくて他の誰かだったことが。そのことが、どうしようもなく悲しかった。

ストラップをそっと握り締める。本当は分かっていた。彼は嘘なんてつかない。今日まで、こうして私を助けてくれたように。

嘘をついたのも、助けを求めなかったのも、裏切ったのは私自身だ。

あのときだって、素直に助けて欲しいと伝えていれば、すぐに彼が解決してくれたはずだ。彼はそれができる強い人だから。

変わりたかった。変わらないといけないのは私なんだ。素直になれていれば、あんなおぞましいことにはならなかった。家族からも軽蔑され、呆《あき》れられ、怒られ、雪兎を慕っていた妹は未《いま》だに私を許してくれない。

こんなにも好きなのに。その気持ちを、その言葉を伝えられなかった。伝えたときにはもう届かなくて、彼は私に対する好意を失っていた。

追いかけるのは私だ。彼にもう一度好きになってもらう。

待っているだけの私はもう要らないの。誰もが夢見るように、お姫様に憧れた。

でもガラスの靴は粉々に砕けて、助けてくれる魔法使いも、お城に運んでくれるカボチャの馬車も、私にはなにもない。だけど、痛みが残る足には、そんな私をまだ見捨てないでいてくれた彼の優しさが残っている。

絶対に諦めない！　諦められない。諦めたくない。

この醜い本心を明かせば、きっと嫌われる。だからこそ言えないままここまで来てしまった。勇気がなく、覚悟もなくて、そして今、私は嘘つきだと断罪されたんだ。それでも私は言わなければならなかった。もう一歩だけ踏み込まなければならなかった。

ようやくハッキリと理解する。遅すぎたけど、それでも私は――。

何もかもやり直すには、雪兎に嫌われないと始まらない。この醜さを全部ぶつけて、認めないと戻れない。違う、戻るんじゃない。今度こそ進むんだ！

「ごめんなさい……」

謝るのはこれで最後にしよう。それで、嫌われて、もう一度始めよう。

今度こそ、硯川灯《ひ》凪《なぎ》の本当の恋を──。

第四章「本心と猜疑心」

The girls who traumatized me keep glancing at me, but alas, it's too late.

翌日、すっかり全快し登校しようと家を出ると、マンションの入り口で姉さんに呼び止められる。同じ高校に通っているからといって、一緒に登校したりはしない。どちらかといえば、朝の弱い姉さんに対して、家から出るのは俺の方が早いのが常だった。

はて、なにか用だろうか？

「ん」

どうしたことかと疑問に思っていると、姉さんが片手を前に出した。

ははーん、なるほど。さては看病代の請求だな？

昨日は俺なんかの為《ため》に色々と買わせてしまった。手を煩わせてしまったことに申し訳なさがある。財布を取り出すと千円札を姉さんの掌《てのひら》に乗せた。

「は？」

「ごめんなさい。冗談です」

そうだよね、千円じゃ足りないよね！　五千円札に変える。

「アンタ馬鹿にしてるの？」

やべぇぇぇ！　眉間に皺《しわ》が寄っている。怒らせてしまったらしい。男子と違い女子は何かとお金が掛かるものだ。ここは看病代に上乗せするのが当然だろう。そう思い財布から一万円札を取り出したのだが、姉さんの怒りのボルテージは急上昇だ。

「こ、これでなんとか勘弁してもらえませんか？」

財布ごと差し出した。普段から大してお金を使わないので問題ない。俺は反抗期を迎えたことがない男、九重《ここのえ》雪兎である。姉さんが必要なら幾らでも渡すだけだ。

そもそも俺のような迷惑しか掛けないクソ人間をまともに学校に通わせてもらっているだけでも感謝しかない。家族には逆らわないのが俺のポリシーなのだった。

「お金、欲しいなんて言ってないんだけど？」

「……じゃあ何を差し出せば良いのでしょうか？」

「私が何か要求してるみたいな前提なんなの？」

「愚弟ですみません」

深謀遠慮な姉の思考など俺には分かるはずもなかった。精進します。

「病み上がりでしょ。不安だし、手、繋いであげるから一緒に行こ」

「ご乱心か？」

俺は幼稚園児か？　斜め上の予想外な返答に全く付いていけない。高校生にもなって姉と手を繋いで登校したら別の問題が発生してしまう。姉さんは美人で有名だ。要らぬ憶測を呼ぶことになる。それに、姉さんと手なんか繋げるはずがない。

それをしてしまえば、またあのときのように――。

「――無理だよ……」

「まだ信用できない？」

「そうじゃない」

姉さんの優しさに甘えるわけにはいかない。俺を嫌いでもこうやって心配してくれる、それだけで十分だった。それ以上を求めたりなんてしない。

もう体調は万全だ。踵《きびす》を返して学校に向かう。

その先にあるのが、悲しみだけだと知っているから。


「どうしてこうなった……」

「早速、話題になってるな色男」

教室に着くなり爽やかイケメンが揶揄《からか》ってくる。病み上がりで朝からこの騒動はキツイ。

姉さんは執念深かった。手を決して繋ごうとしない俺に業を煮やしたのか、強引に腕を組んできた。引き剝がそうにもガッシリとホールドされて不可能だった。おかげで、朝からバカップルのような状態で登校するハメになった。

案の定、早々に話題となり、あっという間に噂が駆け巡ったのである。一つだけ良いことがあるとすれば、二の腕に柔らかい感触を堪能したくらいだが、疲労の蓄積が勝っている。割に合わない。グッタリしたまま一限目の授業を過ごすと、初対面の先輩から廊下に呼び出された。

「呼び出して悪いね。俺、二年の水口。君さ、あの悠璃《ゆうり》さんの弟ってホント？」

「俺は姉とはあまり似てませんからね」

「朝は彼女に彼氏ができたのかと思ってビックリしたよ。なにかあったの？」

「風邪を引いてしまったので、姉が心配してくれただけです」

「もう大丈夫なん？」

「はい。昨日休んでしっかり休養したので元気ですが、朝の騒動で疲れ気味です」

「ククッ。ま、彼女は人気者だから。それにしても彼女は随分と心配性なんだな。家族想《おも》いなのは良いことだと思うけど、弟君も災難だったね」

「姉の奇行には俺も驚いてます」

「時間があまりないから簡潔に言うけど、君に一つお願いがあるんだ。いいかな？」

「姉さんに告白とかそういう話ですか？」

姉のことで俺に何か聞いてくる時点でそれしかありえない。悠璃さんは母さんに似て美人だ。中学時代も何度かこういうことがあった。「お姉さんって彼氏いるの？」とか、良く聞かれたものだ。といっても、あまり普段から会話もないのでプライベートは良く知らないんだよね。彼氏くらいいてもおかしくない。

「これを言うのも恥ずかしいんだけど、悠璃さんを呼び出してくれないか？」

「俺を頼る必要ありますそれ？」

「君は知らないかもしれないけど、彼女、呼び出しても来てくれないから。ラブレターとか渡しても読んでないのか無視するしね。そういう意味でも有名なんだよ」

「誰だよそのクソ女。あっ、姉か」

「そうなんだけど、そこは惚《ほ》れた弱みっていうかさ。告白して断られるにしても、させてもらえないっていうのは、なんか嫌じゃん？」

我が姉ながら態度悪すぎであった。にも拘《かか》わらず人気があるということにこの世の真理が潜んでいる。水口先輩をサッと見回してみるが、野蛮そうには見えない。気さくに話しかけてくるし、それなりに好印象だ。姉さんには迷惑を掛けたばかりだし、どんな返事をするのか分からないが、たまには俺が報いるべきだよね。

恋のキューピットとして、姉の恋愛を応援するのも弟の責務に違いない！

「分かりました。俺に任せてください！」

「やってくれるか少年！」

「一歳しか変わらんやん」

「そこはノッてくれよ」

水口先輩は普通に良い人っぽい。

「――ひぁあ！」

「今、奇声あげてなかった？」

「お黙り」

「なにそのキャラ……？」

友達の聡美が不思議そうな眼差《まなざ》しをこちらに向けてくるが、今はそれどころではない。

マジマジと確認してみるが、間違いなく弟からのメールだった。

誤爆かしら？　と、脳裏をよぎるが、『悠璃さんに大切なお話があります』という文面で私以外の人間に送る内容のはずがない。それでも信じられないのは、あの子が私にメールを送ってくることなど殆《ほとん》どないからだ。稀《まれ》にあっても本当に必要な連絡をやり取りするくらいで、このような内容は初めてだった。

「……どうしよ、私、今日すっぴんだ」

「いつもでしょ。珍しく動揺してるけど、朝の件といい、どうしたの？」

「今後は珍しくもなくなるわ。それにしてもいったいなにが……」

「え、なに？　毎日アレで登校してくるつもり？」

「私はそうしたいけど――って、まさか、朝のアレは『アネ活』だったの!?」

唐突に気づいてしまった。朝方、何故《なぜ》か弟は私にお金を渡してきた。

下世話な話だが、世間には『パパ活』というものが存在している。お金を渡して食事をしたり、そういう行為をするものだが、ひょっとして弟は私に『アネ活』を持ち掛けてきたのでは？　金額によって内容は変わると言うが、相場を知らない私には理解できない。そういえば弟は最初に千円札を出してきた。最終的には財布丸ごと差し出してきたが、それで私にどこまでを望んでいたのか気になってしまう。

なにをさせたかったのかしら。しまった、無下にしなければ良かった！

　こうしてはいられない。私は鞄《かばん》からコスメポーチを取り出すと一目散にトイレに向かう。弟からの呼び出しなど初体験だ。どんな内容かは分からないが、一意専心の心意気で臨むしかない。心躍る気持ちを抑えつけながら放課後を待った。


「雪兎《ゆきと》、どこにいるの!?」

　非常階段はいつも静かだ。ぐるぐると周囲を見渡すが弟の姿はない。

「来てくれたんだ、ありがとう悠璃さん」

　誰かに私の名前を呼ばれた気がするが、そんなことに構ってはいられない。まだ終礼が終わっていないのだろうか、連絡してみようかと思うが、折角なら待ちたい気持ちもある。

　何故か目の前にやってきた良く知らない男が鬱陶しかった。

「君に伝えたいことがあってさ」

「誰？」

「隣のクラスの水口恭一。前に一度、美化委員で一緒になってるんだけど憶《おぼ》えてないかな？」

「知らないわね。私は忙しいの。用がないなら何処《どこ》かに行ってくれる？」

「ちょ、ちょっと待って！　悠璃さんを呼んだのは俺なんだよ。君の弟に頼んで来てもらったんだ」

「は？」

そこまで聞いて私はようやく眼前の水口に関心を持った。

――今、なんて言ったのコイツ？　弟に頼んだ？

「俺、君のこと好きなんだ。俺と付き合って欲しい！」

「水口とか言ったかしら？　私の弟を利用したの？」

「い、いや。そんなんじゃなくて、協力してもらっただけで、そうでもしないと来てくれないと思って……」

「ふざけんじゃないわよ！　くだらないことに弟を巻き込まないで！」

「俺はただ君に告白を――」

「だったらその場で言えば良いでしょう！　こんなところに呼び出して、弟を脅迫でもしたの？」

「脅迫って、そんなことしてないから！」

「どうだかね。もう！」

水口を無視して私は走り出す。今すぐに帰らないと。何かされなかったか不安だ。

その頃には、告白されたことなど、すっかり頭の中から消えていた。

「えっと……返事は？」

一人残された非常階段で、水口は途方に暮れていた。

姉の恋は上手《うま》くいったのだろうか。うんうん、とても良い気分だ。これから一日一善を目標にしよう！　多分だがお釈迦《しやか》様もそう言ってたしね。仏教が由来だと言うが、我が家は無宗教である。

ドタバタと足音がして俺の部屋の前でピタリと止まると、ノックなどお構いなしに勢いよくドアが開け放たれた。制服を脱ぎ捨てタンクトップ姿になった悠璃さんが仁王立ちしている。お、成功したのかな？

「悠璃さん、おかえりなさい」

「アンタ、あの水口って男に何もされてないわよね!?」

「？　先輩からは悠璃さんを呼んで欲しいと頼まれただけですが」

「良かった……」

「晴れて先輩と恋人同士になったりしましたか？」

「アンタを利用しようとする奴《やつ》なんかどうでもいいわよ」

姉さんがとてもお見せできない顔で唾棄していた。嫌われたらしい。水口先輩、なにがあったの!?　どういうわけか姉さんが隣に座る。

「先輩、結構良い人そうだったけど」

「は？　だからなに？　付き合えとでも言うの？」

「えぇ……」

決してそのような発言はしていないのだが、目が怖い。口を噤《つぐ》むしかない。

「アンタ、して欲しいことがあるんなら、お金とかいらないからね」

「ありがとう？　うん、うんん？」

して欲しいことってなに？　微妙に姉の頬が赤い。お金がいらない？　そういえば朝、
そんなやり取りをしていた。ふむ、俺の財布ごときはした金では足りないということか。

姉さんは何か欲しい物でもあるのかもしれない。全力で協力しよう！

「じゃあ、貯金から出そうか？」

「貯金!?　アンタ、そこまでして私にさせたいことがあるの？」

「俺、あんまりお金使わないからさ」

「だからって、そんなの不健全すぎるでしょ！　分かった。覚悟を決めるわ。どんなこと
でもしてあげる。お金なんていらないから、いつでも言いなさい」

「そ、そうなんだ、ありがとう？」

「いいの。私がしてあげたいだけだから」

打って変わって慈愛に満ちた表情を浮かべた姉さんがご満悦のまま部屋から出ていく。

嵐のように去っていったが、最後まで言ってることが良く分からなかった。

……不健全ってなにさ？

◇

「雪兎、次の千五百m走、勝負しようぜ！」

晴れ渡る空に負けず劣らず、爽やかイケメンの表情も晴々だ。良い天気だね。

「どうせなら長座体前屈にしないか？」

「どうせならの意味が分からん。身体《からだ》の柔らかさ競って面白いか？」

グラウンドには大勢の生徒達《たち》が集まっている。今日は個人の運動能力を測定する新体力測定が行われていた。既に幾つか測定は終了している。

個人的に懸念だった握力も、ほぼ元通りになっていた。

隣を見ると爽やかイケメンの目がキラキラしていた。何が悲しくてこのスポーツ万能王子の相手をしなければならないのか。俺はバスケはそこそこ得意だが、他のスポーツはそうでもない。走力に限って言えば長距離はともかく、短距離なら爽やかイケメンの相手にもならない。それを分かっていて中距離走を選ぶ辺りが実に嫌らしい。嫌味の一つでも言ってやろうと口を開きかけると、女子の方から歓声が上がる。なにやら盛り上がっているようだ。

「神代《かみしろ》か。凄《すご》いな」

爽やかイケメンが感心しきりだが、視線を追う。

輪の中心にいたのは神代汐里《しおり》だった。立ち幅跳びで好記録を出したらしい。

「身体能力オバケだからな。驚きはない」

「あんなに運動できるのに、神代が帰宅部なのは勿体《もったい》ないな」

「それはそうだが……うん？」

弾《はじ》けるようなエネルギーに満ちた笑顔が眩《まぶ》しかった。

だが、そんな神代の様子にどこか違和感を覚える。

「あ、おい！　雪兎どこ行くんだ？」

ズカズカと女子グループの方に向かう。

突然の乱入者に歓声は静まり返り、目を白黒させていた。

「九重《ここのえ》ちゃんどうかしたの？」

「ユキ？　なんでこっちに……」

「随分と体調が悪そうだな。大丈夫か？」

神代の動きは精彩を欠いていた。多少なりとも親交のある者からすれば一目瞭然だ。それでも記録を出せる辺りは素晴らしいが、パラメーターをフィジカルに割り振っている神代は本来もっとやれる娘だった。

「え？　あ……うん。な、なんでもないよ。ほら私、元気だし！」

空元気にしか見えないが、そこで俺は思い出した。

「そっか。そういえば君は嘘が得意だったな」

「――!?」

「邪魔して悪かった」

とても卑怯《ひきょう》な物言いをしている自覚はあった。だが無駄かもしれない。

思わず気になって尋ねてみたが、考えてみれば俺のような陰キャに心配されても迷惑この上ない。お前のような底辺は這《は》いつくばって泥水でも啜《すす》ってろとか思われていてもおかしくないわけで、ただウザいだけだろう。盛り上がっていたところに水を差してしまった。

「ま、待って！　ごめんなさいユキ。嘘《うそ》ついた！」

戻ろうとしたところを必死な形相の神代に引き止められる。

本格的に体調が悪くなってきたのか、顔色が真っ青だ。

「あのね、朝ご飯を食べ忘れただけで、本当にそこまで大したことじゃなくて……」

「もういいよ」

「心配させたくなかっただけなの！　二度と誤魔化さないから――」

「寝坊でもしたのか？」

「朝はちょっと忙しくて……その夜もカップラーメンだけだったし……」

「食べ盛りだろ。なにやってるんだ」

「……ごめん。それで心配かけちゃ駄目だよね」

「スリーサイズは？」

「……え？　前に測ったときは上からきゅうじゅう――って、ユキ？　分かっててやってるでしょ！　そ、そういうのは後でコッソリにしてくれないと」

あ、教えてくれるんだ。勢い余ってついノリで聞いただけなんだが……。

「しおりん、本当に体調悪かったの!?」

「う、うん。……動けないってほどじゃないんだけど、あんまり良くないかな」

「全然気づかなかった。それなのに騒いじゃって、ごめんね神代さん？」

「私のせいだから。隠すつもりはなくて、大丈夫かなって思ってたんだけど……」

申し訳なさそうに神代が謝罪している。周囲も心配げだ。

病気でないことが分かれば十分だ。お腹《なか》が空《す》いて力が出ないとは、実に健啖家《けんたんか》の神代らしいが、この様子なら残りの測定項目をこなすくらいは問題ないだろう。

「ねぇ、九重君。どうして神代さんが体調悪いって分かったの？」

「そうだよ。全然そんな風に見えなかったのに」

桜井《さくらい》達が「今後の為《ため》にも教えて」と集まってくる。

こういう気配りができる辺り流石《さすが》は陽キャだ。俺は神代のアレを指差した。

「神代は嬉《うれ》しかったり機嫌が良かったり楽しかったり元気が有り余ってたりすると、ポニーテールが勢い良く跳ね回るんだ。見てみろ。今はしょんぼりだろ」

「言われてみれば確かに……」

「私のコレにそんな犬の尻尾みたいな機能ないよっ!?」

全員、渋い顔になった。なんなら俺もそうなった。

「え？　え……な、なに？　私、なにか変なこと言っちゃったかな？」

「はぁ……やれやれ」

まったく、なっちゃない。なっちゃないよ神代君。

「いいか。『犬じゃなくて馬の尻尾だろ』ってベタなツッコミを我慢している顔だ」

「私が悪いのそれ!?」

「体調悪いのにツッコミでカロリー消費してどうするんだ」

「なんか理不尽な扱いを受けてる気がする……」

神代が不貞腐《ふてくさ》れているが、長くは続かないのが神代の利点でもある。

「実際にはただの観察力だ。そのうちみんなにも分かるようになる。俺なんて、悠璃《ゆうり》さんの前髪がほんの僅かに短くなってることに気づかなかったりすると、不敬で罰せられるからな」

すぐにご機嫌斜めになるからね。「アンタなんか言うことないの？」と聞かれて、必死に間違い探しをする身にもなって欲しい。そうしたご機嫌伺いを続けてきた結果、観察眼が磨かれた。これも悠璃さんによる修業の賜物《たまもの》だ。

「あんまり無理すんなよ」

「うん。ごめん、心配かけて」

これで無茶せず円滑に進むはずだ。周囲も無理はさせまい。

ただ、何処《どこ》かそんな危うい神代の様子に俺は不安を覚えていた。

「私は非常に憂いている」

放課後、俺達は職員室に呼び出されていた。目の前には険しい表情の小百合《さゆり》先生。

「先生、おこなの？」

「あぁ。おこだ」

「…………」

「…………」

気まずい沈黙が訪れる。

「恥ずかしいなら、言わなきゃ良いのに」

「お前が言わせたんだろ！」

先生ごめんなさい。心の中で謝っておく。

「まぁいい。単刀直入に言うが、お前達なんで帰宅部なの？」

思いがけない話題に顔を見合わせる。隣には光喜《こうき》と神代が並んでいた。

「なんでって、陰キャは帰宅部なのが常識では？」

「自分で思ってるほど、陰キャになりきれてないからな。お前」

「え、マジ？」

「うん。マジ」

「この前、同じ陰キャ仲間として釈迦堂《しやかどう》とズッ友になったばかりなのに……」

「いつの間に暗夜《あんや》ちゃんと友達になったのユキ!?」

「アイツとか。それはそれで凄いが、まぁ、釈迦堂とは仲良くしてやってくれ」

因《ちな》みに釈迦堂とは爬虫《はちゆう》類《るい》大好き系陰キャ女子である。その愛くるしさにクラスのマスコットとして親しまれていた。

「俺は雪兎《ゆきと》と同じ部活を選ぼうかなって」

「私もユキと同じ部活でマネージャーするつもりで……」

「俺を巻き込むんじゃない！」

呆《あき》れたように小百合先生がこちらを指さす。

「二人とも、この問題児に脅迫でもされてるのか？」

「それはちょっと酷《ひど》くないですか？」

「自業自得だ。さっき陸上部の先生が私のところまでお前達のこと聞きにきてな。帰宅部だと答えておいた。そのうち勧誘されるだろうから考えておけ」

「お前が余計な勝負を持ち掛けるからだ」

思いがけず白熱した千五百m走で、うっかり光喜が好記録を出してしまったのが失敗だった。だって、ガチなんだもん爽やかイケメン。

「で、どーする雪兎。陸上部に入るのか？」

「だから俺は帰宅部だと言ってるだろ。お前は好きにすれば良いだろ」

「じゃあ、俺も止《や》めておくか」

「先生、コイツおかしいと思う。顔も眩しいし」

「顔は知らんが、神代の方はどうなんだ？　凄い記録ばかりだったそうだが。これから勧誘も増えると思うぞ」

「わ、私は今ちょっと部活は……」

神代がこちらに視線を向けながら、申し訳なさそうな顔をしていた。

「まったく。お前達がどういう関係なのか知らないが、青春の機会なんて少ないんだ。後悔はしないようにしろよ」

「大丈夫ですよ。先生もまだまだ青春できますって！」

「お前、本当に余計なことしか言わないよな？」

また怒らせてしまった。咄嗟《とっさ》に小百合先生をフォローしたつもりが藪蛇《やぶへび》だった。

だが、俺はこのときはまだ軽く考えていた。異変は既に始まっていたのだ。

◇

「君が噂《うわさ》の九重君ね」

翌日。朝、登校するやいなやどうしたことか三年生の先輩達に絡まれる。

「彼女の身長を活《い》かすにはバレーしかないの。分かるでしょう？」

「ひょっとして俺、ギャルゲーの世界に転生してる？」

「正気になって。現実だよ？」

「それはそれで理解が追い付かない」

もしやこれは美人局《つつもたせ》なのでは？　などと思っていると、あっさり明らかになる。

「神代さん、君が了承すれば、ウチの部活に入ってくれるんだよね？」

「なにそのメジャーの代理人みたいな制度!?」

「おっと、彼はこちらに渡してもらおうか」

窮地から救ってくれたのは、これまた上級生だった。今度は男子だ。

「ありがとうございます。助かりました」

「なに気にしなくて良い。君を説得すれば巳芳《みほう》もセットで付いてくるとあっては、我々、陸上部としては本気にならざるを得ないからな」

「あ、こっちも駄目なやつだ」

「先に巳芳を誘ってみたんだが、君が入部するならと快諾してくれたよ」

「あの顔面ソーラーパネル野郎!」

「ちょっと。私達《たち》が先に誘ってるんだけど?」

「有望な新人を勧誘するのに順番なんて関係ないと思わないか?」

「ふーん。だったら、こっちも手段なんて選んでられないわね」

バチバチと先輩達がやり合っている。と、更に別の先輩達が現れる。

「しまった。先を越された! 待て。彼等《ら》はサッカー部が預かるよ」

「ダブルスで全国目指さない?」

「そんなことより野球しようぜ!」

何人いるんだよ! 集団で連行しようとするんじゃない!

「人材不足。これも少子化の弊害か……。じゃ、そういうことで!」

チャイムと共に俺は逃亡を図ったのだった。なにこの学校？

「で、どうしてお前、朝からそんなに疲れてるんだ？」

クラスに着くと、悪の元凶、顔色発光ダイオードが話しかけてくる。

「貴様の顔面を溶接してやろうか」

朝のドタバタを説明すると、何が面白いのか爆笑された。

「ごめんユキ。こんなことになるなんて思わなくて……」

隣で聞いていたのか、神代《かみしろ》が謝罪してくるが、神代の場合、怒るに怒れない。

「まさかこれがずっと続くんじゃないだろうな……」

自慢じゃないが、俺の予想は当たるんだよね。それも大抵悪い方に。

◆

「さて、そろそろ席替えでもするぞ。この機会にしっかり仲良くなれよ」

小百合先生の発言に教室内が色めき立つ。誰にとっても等しく降りかかる重大なイベントだ。

席替えから新たな交流が始まることも多い。気になる異性と近づくチャンスと捉える者もいる。

一人ずつ順番にくじを引く。結果は微妙だ。これといって主人公特権の窓際最後列ということもなく、中央より少し前のありきたりな席だった。そこに桜井と峯田《みねだ》がやってくる。

「およ、やった！　九重《ここのえ》ちゃんヨロヨロ～」

「峯田っち、それなー。マジわかりみが深いっていうか、これKPっしょ」

「ご、ごめん。九重ちゃん無理にギャル語使わなくていいからね……？」

「？　意思疎通に必須かと思ったが、そうでもないんだな」

「ギャルを珍獣か何かだと勘違いしてない？」

「俺の方が珍獣扱いなのにな。あはははは」

「あははははは――って、そんなこと思ってないからねっ!?」

「九重君、そのブラックジョークは笑えないよ？」

「言うほどジョークか？」

「お前、自覚あったのか……」

どういうわけか後ろの席は爽やかイケメンだった。そしてその隣に高橋《たかはし》が座る。

「俺も遂《つい》にこのグループ入りか。よろしくな！」

「陰キャ以外、お断りだ」

「流石に無理があるだろそれは……」

高橋がボヤいているが、ぼっちなのにグループとはこれ如何《いか》に。作った憶《おぼ》えないし……。

ガヤガヤと移動が終わると、小百合先生が口を開く。

「浮かれるのも良いが、そろそろテストだ。しっかり勉強しろよ。ただでさえ帰宅部の三馬鹿のおかげで、私は職員室で肩身が狭いんだ。運動部の顧問に当て擦《こす》られてる私の身にもなれ」

「釈迦堂、先生に迷惑を掛けないようにな」

「ひひ……わ、私だったのか……。先生、すまない……」

「お前だ九重雪兎！　釈迦堂に擦《なす》り付けるな！」

「!?」

「心外みたいな顔止めろ。とにかく、追試は面倒だからな。極力避けるよう各自頑張るように」

去っていく小百合先生を眺めながら、後ろにいるのに眩《まぶ》しい男に聞いてみる。

「ところで馬鹿二号。お前、テストは？」

「やってみなきゃ分からないが、まぁ、問題ないんじゃないか？　馬鹿一号は？」

「なんで俺が一号なんだ。姉さんの顔に泥を塗るわけにはいかない」

「苦労してそうだなお前……」

「ユ、ユキ！」

隣の席になった見知った顔が情けない表情を浮かべていた。

「勉強……教えてくれないかな？」

馬鹿三号こと、神代汐里《しおり》は勉強が苦手だった。

「えー。本日は、三号たっての希望で勉強会を開催することになりました」

「アシスタントの二号です」

パチパチとおざなりな拍手が飛んでくる。おかしくない？

「三号。これはどういうことかね？」

「えっと……勉強会するって話したら、みんなも参加するって……」

テレテレとした表情を浮かべる神代の後ろには人だかり。やだこの娘《こ》、人望凄《すご》い。

「九重ちゃん、私達も参加するからヨロね。あ、因みに四号ね。香奈《かな》っち五号だから」

「ダサくてヤダ！　それにそのナンバリングは必要なの？」

「え、じゃあ俺が六号か？　赤点取ると顧問に怒られちまうからな」

「ひひ……わ、私が七号。実はテストで六十点以上、取ったことないんだ……」

「八号よ」

「ふざけるな硯川《すずりかわ》。フィーリング的に君は七号だろ。スマンな釈迦堂。ここは譲ってくれ」

「その拘《こだわ》りはなんなの!?　どっちでもいいわよっ！　早くやるわよ」

放課後、教室にはかなりの人数が残っていた。暇人多すぎである。

つらつらと黒板に問題と答えを書いていく。

「ぶっちゃけテストでこの問題出ます。覚えましょう」

「はい？」

ぽかーんとした表情を浮かべる一同。

「な、なんで分かるの九重ちゃん？」

「四年連続で出題されてるからだ。多分今年も出るだろ」

去年出たから今年は出ない。思わずそう考えたくなるが、実際のところその可能性は低い。範囲が決まっている以上、その中で必要な内容も決まっている。

毎年出題されるということは、それだけ重要性が高いということだ。授業の理解力を確かめるのに、奇想天外な問題など作っていてはテストにならない。過去問にはそれだけ叡《えい》智《ち》が詰まっている。

「俺は悠璃《ゆうり》さんから去年のテストを下賜されている。本来有料のところ、特別大公開だ」

少し前に悠璃さんが、「そろそろテストね。これあげる」と、渡してくださったのだ。弟の俺が無様を晒《さら》さないようにという配慮だろう。控えめに言って天使である。

それを基に遡って過去問を調べた結果、毎年必ず出題されている問題を特定した。

「うおぉぉぉぉお九重凄いな！　サンキュー！」

「ひひ……やはり神か……」

「ありがたやーありがたやー」

「これから悠璃さんを見掛けたら、ちゃんと拝むように。くれぐれも不敬を働くなよ」

ここぞとばかりに姉さんを持ち上げておく。悠璃さんを崇《あが》めよ信徒共！

「じゃあここからは、各教員がテスト前に行う出題の匂わせ行為についての解説を——」

「ユキ先生！　な、なんかこれは勉強会じゃない気がします！」

どうしたことか三号……ややこしいな。神代が抗議してくる。

テスト前に必ず教師は授業の中でヒントを出している。その合図を見抜くことがテスト攻略においては非常に重要な要素だというのに、神代的には違うらしい。

「…………………………えっと、なにが？」

「ほ、ほら。勉強会ってさ。みんなで分からない問題を教え合ったりとか――じゃないかな？」

なるほどそうか。へー。じっくり噛《か》み砕く。天井を眺めてみた。特に代わり映えしない。

「…………………………別に分からない問題とかないし」

「ぶっちゃけた!?」

「うわーん。香奈っち。私、九重ちゃんきらーい！」

「よしよし、美紀《みき》ちゃん」

「それもそうだな雪兎《ゆきと》」

アシスタントの爽やかイケメンだって同じ意見じゃないか。アシスタント？

「うわーん。香奈っち。私、巳芳っちもきらーい！」

「よしよし、美紀ちゃん」

「駄目だよ巳芳君！　ユキに洗脳されちゃ!?」

「そ、そっか。そうだよな。俺としたことがいつの間に……」

この爽やかイケメンめっちゃ裏切るやん。

「うわーん。エリザベス。俺、爽やかイケメンきらーい！」

「えっと……。し、しないよ？　そんな目で見られてもしないからね？」

「所詮、俺達はライバルだということか」

「その設定知らないけど⁉」

やはり陽キャのエリザベスとは水と油。天敵だった。

「はぁ。こうなると思ってたわ。なに馬鹿なことやってるの。始めるわよ」

呆《あき》れた様子で硯川が仕切り出す。七号は成績優秀なのだった。

「硯川さん、この問題聞いて良い？」

「あ、うん。これは――」

硯川先生は優秀だった。教えるのが上手《うま》い。しかし、神代は遠慮しているのか、俺かアシスタントにばかり質問してくる。気になったのでエリザベスにこっそり聞いてみた。

「さくら……エリザベス。あの二人って仲悪いの？」

「それ九重君が聞いちゃうんだ⁉　あと、桜井《さくらい》って言いかけたよね？　ね？」

「九重ちゃん。それはないよ。あの二人はライバルなんだからさ」

「なるほど。俺とさくら……エリザベスみたいなものか」

「ワザとでしょ？　ねぇ、ワザとだよね？」

勉強会はつつがなく終わった。

◆

何故《なぜ》か俺は神代と一緒に帰っていた。理由はストーキングである。被害者は俺です。

公園に立ち寄り、設置されているクレーのバスケコートでシュートを打つ。

久しぶりの感触。ボールの肌触りが懐かしかった。

手を何度か握り締めて確認してみるが、まだ微妙な違和感が残っている。

「別に良いんだけどな……」

とうに辞めているバスケに未練はないが、流石《さすが》に身体《からだ》が鈍《なま》る。

日課としてランニングや筋トレは続けているが、こうして無心でシュートを打っていると、精神的にもリラックス効果があり、思考もスマートに整理されていく。有酸素運動って凄い。

「ユキ、準備運動終わったよ！」

「まさか本当についてくるとは……」

「楽しみにしてたんだ！」

神代はやる気満々だが俺は困っていた。

慣れない頭脳労働で溜《た》まったストレスを発散するつもりだろうか。満面の笑みだ。

確かに以前そんな話をしたが、アレは「行けたら行く」という意味じゃなかったの？

無論、行かないやつである。だいたい今日にしても、そもそも単に俺が気晴らしをしているだけだ。そんなことに神代《かみしろ》を付き合わせて良いものか。ひとしきり悩んでいると、不意に声が掛かる。

「あれ、雪兎君。久しぶりじゃん！」

「百真《ひゃくま》先輩？」

後方から名前を呼ばれる。数人が集まっていた。俺にとっては全員見知った顔だ。

俺が百真先輩と呼んだ人物は学校の先輩ではない。このコートで良く練習をしているストリートバスケチームに所属していて、現在は大学生のお兄さん。中学時代、外で練習しているときに知り合って以降、ときたま一緒にプレイしていた仲だった。

「高校でもバスケ部に入ったん？」

「いえ、陰キャなので帰宅部です。入学してからはあまり来れてなかったので」

「そっか。忙しい時期だもんな。じゃあ今日時間ある？　遊んでいこうよ！」

「はい、よろしくお願いします」

「そっちの可愛《かわい》い子は彼女だったりする？」

「か、彼女って……そんなんじゃ……」

「お、満更でもない感じ？」

神代が頬に手を当てて頭をいやいやと振っているが、はてさて、どう答えたものか。幾ら何でも神代が可哀想《かわいそう》だ。勘違いされるわけにもいかない。まぁ、ここはクラスメイトと伝えるのが無難だろう。と、思いつつも軽い口がついつい滑ってしまう。バカバカ、俺のバカ！

「神代は犬です」

「なに言ってるのユキ!?」

「その歳《とし》でそんなマニアックなプレイを……」

「ち、違うんです！　アレはユキが無理矢理……って、そういう意味じゃなくて――」

「そうですよ。ほら先輩、首輪着けてないでしょ。野良犬です」

「なんで火に油を注ぐの!?　わ、私は神代家の血統書付きだよ！」

犬じゃねーか！

「実際のところクラスメイトです」

「相変わらずだね君は」

笑いを堪《こら》える百真先輩を尻目に、神代から猛抗議を受けました。ごめんなさい。

「もう！　あ、あの神代汐里です。私も昔、バスケやってて、今日はユキと一緒に運動しようかなって思って来たんですけど……」

「へーそうなんだ！　折角だし神代さんも一緒にやろうか。俺達《たち》も良くこのコートで練習してるんだ。雪兎君とはストバス仲間って奴《やつ》かな」

「そうだったんですね。よろしくお願いします！」

「よっしゃ！　女の子がいるなんてテンション上がってきた。じゃあ二チームに分かれるか。軽めにやろう。雪兎君と神代さんはそっち入って」

「了解です」

「はい！」

久しぶりの対戦に少しだけ気分が高揚する。もう随分とこういった感情も忘れていたような気がする。体育の授業とも部活とも違う。純粋に楽しむことを目的とした対戦。

この感情は「楽しい」だ。俺にもまだそんな感情が残っていたことが嬉《うれ》しかった。


「疲れたー。はぁ、体力落ちてるな……」

「身体冷やすなよ。そう、ゆっくり伸ばしてそのまま十秒キープ」

「イタタタタ。こういうところ、しっかりしてるよねユキは」

「ただでさえ怪我《けが》が多いからな。ケアはしっかりやってるんだよ」

「……ごめん」

「嫌味を言ったんじゃない」

百真先輩達との練習は良い気分転換になった。一時間程フルで動いたせいか汗だくだ。

先輩達と解散した後、俺達はその場でクールダウンのストレッチをしていた。筋肉をほぐしていくと徐々に弛緩《しかん》していくのを感じる。

「ユキはこのまま帰るの？」

「身体が糖分を求めている。クレープだ」

「食べに行くの？　私も行く！」

汗が引くのを待ってから十分程歩いて繁華街に出ると、目的の店はすぐに見つかる。夕飯前に間食というのも憚《はばか》られるが、脳内から分泌されたオレキシンが甘いモノという別腹を形成していく。

チョコレートにキャラメル、トッピングにバナナとアイスというデリシャスなクレープを注文してみた。ホクホク顔でかぶりついていると、何故か隣にいる神代が顔を赤くしていた。

「な、なんかこういうのデートみたいだよね」

「こんな汗臭いデート嫌なんですけど」

尤《もっと》も、デート自体したことがない俺にはそれがどんなものなのか分からない。ひょっとしたら世間には汗臭いデートというのもあるかもしれない。俺の貧困な想像力では思いつかない。陰キャの限界であった。かくゆう俺も脇汗が気になるお年頃。

クレープを食べながら帰路に就く。神代は名残惜しむようにゆっくりとした足取りで進む。

一人だけ先行して置いていくわけにもいかず、釣られるように自然とペースも遅くなる。

「ユキにあんな知り合いがいたなんて知らなかったな」

「ぼっちのくせに生意気だよな。いひひひひ」

「真顔だと全然笑ってるように見えないよ！」

「でもまぁ、誰だって相手のことを全部知ってるわけじゃない」

「そう……だね。でも、私はユキのこと、もっと知りたい！　今日ね、楽しかったよ。とっても。中学の頃に戻ったみたいだった。一緒にいられて嬉しかった」

「俺も久しぶりで楽しかったな」

嘘《うそ》偽りのない本心が零《こぼ》れる。神代がハッと息を呑《の》む。

「じゃ、じゃあさ、もう一度やろうよ！　私がユキのマネージャーするから！」

なんとなく、そういう流れになるとは思っていた。神代がここまで執着するのも理解はできる。でも、それには何の意味もない。そんな関係は神代にとって不幸なだけだ。

「神代、あれは俺の意思でそうしただけだ。君が怪我しなかったのならそれでいい。何度も言うが、君が気にすることはない」

「そうじゃないの。これは私の我儘《わがまま》なんだ。またユキがプレイしている姿を見たい。コートで走ってる姿を見たい。ボールを持ってシュートしてる姿を見たい。そんな我儘」

「何度も言うが、モチベーションがないからな。成し遂げたい目標がない」

「じゃあさ、もしそれが見つかったら、ユキはやるの？」

「それはそのとき次第なんじゃないか。帰宅部は快適だし怠惰に慣れつつある」

「私も、昔はずっと部活ばっかりだったから、解放感はあるけどさ」

「先輩達の勧誘はウザいが、君を引き込みたい気持ちも分かる」

神代は俺とは違う。必要としている人が大勢いる。恵まれた体格。それを活《い》かす運動神経。運動部なら喉から手が出るほどの逸材。帰宅部で才能を浪費することはない。

そしてなにより、彼女の明るい性格に救われている人だって多いはずだ。

――かつて俺がそうだったように。

「昔はもっと笑ってたのにな。似合ってないんだよ悲しい顔は」

「――ッ！」

分かれ道。丁字路に差し掛かる。悲し気なその表情から逃げ出すように、一歩足を進めようとして――背中に何かがぶつかった。

「罪悪感なんかじゃない！　一緒にいたい。ユキが好きなの！　それじゃあ駄目なの？」

背中越しに添えられた手が、体温を伝えてくる。

「あのときの告白、嘘じゃない。でも、今とも違うの。どうしてあんなこと言っちゃったのかな……。友達に揶揄《からか》われて、恥ずかしくて、自分を守ろうとして、自分しか見えてなくて。私は何も分かってなかった。恋をすることが、こんなに苦しいってこと――」

「神代？」

「怪我だけじゃない。その後だって、どうして私が原因だって言わなかったの？」

背中から離れた神代が前に回る。右手を取り、宝石でも扱うように繊細に抱きしめる。

怪我をしたのも周囲の期待を裏切ったのも俺で、それは何も変わらない。

原因なんて些細《ささい》なことだ。それを彼女が気に病む必要などありはしない。

「二度も守ってくれてありがとう。ユキが守ってくれたから、私は今こうしていられるの。

罪悪感だってあるよ。償いだってさせて欲しい。でも、でもそれ以上に……そんなの好きになっちゃうよ。それは紛れもなく私の本心。これでも伝わらない？」

「心拍数が上がっているのは運動したからで——」

「クールダウンしたじゃん。素直に受け止めて」

神代の表情は真剣だった。反論を許さない。軽口を差し挟む余地など存在しない。

早鐘のように神代の心臓が高鳴っている。手だけじゃない。そのとき初めて神代の身体も震えていたことに気づく。分からない。俺はどうすればいい？　どうすれば彼女は納得する？　以前よりも、遥《はる》かに近い距離にいる神代にかける言葉がみつからない。

「クリーム、付いてるぞ」

「……いつ気づいてくれるのかと思った」

「あざとすぎだろ」

「……拭いて欲しかったんだもん」

頬を指でそっと拭う。

「前に教えてくれたよね。バスケに打ち込み始めた理由」

ただ単に失恋したから。そんな安易な理由からだった。

「じゃあさ、今度は私が理由じゃダメ？」

「神代が？」

「見つけるよ私が。ううん。なりたいんだ。ユキのモチベーションに。だって、このままじゃ終われないよ。終わりたくない」

神代の手に力がこもる。それは俺が思った以上に力強くて、強い意志を宿していた。

忘れていたつもりもないが、思い出した。神代はどこまでいっても体育会系乙女だ。

彼女には彼女のいるべき場所があるはずなのに。

「モチベーションって言ってもな。セクハラし放題とか」

自分で言っておいてドン引きのクソ発言。女性の敵だと後ろ指を指されても言い訳できない。これで神代も見限るだろう。それだけをただ必死に祈る。

「いいよ」

見限るべきだ。

「それがユキのモチベーションになるんなら」

頼む見限ってくれ。

「――信じて。ユキが好き。嘘じゃない。償いでもない。それが私の願いなの」

天に嘆く。どうしてこんなにも上手《うま》くいかないのかと。

◆

神代が苦しんでいることは分かっていた。だからこそ俺達は再会すべきじゃなかった。

人間誰しも、生命及び自由幸福追求の権利があると日本国憲法にも規定されている。

互いに忘れて関わらないことが最善の選択だったはずだ。なのにどうして。「好き」なんて気持ちは曖昧だ。いずれ冷める幻想。俺だって硯川《すずりかわ》を好きだった気持ちをもう思い出せない。それに母さんだって離婚している。

日本の離婚率は三十五％程度らしいが、永遠の愛を誓って結婚しても所詮そんなものだ。その気持ちは、まやかしのように移ろいゆく。現実とはかくも残酷であった。

「雪兎《ゆきと》君はどれがいいかしら？」

不覚にも俺は捕食されていた。ケーキを御馳走《ごちそう》してくれるらしい。

帰り道、うっかり氷見山《ひみやま》さんと遭遇すると、そのままあれよあれよという間に自宅に連れ込まれていた。笑顔で誘われた挙句、断ろうとしたら物凄《ものすご》く悲しそうな顔をされた。レディーファーストを標榜《ひょうぼう》する俺に選択肢はなかった。

「そっちのモンブランでお願いします」

「ふふっ。じゃあ私はレアチーズにしようかな。今日は会えてとても嬉しいわ」

氷見山さんの自宅は前回とは様変わりしていた。段ボールは片付けられ、内装やインテリアもすっかり女性らしいものに変わっている。

そして何故《なぜ》か今回もまた俺の隣に座るのだった。それもピッタリと身体《からだ》を寄せるように座ってくる。間違いない、俺を誘惑している！　アロマの香りが徐々に抵抗力を削《そ》いでいく。もうだめだぁ……なにもしたくにゃい……。

時代はソーシャルディスタンスである。陰キャぼっちである俺のパーソナルスペースは他人の三倍くらい広いはずだが、氷見山さんには関係なかった。むしろ太ももとか濃厚接触している。氷見山さんは完全に三密の女だった。

「一人で食べてもつまらないものね？」

「ソーデスネ」

何故若干疑問形だったのか？　暗にツマラナイからお前が遊びに来いよ？　的なお誘いなのか。氷見山さんは自分が美人だという自覚に欠けていた。先輩達《たち》とのバスケで気持ちの良い汗を掻《か》いた俺だが、今は冷や汗を掻いている。

「すみません、汗臭いですよね。ちょっと運動していたので」

「気にしないで。それに嫌いじゃないわ。学生らしいもの」

上機嫌の極みだった。汗臭いのが嬉しい？　匂いフェチなのだろうか。危機に瀕《ひん》している。今すぐに逃げ出さないと泥沼に嵌《はま》りそうだった。

でもだめだぁ……うごきたくにゃい……。

母さんも美人だが氷見山さんも美人だ。解像度が8Kになってもシミ一つない。時代の最先端に対応している。いつまで経《た》っても綺麗《きれい》な人は綺麗なままである。ズルいよね。

俺なんて昔、母さんが授業参観に来てくれたとき、美人すぎて一切目を合わせられなかった。他にも大勢保護者が来ていたが、どう贔屓目《ひいきめ》に見ても母さんが一番美人だった。妙に照れ臭かった。俺は気恥ずかしさに後ろを振り返ることができず、前だけ向いて黒板を直視していたくらいだ。

母さんは俺に甘い。煩わされたくないのだろう。誕生日でもクリスマスでもないのに何かと色々買ってくる。おかげで俺は特に何かを欲しいと思ったことがない。

「さ、雪兎君、夕飯も食べていかない？」

「流石《さすが》にそれは悪いですよ。母さんも用意していますし」

「そうよね。残念。突然だったから仕方ないわよね。また今度、改めて誘っても良いかしら？　そのときは来てくれる？」

「はい」

答えはＮＯだ。だが、俺は日本人なので、この状況でＮＯとは言えないのだった。

因《ちな》みに母さんは在宅ワークで家にいる時間が大幅に増えているので、ちゃんと夕食も作ってくれる。それまでは主に俺が作っていたこともあり料理スキルがメキメキと上達していたのだが、最近は腕を振るう機会が減っているのが残念だ。

「雪兎君、なにか悩み事？　難しい顔をしているわ」

「そういえば氷見山さんって、昔、婚約者がいたんですよね？」

「今は雪兎君一筋よ」

「墓穴を掘ったか……」

「埋めてあげるね」

「ありがとうございます。物凄く失礼だと思いますし、怒らせてしまうかもしれませんが、婚約者さんのこと、今はどう思ってらっしゃるのか聞きたかったんです」

「あらあら、私のことが気になるの？」

「〝好き〟ってなんだろうなぁと。母さんも離婚してますし」

「好きな人でもいるの？　それとも告白されたとか。ちょっと待っててね」

氷見山さんがリビングから寝室に向かう。ドアが閉まり、ガサゴソとした音と共に五分くらいすると、氷見山さんが出てきた。思わずモンブランを喉に詰まらせる。

「どうかしら？　年甲斐《としがい》もなく恥ずかしいわ」

「な、なにゆえそのようなお戯れを……」

「その反応だと雪兎君は『まだ』みたいね」

「ひぃ！」

寝室から出てきた氷見山さんは俺を殺す服を着ていた。幾ら俺のメンタルが六十年に一度しか咲かないリュウゼツランのように忍耐強くても限度がある。

「うふ。こっそり買っておいたの。似合ってる？」

「お、お似合いですよ。それはもう理性が崩壊しそうなくらいに」

「崩壊しちゃうの？」

耳元で囁《ささや》かれる。ボーリングマシンに採掘される岩盤の如《ごと》くゴリゴリと精神障壁が削られていく。うぉぉぉぉお悪霊退散！　悪霊退散！　退散するのは煩悩だった。

「すみません見逃してくださいお願いします！」

平身低頭で懇願するしかなかった。俺の命脈が尽きようとしている。

「どうかしら、元気が出た？」

「発言は差し控えさせて頂きます」

視線を下に落とす。駄目だ。どうあっても下ネタ発言にしかならない。

「そうね、確かに昔は好きだったわ。でもどうにもならないこともあって、好きなだけじゃ埋められないものがあって。別れるしかなかった。それだけのことよ」

「その気持ちは消えてしまったんでしょうか？」

「きっと諦めてしまったのね。だからもう、感情とは別の、昔、好きだったという事実しか残ってない。そういうものだと思うわ」

「俺には分かりそうもありません」

「けれど、ずっと残っている想《おも》いもあるの。誰かを傷つけたりしたことは消えない」

氷見山さんに頭を撫《な》でられる。どこか慈しむような、それでいて悲しそうな眼《め》をしていた。それが何かを聞けるほど、俺は氷見山さんを知らない。

「難しく考えなくても良いんじゃないかしら？　少なくとも学生の間は、それが許されていると思うわ。自由に思うままに気持ちを優先したって誰も咎《とが》めない」

……そんな何かが俺にもあるのだろうか？

帰りがけ残念そうに見送ってくれる氷見山さん。良い人なのは間違いないのだが、如何《いかん》せん距離感がとんでもなくぶっ壊れている。絶対、この人俺のこと好きでしょ？　モテる男は辛《つら》いぜと、自虐しておくが、彼女いない歴＝年齢の俺だった。

息子は少しだけ帰りが遅かった。聞けば氷見山さんの自宅にお邪魔していたという。誘われたらしい。なんでもないご近所付き合いのように思えるが、どうもそれ以上の何かを感じてしまう。なにせあの子は女運が悪い。不安定で何処《どこ》か危うさを秘めている。そうしたのは私が原因だった。

幾ら悔やんでも悔やみきれない。子供の人格形成は幼少期に行われる。その頃、私はどれだけ愛情を注いであげられていただろうか。理解したときには手遅れだった。二人目の子供だからと甘えがあった。

「おかあさん、あのねきょうね――」

「ごめんね。今日はもう遅いからまた明日、お話しようね」

「うん」

何かを伝えようとしてくれていた。必死に言葉を紡いでいた。

「きょうは――」

「今日は遅くなりそうだからお姉ちゃんと一緒に先にご飯を食べてくれる？」

「うん」

仕事が忙しく、軌道に乗る重要な時期だったということは言い訳でしかない。そんなことを繰り返しているうちに、気が付けば、あの子は私に何も話さなくなっていた。愚かにも私はそれを成長だと勘違いしていたくらいだ。

そして、お姉ちゃんとしての悠璃《ゆうり》に甘えていたところもあった。母と姉では役割が違う。決して代わりにはなれないことを失念していた。悠璃もまだまだ子供だったのに。その結果、悠璃も限界に達しオーバーフローしてしまう。

そして、あの事件が起こる。その後の雪兎はまるで別人のようになっていた。何かが欠けてしまっていた。それ以来、キチンと自分が接することができているか不安になる日々が始まる。どんな気持ちもどんな言葉も正しく息子に伝わっている気がしない。仄暗《ほのぐら》い目が私を拒絶しているように感じてしまう。

誕生日やクリスマス、普通なら何か欲しいと親に強請《ねだ》るだろう。悠璃も良く欲しいものがあると言っていた。しかし、雪兎が何か欲しいと言ってきたことはこれまでにただの一度もない。自分の誕生日を忘れていたこともある。自分に何も興味を持っていなかった。自分を軽んじている。必要ない存在だと感じている。

それが怖くなり、何かとタイミングを見ては欲しそうなモノを買い与えていた。

しかし、本当にやるべきだったのはそんなことじゃない。それは分かっていた。

授業参観に行ったとき私は凍り付いた。他の子供達が恥ずかしそうに後ろを向いて、母親に視線を送りながら会話する中、雪兎は私に一瞥《いちべつ》もくれないまま前だけを向いていた。私が話しかけるまで何の会話もなかった。どうせ私はこの場にいないのだと、そんな風に思われていたのかもしれない。

そんな不甲斐《ふがい》ない私は妹の雪華に激怒され、怒った妹が息子を引き取ると言い出した。

口論になったが、雪華《せっか》の主張は尤《もっと》もで、私が育児を疎《おろそ》かにしていたこと、愛情を満足に与えられていなかったことに何の反論もできない。そして、あの子は一ヶ月間、雪華の下《もと》で暮らす事になった。それ以来、雪華は雪兎のことをとても気に掛けている。というよりも、気にしすぎではないだろうか。とにかくいつもベタベタと猫可愛《ねこかわい》がりしている。妙に目がトロンとしているのも危ない。

どうしても氷見山さんにはそんな妹と同じような気配を感じてしまう。もう遅いかもしれない。でも、それでも、もう一度ちゃんと私は息子に向き合わなければならない。仕事が在宅ワークになり、息子と一緒にいられる時間が大幅に増えた。この機会を無駄にするわけにはいかない。どれだけ遅くても、もう伝わらないのだとしても、私が母親として、愛情を与えられるチャンスは逃せない。それがたとえどんなに手遅れであろうとも。

氷見山さんに妙な対抗意識を燃やしてしまう。あの子の母親は私だ。それだけは絶対に譲れない。胸に湧き上がる焦燥感と独占欲。

「たまには一緒にお風呂に入りましょう？」

息子の入浴中、私は背中を流そうと乱入する。こんな風に一緒にお風呂に入るのはいつ以来だろうか。頭を洗ってあげよう。背中を流してあげよう。あぁ、たったそれだけのことで、こんなにも愛《いと》おしい気分になるなんて――。

「俺の安息の地は家にもなかった!?」

あら、どうしたのかしら？　息子の悲鳴がお風呂場に響いた。

第五章「降りかかる冤罪」

The girls who traumatized me keep glancing at me, but alas, it's too late.

満員電車、それは社畜の洗礼である。朝早くからご苦労様です。

人生のダイヤグラムがすっかり乱れて遅延している俺だが、かく言う俺も今日は電車通学だ。昨日は雪華さんの家に泊まりだった。

九重《ここのえ》雪華さん。母さんの妹であり俺にとっては叔母である。

九重とは母方の姓なのであしからず。俺は昔、一ヶ月程、雪華さんに引き取られて一緒に暮らしていたことがある。過去に俺が原因で母さんと雪華さんは大喧嘩《おおげんか》をしてしまい、母さんに任せておけないと強制連行されたのだった。

以来、定期的に泊まりにいかないと悲しまれるようになってしまった。そんなときに電車通学になるわけだ。

雪華さんはとにかく俺が心配なのか、過剰すぎるほど過剰に過保護だった。優しい叔母と言えば聞こえは良いが、叔母というには若すぎる。

なんでも買い与えようとしてくるが、昨日は敗北を覚悟した。俺の鋼のメンタルをドロドロに溶かしてくる。「雪ちゃん、何か欲しいモノない？　子供とか」そんな言葉を耳元で囁かれるが、もし「うん」と頷《うなず》いてしまったら俺は十ヶ月後にどうなっているのだろうか。怖い。怖すぎる。聴こえないフリをするしかなかった。

満員電車といっても、今は座っている。椅子取りゲームに勝利したからだ。微《かす》かな優越感。嫉妬に満ちた目が心地好《よ》い――と、思っていたのだが、駅に到着すると、新しく乗ってきた乗客達《たち》が車内に押し込まれる。

この人、大丈夫？　俺の前に立っている女性、どうにも顔色が良くない。気分が悪そうだ。最近は席を譲られると、年寄り扱いされたとキレる老人が増えているというが、この場合はどうだろうか。とはいえ、考えていても仕方がない。

「どうぞ」

「えっ……ありがとう」

スッと立ち上がり席を譲る。こう見えても体力には自信がある。今では帰宅部として堕落しているが、昔は部活に打ち込んでいた。足腰は強い方だ。どうせもう後、十分程度の距離なのだ。頑《かたく》なになる必要もない。

暇つぶしにスマホを操作する。検索履歴に「十ヶ月後」などと、お見せできないワードが並んでいるので、そのうち消しておきます。

そんなことを考えていると、入り口近くにいる女子生徒の姿が視界に入る。だからどうしたという話だが、何かを我慢するように俯《うつむ》いていた。

体調悪い人多すぎない？　満員電車というこの劣悪な環境がそうさせるのだろうか。だが、そういうわけでもなさそうだった。壁に押し付けられるようにして震えている。思い至る可能性が一つだけあった。

「朝からお盛んすぎませんかね？」

早朝、眠気が勝っている人が多いと思うが、性欲が勝っている人もいるかもしれない。

俺も雪華さんのことで悩ましいので人のことは言えないのだが、だからといって、こんな満員電車の中で興奮することはない。

そんな趣味などない！　本当だからね？

人の波を掻《か》い潜《くぐ》るようにそっと近づいていく。少し距離を空けて観察してみる。

認めたくないが、間違いない。良い大人が朝っぱらから女子高生の尻をまさぐるというのはどうなのか。変態が多すぎる。病み過ぎだ。思わずため息が零《こぼ》れた。

次の駅に到着する。俺は人の流れに沿って近づくと、スーツ姿のサラリーマンの手を摑《つか》もうと手を伸ばし――。

「貴様、何をやっている？」

気づけば、俺の手が摑まれていた。

俺は悟った。また面倒事に巻き込まれたことを。

私の親友、三雲裕美《みくもゆみ》から連絡があったのはついさっきのことだ。

どうやらまた痴漢に遭っているらしい。私と合流するまでの短時間でも痴漢に遭うとは好かれすぎだ。小動物のように可憐《かれん》な彼女はターゲットにされやすい。

駅で合流してからは私がいるので問題ないが、それまではどうしても一人になってしまうだけに心配は尽きない。現にこうして裕美から連絡が来ることがある。

短く「助けて」と、スマホに打ち込まれたメッセージを見ると腹が立ってくる。

こうしたことが続くからなのか、裕美は軽い男性不信になっていた。電車内には人が大勢いるはずだ。全員が痴漢なわけではない。なのに何故《なぜ》誰も助けようとしないのか。見てみぬフリをするそんな乗客達もまた私にとっては非難の対象だった。

（さて、どうするか……）

相手の対応次第だ。素直に謝罪するならまだ余地はあるが、態度によっては警察に突き出すことも考えなければならない。そうなれば遅刻は免れないが、これも正義の為《ため》だ。学校には駅員か警察から事情を話してもらえば良い。

電車が到着する。裕美はいつも同じ車両の同じ位置に乗っているのですぐに分かる。

さて、今日はどんな奴《やつ》が相手なのか。こう見えて私は武道をやっていることもあり腕っぷしはそれなりに強い。まず何より、生徒会長として我が校の生徒を傷つけようとする存在は許さない。学校ではないとはいえ、通学中だ。

それが生徒会長の責務であり、この祁堂《けどう》睦月《むつき》の正義であり矜持《きょうじ》だった。

「アイツか！」

私は裕美に手を伸ばしていた男の腕を摑み捻《ひね》り上げる。どんな奴か確認しようとして、驚いた。そこにいたのは、我が校の生徒だったからだ。

「貴様、何をやっている？」

「いや、俺じゃないんですが……」

「言い訳は聞かない。貴様、我が校の生徒でありながら恥ずかしくないのか？」

腕を捻り上げられ、地面に押さえつけられる。無理矢理振りほどくこともできたが、話がややこしくなりそうだったので大人しく従っておく。なんとなくこうなるんじゃないかって気はしてたけどね？　車両内で高々と痴漢と名指しされた挙句、そのまま引っ張りだされて追及を受ける。完全なる厄日だった。

「お前が裕美に手を伸ばしていたのを私はこの目でしっかりと確認している。嘘《うそ》はつかない方が良い」

「節穴ですね」

「なんだと……？」

ギリッと、腕に体重が掛けられる。堂に入った動作だった。武道の経験でもあるのかもしれない。背も高く、肉付きもしっかりしている。

隣で俯いているもう一人の女生徒とは大違いだ。何処《どこ》かで見たことがあるような気もするが、脳内ライブラリーにその名前はなかった。如何《いか》にもスポーティーなタイプの女子だと言えば聞こえは良いが、これはアレだな。脳筋。

「素直に認めて謝罪すれば、情状酌量の余地もあったが」

「やってないことは認められません。正義に反するので」

「痴漢が正義を語るな」

「痴漢じゃないですからね」

「なら、警察に通報するしかないな」

参ったなぁ。完全に話が通じない。俺としてはそれならそれで別に良かった。しっかり検証すれば、それで俺の無実が明らかになるはずだ。その場合、困るのは彼女達だが、流石《さすが》に俺も犯人扱いされては同情心など湧いてこない。そのことで苦しもうがそれは彼女達の自己責任だ。

「だったら、さっさと呼んだらどうですか？」

「学生だから罪にならないと本気で思っているのか？　君は随分愚かなんだな」

「俺には貴女《あなた》の方が愚かに見えますけど」

「話にならないな。すまない、警察に連絡を。このような人間は我が校に相応《ふさわ》しくない。貴様は不要だ」

「あ……ああ。分かった」

言葉を受けて駅員が駆け出そうとする。それにしてもどうしてこう俺は女運が悪いのか。関わるとロクなことにならない。

「待って。彼は犯人じゃないわ」

少しだけ前言を撤回しよう。俺の女運もそこまで悪くないのかもしれない。

痴漢の犯人が我が校の生徒だったのは驚きだった。下級生のようだ。私を見て何の反応も見せないことは気になるが、未来ある若者を潰して良いのか少しだけ良心の呵責《かしゃく》を感じる。しかし、この生徒は一切、何の反省も見せない。何時《いつ》までも自分ではないと言い張っている。その開き直った態度に徐々に苛立《いらだ》ちが募る。

我が校の生徒ということは、このまま放置すれば、裕美と学校内で出会うこともあるかもしれない。男性不信の裕美が自分に痴漢してきた相手が同じ学校にいるなど耐えられるだろうか。今回は助けられたが、いつか襲われるような事態になってしまうかもしれない。それだけは許すわけにはいかなかった。

この生徒には退学になってもらうしかない。このような生徒が在籍していることはプラスにならない。更生の余地なしと判断し私は警察を呼ぶ覚悟を決める。

「話にならないな。すまない、警察に連絡を。このような人間は我が校に相応しくない。貴様は不要だ」

「あ……あぁ。分かった」

これで遅刻は決定だが、仕方がない。放置しておけば裕美だけではなく、他の女子生徒や他の女性達が被害に遭うかもしれない。彼は許してはいけない存在だ。

どうして裕美を助けようとする人間はいないのに、こんな人間ばかりいるのだろう。朝からなんとも暗澹《あんたん》たる気持ちにさせてくれる。

「待って。彼は犯人じゃないわ」

胸中で嘆く私の耳に、その言葉がスルリと入った。

「あれ、貴女は？」

「さっきはありがとう」

声を掛けてきたのは幾分顔色の良くなった女性。

朝、俺の前に立っていた女性だった。どうやら助けてくれるらしい。湖の中に斧《おの》を落とした木こりも女神を見てこんな気分だったのかもしれない。

「なんだと？　すまない。貴女は？」

「私は彼の前に座っていたの。彼は痴漢じゃないわ」

「座っていた？　この男が裕美に手を伸ばしていたのを私は見ている。車両の中ほどにいた貴女がどうして庇《かば》おうとする？」

「彼がそっちの女の子に自分から近づいて行ったからよ」

「それは痴漢をする為だろう？」

「違うわ。ねぇ、貴女、思い出してみて。貴女が痴漢されているとき、制服を着ている子は周囲にいた？」

ここまで殆《ほとん》ど喋《しゃべ》っていない痴漢されていた女子に矛先が向く。

「えっ……？　わ、私は……」

「良く思い出して。彼は貴女が痴漢されているかもしれないと思って、近づいて行った。

きっと助ける為よね。貴女の近くに行ったのは、この駅に着く直前よ。貴女が痴漢されているとき、周囲にいたのはどんな人だったのか、少しくらいは覚えているでしょう？」

「お、大人の人ばかりで、恐《こわ》くて……。そういえば、スーツ姿の人だったかも……」

「同じ学校の制服を着ている人はいた？」

「いなかったような……い、いいえ、いませんでした！」

「なに!?」

相変わらず俺の腕をキメている話を聞かない先輩。胸の感触を楽しむくらいしか俺にはできないが、役得と言える状況でもないのが悲しいところだ。

「はぁ……。少し軽率だったわね。貴女達、もしかしたら彼の人生を台無しにするところだったのよ？　それだけじゃない。もし後から彼の無実が分かれば、今度は貴女達が冤罪《えんざい》を仕掛けた側として糾弾されることになるの。こういうことは慎重にならなきゃ。気を付けないと駄目よ？」

「そんな……。じゃあ、君は裕美を助けようとして……」

「ご、ごめんなさい！」

「まぁまぁ、そんなに気にしないでください。悪いのは俺なんだから」

「……なにを……？」

今更、謝られても何も感じない。つまりはいつも通り俺が何かを間違えたのだ。行動を起こしたことが間違いだった。気にしたことが失敗だった。

「助けたのは先輩なんだから、俺は要らなかった」

関われればロクなことにならない。それを俺が一番良く知っているはずなのに、いつもこうして俺は誤った選択をしてしまう。結局のところ――。

「助けようとしなければ良かった」

無視すれば良かった。だいたい痴漢されているなら自分で声を上げればいいだけだ。誰かに頼って、誰かに依存して、誰かに守ってもらうばかりでは何も解決しない。少なくとも、俺はそうやって生きてきた。

「――！」

「離してもらっていいですか？　安心してください。俺は同じ失敗はしない。もう二度と、助けようなんて思わない。先輩の仰《おつしや》る通りです。俺は不要なので」

俺は同じ失敗を繰り返さない。今回の場合は原因が明確だけに対策は簡単だ。今後は痴漢されていそうな女性を見ても見捨てよう。それで何も起こらない。何も巻き込まれない。変わるべきなのは本人であり、罪を犯しているのは痴漢の犯人だ。部外者の俺には何も関係ない。所詮は赤の他人であり、どうでもいいことだ。

「ま、待て！　すまない、君は間違っていない。君の行動は――」

「もういいです。それじゃあ」

追い縋《すが》る先輩の手を振り払い背を向けると、俺はお姉さんに頭を下げる。

この人がいなかったら、もっと面倒なことになっていた。

まさに俺にとっては救世主といっても過言ではない！

「ありがとうございます。メシアと呼んで良いですか？」

「それは遠慮したいけど、でも、貴方《あなた》のおかげで少し気分が楽になったから。私、朝は低血圧であまり調子が良くないの。今日は特にキツかったから譲ってくれて嬉《うれ》しかった。そんな貴方がこんな騒ぎに巻き込まれてるんだもん。ビックリしたわ。そんなの気になっちゃうじゃない」

「体調はもう大丈夫なんですか？」

「まだもう少し駄目かもね。はぁ……。このまま大学に行こうと思っていたけど、朝はお休みするしかないわ」

「俺も気分悪いですし、少し喫茶店にでも入って休みます」

「あら、サボって良いの？　なら私も一緒していい？」

「問題児なので大丈夫です。だったら俺に奢《おご》らせてください。助けてもらったお礼くらいしないと」

「それは大丈夫じゃないと思うけど、悪いわ。私だって助けてもらったのに……」

「リターンが大きすぎですよ」

そんな雑談をしながら、俺はお姉さんとしばらく喫茶店で休むことにした。

名前は二宮澪《にのみやみお》さんと言うらしい。「もし、何かこの後揉《も》めたら、連絡してちょうだい」と、連絡先を教えてもらった。世の中には冤罪を吹っかけてくるような女性もいれば、助けてくれる救世主もいる。捨てる神あれば拾う神あり。なんとも上手《うま》くできているものだ。それはそれとして。

「学校行きたくねぇな……」

気分は幾分晴れたが、十時を回っている。こうなるともうそもそもタイミングを逃しただけに学校に行きたくない。そう、俺はアウトロー九重雪兎《ここのえゆきと》。どうせ問題児なのだ。多少サボったくらいどうということはないだろう。

そういえばここから三十分くらい電車で行くと臨海地区に出る。俺の数少ない趣味の一つにスイーツ巡りがあるのだが、その近くにある一日五十個限定でタルトを販売するお店が話題になっていた。糖分が俺を呼んでいる。

「ふっ。決まりだな――」

俺は一人ニヒルに笑うと、学校から正反対に向かって歩き出す。

これもまた青春と言えるのかもしれない。

そんなわけで学校をサボり一人臨海地区へとやってきた俺だが、限定タルトはとても美味《おい》しゅうございました。限定だけに。最大の目的を達成したが、まだ午後から学校に行くという道も残されている。

よもやサボってこんなところで遊んでいるとは誰も思うまい。フフフ。

遊ぶところは沢山ある。このままショッピングモールで買い物しようか。或《あ》いは観覧車に乗っても良いし、修学旅行生よろしく、特に理由もなくテレビ局まで遊びに行っても良いかもしれない。一人修学旅行というのも、そこはかとなく陰キャ感があって楽しそうだ。お盆、年末年始の祭典と打って変わり、人のいない国際展示場を見て悦に入るのもロマンがある。春の日差しが眩《まぶ》しかった。海の香りが何処《どこ》か気分を高揚させる。

ぼんやりとそのまま海を眺める。水鳥が仲良さそうに戯れていた。

財布などの場合、日本の落とし物返還率は六割程度だと言うが、俺の落とし物を取り戻せる日は来るのだろうか？

俺は人生の何処かのタイミングで「好意」を落としてしまった。

それがいつなのかは今となっては分からない。あのときなのか、このときなのか。振り返っても振り返ってもその答えは見つからない。わけいってもわけいってもとは言うが、道に迷っているだけではないか。

俺が落とした「好意」は何処にあるのか。これから取り戻せる日が来るのだろうか。

「好意」を落とした俺は何も気にならなくなった。人からどう見られるのか、どう思われるのかまるで関心がない。「好意」がなければ、その反対の「悪意」もない。他者から嫌われたとしても何も気にならない。どのような感情を持たれても別にどうでも良いし、そのような感情を人に向けることもない。

ぽっかりと空いた感情の空白。

しかし、それはおかしい。そんなことはありえない。俺にも誰かに「好意」を持っていた時期があったのだから。そして「好意」を落としてしまった俺は、誰とも向き合う資格がない。相手からどのような感情を向けられても、それと同じだけの気持ちを返すことができない。

どれだけ「好意」を向けられても、俺が「好意」を返すことはない。返すことができない。その感情の先にあるはずの「好き」という気持ちも、それが生み出す「恋」も。俺は失《な》くしてしまった。

だから、俺は誰かと関わるべきではない。少なくとも、俺が落としたものを取り戻すまでは俺は陰キャぼっちでいなければならないのだ。

「そう思うんだけどなぁ……」

まったくもってどうしてこんなことになるのか。俺の思惑に反して、妙に俺の周りには関わろうとする人が多い。正直、迷惑だ。今の欠けている俺では誰かを傷つけてしまう。不幸にしてしまう。そんなこと望んでなんていないのに。

ふと、スマホを見る。何件かのメッセージが来ていた。何も言わず突然サボったのだ。誰かが気にして連絡してきたのかもしれない。無視すればいいのに。何故《なぜ》関わろうとする？　良くない傾向だ。俺なんかを気にしてもロクなことにならない。きっと、それが分からないから、俺は今こんなところにいるのに。

「はぁ……」

何処か憂鬱な気分がぶり返す。その頃には、すっかり午後から学校に行く気は消え去っていた。暇だし、ゲーセンでも行こ。

◆

「すまない、このクラスに九重はいるか？」

昼休み。突然の来訪者が現れる。

「生徒会長と……副会長？」

祁堂睦月《けどうむつき》と三雲裕美《みくもゆみ》の二人だった。生徒会長の祁堂は全校生徒の前で挨拶をする機会も多い。一年生からしても見知った顔だった。

そんな会長が一年生に何の用なのだろうか。理由もなく一年のクラスに顔を見せるような人物でもないはずだ。怪訝《けげん》な視線が集中する中、応対したのは桜井《さくらい》だった。

「九重君は今日は休んでますけど、何か用事がありましたか？」

「九重ちゃんならサボりですよー」

峯田《みねだ》がヤジを飛ばす。祁堂の表情がひと際厳しいものに変わる。

「なに？　来ていない？　いや、おかしい。彼は朝、通学しようとしていたはずだ」

「ま、まずいよ睦月ちゃん。これって——」

「そういえば、連絡がないと藤代《ふじしろ》先生も言ってましたけど」

「どうしよう、あのまま帰ったのかも……」

「先輩、何かあったんですか？」

「俺も知りたいです。連絡したけど、一向に返事がこないし」

ざわざわと不可解さに満ちた喧騒《けんそう》が広がっていく。

「すまない。あまり軽々《けいけい》に話せない内容なんだ。裕美、職員室に行くぞ」

「うん、急がないと！」

焦った表情で慌ただしく駆け出す上級生二人にクラスが静まり返る。

何かあったに違いないという空気が蔓延《まんえん》していた。

「俺も行く」

巳芳《みほう》が廊下に飛び出す。

その後を追うように何名かの生徒は上級生の背中を追って駆け出していた。


「藤代教諭！　休憩中にすまない。九重について何か知らないか？」

職員室のドアが勢い良く開かれる。唐突に名前を呼ばれ、席に座ってパンを食べていた藤代は思わず喉に詰まらせた。

「――っと、ゲホゲホ。ど、どうした祁堂か。珍しいな。なに九重？」

「私達《たち》のせいなんです！」

「ちょ、ちょっと待て。首を絞めるな！　落ち着け。なんだ何があった？」

「九重から何か連絡は受けていませんか？　今日は休んでいるそうですね」

「あぁ、全く困った奴《やつ》だ。連絡もせず無断欠席とは」

「違うんです。朝はちゃんといて――！」

「とにかく順を追って話せ！　だから首を絞めるな。もげる！　何があった？」

二人は今朝の顛末《てんまつ》を藤代に伝えた。どんどん藤代の表情が険しくなる。

ただならぬ様子に他の教員も聞き耳を立てていたが、その頃には巳芳達も到着していた。

そんな様子に気づくこともなく、祁堂達は続ける。

「それで今日は来ていないのか？　それにしても未遂で終わったのが幸いだな。もし、そのまま大事《おおごと》に発展していたら、誰かを処分せざるを得なかった」

「全て私の責任です。彼は何も悪くない！」

「それなら尚更《なおさら》だ。そのままなら九重が、無実なら逆にお前達が問題視されただろうな。まったく、面倒な……」

「先生、どうしよう。何処にいるのか分かりませんか？」

「そういう事情なら無断欠席については考えるが、私も連絡を受けてない。もしかしたら悠璃《ゆうり》なら何か――」

「九重――そうか、彼は九重悠璃の弟だったのか！」

「睦月ちゃん、行こう！」

「待て待て。早まるな。放送で呼び出してやる」

事態は混迷を深めていく。

まずい、まずいぞこのままでは——！

これほどまでに焦燥感を覚えたのはいつ以来だろう。

いや、生まれて初めてかもしれない。胸中には漠然とした不安が渦巻いていた。

昼休み、正式に謝罪をしようと彼のクラスに向かった。記憶にある彼の顔を生徒名簿と照らし合わせると、すぐにクラスが判明する。名前は九重雪兎。

彼が最後に言った台詞《せりふ》が耳から離れない。取り返しの付かないことをしたのではないかと胸が締め付けられる。彼の正義を歪《ゆが》め、捻《ね》じ曲げてしまった。彼が大切にしていたものを横暴に踏み躙《にじ》った。

生徒会長という立場にありながら、生徒を守らず傷つけるなどあってはならない。私はこれまで正義を重んじてきた。公明正大であろうとしてきた。

いつしか私の周りには人が集まり、周囲はそんな私を評価するようになった。

そして今では、こうして生徒会長というポジションに就いている。

しかし、それは結果論にすぎない。私は私の信じる生き方、正義を貫いてきただけだ。

その結果として、今この場に立っているにすぎない。

信念が揺らいでいた。自分の立脚点がこんなにも脆弱《ぜいじゃく》であることに驚きを抱く。

私の正義が、誰かの正義を壊してしまったのではないかという恐怖。

彼は何も間違っていない。彼の行動は正義そのものだ。私も間違った行動をしたとは思ってないし、同じことがあれば躊躇《ちゅうちょ》なく動くだろう。

それでも、思慮が足らず、聞く耳を持たず、視野狭窄《きょうさく》に陥り、一方的に相手を傷つけたのは私の落ち度であり罪だった。それは償わなければならない。

そうでなければ、私はもう二度と自分の正義に従って行動することはできない。

私の正義は誰かの正義を歪めるものであってはならないのだから。

どうしてか胸騒ぎが収まらない。こんな気持ちになったのは二度目だ。

どうして今、それを思い出したのか。去り際の、あの目を見たからだろうか。

彼は学校に来ていない。そんなもの私のせいに決まっている。私が傷つけたからだ。今彼は何をしている？　悲嘆に暮れているのだろうか？　絶望しているのだろうか？　私という人間に憎悪を抱いているのだろうか？

怖い。会うのが怖い。それでも、私は彼に――。


「なんてことをしてくれたの！」

「悠璃落ち着け！　九重雪兎に連絡は付かないか？」

「どうしてもっと早く言ってくれなかったんですか！」

「お前達は一緒に通学していたんじゃないのか？」

「今日はあの子だけ別で。あぁ、もう！」

激高する私の剣幕に周囲が慄《おのの》くが、それどころじゃない。

愚かな上級生。何が生徒会長だ。こんな人間が生徒会長だなんて信じられない！　またた。また誰かがあの子を傷つける。私と同じように。あのときの私を繰り返すように。急いで電話を掛ける。あの子は私からの電話なら出るはずだ。

数回のコールの後、私の心配を他所《よそ》に、あっさりと繋《つな》がった。

「雪兎《ゆきと》！　アンタ、今何処にいるの？」

『海だけど？』

「――えっ、海？」

周囲がざわつきだす。それはそうだろう。学校をサボって行くようなところではない。ましてや事情が事情だけに、それは嫌な想像を掻《か》き立てる。

「まさか、アンタ、身投げしようなんて考えてないでしょうね!?」

焦燥が口を衝《つ》く。ハッキリと職員室に緊張が走った。担任の藤代だけではない。他の教員達も固唾を呑《の》んで様子を見守っている。

『あはははははは。超ウケる』

「笑いごとじゃないのよ！」

『落とし物も見つからないし、そろそろ帰るよ。あ、お土産あるから』

「お土産って何!?　アンタ本当に何処まで行ってるの？」

『だいたい俺は問題児だし、これくらいなんでもないよ』

「問題児って何よ？　まだそんなに経《た》ってないでしょ！」

「――問題児だと？……まさか私の言葉がアイツを……」

ぶつぶつと藤代小百合《さゆり》が何かを呟《つぶや》いているが、今は気にしていられない。

『やっぱり、国際展示場はお盆と年末年始に限るよね』

「なんの話？　とにかく事情は聞いたわ。大丈夫なのよね……？　本当に帰ってくるのよね……？」

『高校の間だけ待ってよ。そしたらもう悠璃さんに迷惑掛けないようにするから』

「……高校？　待って。どういう意味？　もしかしてアンタ――」

『もうすぐだから。いなくなるにはまだ早いってね』

「――ッ!?　雪兎止《や》めて！　それは本心なんかじゃ――」

『今から帰るよ』

電話が切られる。私は放心していた。まさか今でも――。

「お、おい悠璃。取り乱しているみたいだが、大丈夫なのか？」

「とりあえず今から帰るそうです」

「そ、そうか」

「これから帰ると言っていました。明日は普通に登校してくると思います。本人から話を聞くのは明日にしませんか。今日はもうこれ以上、できることはありません」

「悠璃、本当にすまなかった！」

「ごめんなさい！」

「絶対に許さないから」

一瞥《いちべつ》もくれずに職員室を出る。雪兎のクラスメイト達の顔もあった。

私には彼女達の言葉がもう耳に入っていなかった。最後に弟が言っていた言葉が脳内から離れない。そうだと思っていた。あの子の態度を見ていれば、いつかそんな日が来るのではないかと予感していた。

今でもあのときの言葉を憶《おぼ》えてるんだ。手の中に残る感触。憔悴《しょうすい》しきった表情。会話中に少しだけ漏れた雪兎の本心。あの子が本音を僅かでも吐露することは極めて稀《まれ》だ。それくらい今日の出来事には思うところがあったのかもしれない。

高校の間だけ待ってと言っていた。だとしたら、もうタイムリミットは卒業するまでの三年間しかない。きっと、それが過ぎれば完全に手遅れになる。

幼馴染《おさなじみ》の硯川《すずりかわ》灯凪《ひなぎ》。彼女と触れ合うことで弟は良くなっていた。私は安心していた。彼女なら任せられると。しかし、気づけば元に戻っていた。いや、より酷《ひど》くなっていた。そして、いつも隣にいたはずの幼馴染の彼女はいなくなっていた。

彼女を忘れるようにバスケに打ち込んでいると、今度は神代汐里《かみしろしおり》という女性が弟に寄り添っていた。徐々に打ち解けていた。もしかしたら彼女ならと期待したが、彼女もまた弟を傷つけるだけ傷つけていなくなっていた。

弟のトラウマレースにまさか生徒会長まで参戦してくるとは思わなかったが、どうして弟の周りには私を含めてこんな女性ばかり集まってしまうのか。

弟に必要なのは傷つける相手じゃない。もう誰も信用できない。もう誰も信じない。私がやるしかない。今度こそ絶対に私は裏切らない――。

◇

武士は食わねど高楊枝《たかようじ》と言うが、俺は武士ではなく高校生である。江戸時代でもない令和なのであった。とはいえ、そのような気品高い生き方をしたいものである。人生が鎖国している俺でもその程度の憧れはあるのだ。伴天連《バテレン》は追放しておく。

それはそれとして、お昼休みの現在。俺は教室前の廊下に立っている。

眼前では生徒会長と副会長が土下座していた。え、なにこの状況？

「九重《ここのえ》雪兎、本当にすまなかった！　どうか許して欲しい」

「ごめんなさい九重君！」

言うまでもないが教室内はざわついている。廊下を歩いていた生徒達も立ち止まり様子を遠巻きに眺めていた。スマホで撮影されている。とりあえずWピースしておく。目立っている。滅茶苦茶《めちゃくちゃ》に目立っている。いや、おかしいでしょこの人達！　武士なの!?　いつの間に俺は大名になったのか。参勤交代の時間である。

「おもてをあげい。いや、冗談です。目立っているので立ってください」

「君を傷つけた事、心から謝罪したい」

「その……助けようとしてくれてありがとう！」

「もういいですと言いませんでしたか？」

ようやく顔を上げて生徒会長と副会長が立ち上がる。その間もギャラリーは増え続けていたが、二人は周囲が見えていないのか一切気にしていなかった。

客観的に見て、三年生が一年生の教室まで足を運んで土下座謝罪しているなど目を引かないはずがない。それも相手は生徒会長だ。一躍スター街道まっしぐらである。是非とも脇道に逸《そ》れたい。俺の陰キャぼっち道に赤信号が灯《とも》っていた。

それに謝罪というなら小判の敷かれた黄金饅頭《まんじゅう》の一つでも持ってくるべきでは？　越後屋も激怒しているに違いない。

「そういうわけにはいかない。これは私にとっても重要なことなんだ！」

「あのね、何かお礼をさせて欲しいの」

「お引き取りください」

関わるだけ一方的に俺が損するので、極力冷たく告げる。

しかし、先輩達《たち》の目は何処《どこ》か熱に浮かされたようにぐるぐるしていた。

「九重雪兎、――――私を抱け！」

「美味《おい》しいものでも奢《おご》らせてくれないかなって――って、睦月《むつき》ちゃん!?」

先輩って滑舌がハッキリしてるんだなぁ。綺麗《きれい》で良く通る声をしている。流石《さすが》は生徒会長だよね。この学校は安泰だ。うんうん。副会長の方はまともで良かった。って、そうだ

よ分かってるよ！　現実逃避だよチクショウ！　とりあえず俺は聞かなかったことにした。主人公なので、こういう技が使えるのである。

「えっ、なんだって？」

「九重、私も初めてなんだ。できればこれを使って欲しい」

　俺の技は技量が不足しており不発に終わった。精進します。もじもじと先輩が何かを手渡してくる。箱には〇・〇一ミリと記載されていた。ボク、シラナイ……シラナイ……。あまりにも見覚えがある。雪華《せっか》さんの家にも置いてあった。それもやたらアピールするように視界に入る絶妙な位置に置かれていた。

　それと、なんか薄くない？　技術の発展ってスゴイや！

「だが、もし君がつけたくないというのなら私はそれを受け入れよう」

「睦月ちゃん!?　ねぇ、変だよどうしたの!?」

　ガクガクと副会長の三雲《みくも》先輩が会長を揺さぶっているが、祁堂《けどう》先輩は微動だにしない。足腰が強いのだろうか。背筋も綺麗に伸びており、体幹がしっかり鍛えられているのを感じる。素晴らしいね。

「君がしたいなら、私はなくても構わない！」

「暴走してるよ!?　お願いだから正気に戻って！」

「裕美《ゆみ》、私は正気だ」

「正気の方が駄目だからね!?」

そういえば、もうそろそろ試験の時期だった。学力にはそれなりに自信があるだけにテストは別に恐怖の対象でもなんでもない。学校が早く終わって嬉《うれ》しいボーナスタイムなのだった。ぽわぽわと俺の思考は全く別のところへ飛んでいる。

だって、聞いていると頭がおかしくなってくるんだもん。

「しかし、私が調べた限り、男子が貰《もら》って喜ぶものとは処――」

「わあああああああああ！」

「雑誌にそう書いてあったんだ。一歩間違えれば私の浅慮で九重の人生を終わらせていたかもしれない。なら私だって人生を賭けなければ不公平だ。九重、謝罪の気持ちだ。受け取ってくれ！」

これはアレだな。会長は雪華さんと同類。猛禽類《もうきんるい》の肉食獣だ。俺は狩られるだけの草食獣なのかもしれない。大人しく生きていきます。

「先輩、そんな贖罪《しょくざい》の気持ちで抱かれても相手は喜びませんよ」

「な、なに……。しかし、確かに一理あるかもしれない」

「そ、そうだよ睦月ちゃん。少し冷静になって考え直そ？」

「いや、しかし九重。贖罪の気持ちはもちろんある。だが、それだけではないんだ！」

「あっ、駄目だこの人」

したり顔でそれっぽいことを言ってみるが失敗した。俺とて経験はないが、この場を凌《しの》ぐには後はもうこれしかない。据え膳食わぬは男の恥と言うが、俺はそんなにお腹《なか》は減っていない。空腹を満たすには普通の食事で十分だ。

「それに俺、今日は購買なので失礼します！」

三十六計逃げるに如《し》かず。俺はその場から逃亡した。敗戦計は兵法の中でも劣勢の場合に使う奇策である。最初から負けていたのだった。

「変態だぁぁぁぁぁぁぁぁぁあ！」

俺の悲痛な叫びは廊下の先まで届いていたという。


変態の魔の手から逃れた俺は非常階段まで逃亡していた。こうなるともうガチで憩いの場である。疲労困憊《こんぱい》のまま溜め息を吐き出し腰を下ろす。と、何故《なぜ》か先客がいる。見覚えのある人物だった。オリュンポス十二神の一柱《ひとはしら》。

「アフロディーテ先輩？」

「つーん」

無視された。お怒りのようだ。会長に絡まれ精神的に疲労していた俺に相手をする気力はなかった。人間誰でも機嫌の悪い日だってあるさ。姉さんだって月一くらいでそういう日がある。こういうときは関わらない方が良いんだよね。

俺は買ってきたぶどうパンとチーズミルクパンの袋を開けた。今回はベストマッチな組み合わせである。面目躍如といえるだろう。

「えっと、どうして無視して食べ始めるの？」

「面倒くさいなぁ……あっ、いい意味で」

「それ言っておけば許されるわけじゃないって言わなかった？」

「そんなこと言っても、俺、関係ないじゃないですか」

「あるよ！　君、前に会ったとき何言ったか憶えてないの？」

「何か言いましたか？」

「週に一、二回ここに来るって言ったじゃない！　なのに見に来ても全然いないし」

　そういえばそんなこともあったような気がする。すっかり忘れていた。天気も悪かったし、普通に教室で食べていたような記憶がある。が、それを正直に言うのも憚《はばか》られるので誤魔化しておく。角を立てずに空気が読める男、それが俺である。

「色々とあったんですよ。というか、アフロディーテ先輩、毎日来てたんですか？」

「うっ。違うからね？　私もたまには一人になりたいときがあるから来てただけで、決して、君のことを気にしてたわけじゃないからね？」

「なんだ俺と同じ陰キャぼっちじゃないですか。あははははは」

「止《や》めて！　一緒にしないで！　あと何か名称に違和感があるんだけど!?」

「そこはほら女神だから」

「一周回ってややこしくなってるよ！」

「でも、俺、先輩の名前知らないし……」

「自己紹介したよね？　したよね？　君、覚えるところ間違ってるよ」

「ぶどうパンのぶどうって、あんまりぶどう感ないのなんでだろ？」

「聞いてよ！　私に興味持とう？　これでも私、結構二年生だと人気あるんだよ？」

「けっ、スター気取りかよ」

「辛辣なの止めてよ！　恥ずかしいじゃない」

「まぁまぁ。——あれ？　硯川がどうしてここに……？」

アフロディーテ先輩の自虐風自慢を受け流していると、男女の二人組が近づいてくるのが見えた。緊張した面持ち。友達という雰囲気でもない。

「どうしたの……って、不味《まず》い。あの二人、こっちに来てるよね？」

「堂々としてれば良くないですか？　やましいことしてるわけでもないですし」

「気まずいよ！　きっと告白だよ」

「あぁ、そういえばアフロディーテ先輩もここで告白されてましたっけ」

「ふふん。そうだよ。私、モテるんだからねっ！」

「チーズミルクパンって乳製品二つ被《かぶ》ってるのマジウケる」

「ほんと君、私のこと舐《な》めてるでしょ？　あ、ほら、隠れるよ！」

そそくさと先輩に手を引かれ、木陰に連れていかれる。

「ひょっとして、どっちか知り合い？」

「はい。女子の方はクラスメイトです」

「自分が当事者だと億劫《おっくう》だけど、こういうのなんだかドキドキするね！」

コソコソと様子を覗《のぞ》き見する俺達はただの不審者だ。

その間にも、何か言葉を交わしている。内容は聞こえないが、察するに呼び出されたのは硯川《すずりかわ》の方だろうか。そういえば、彼女は先輩と別れたと言っていた。それが事実なら新しい恋に乗り出してもおかしくない。

告白が終わったのか、二人が別々に戻っていく。

「はぁ……。緊張した。結構、可愛《かわい》い子だったけど、どうなったんだろ？」

「暗に自分の方が可愛いでしょ感匂わせ先輩、そろそろお昼休み終わりますよ」

「君とは一度本気で決着をつける必要があるみたいね」

チャイムが鳴り、俺達も解散する。しまった。結局、名前を聞きそびれてしまった。あの人、誰なんだろう？　アフロディーテじゃないならアテナでいいか。メジャーどころなら外さないだろう。名前を憶《おぼ》えていないか忘れた知人と遭遇したら、田中か佐藤か鈴木と言っておけば正答率は二割くらいである。大抵その後、ちゃんと名前を教えてくれるので問題ない。これもまた処世術なのであった。

このとき、俺は気づいていなかった。

教室に戻る男女を暗い目で見つめていた一人の生徒の存在に。

The girls who traumatized me keep glancing at me, but alas, it's too late.

第六章「拒絶のボール」

ＩＴ社会の現在。各省庁では脱ハンコを奨励するデジタル時代だというのに、俺は朝からアナログに悩まされていた。いっそ無視しようか。どうせ面倒事じゃん。

新たなトラブルの予感に一人苦悩している俺にお気楽そうな男が話しかけてきた。こいつに悩みはないのか？

「なにやってんだ雪兎《ゆきと》？」

「下駄箱《げたばこ》に手紙が入ってたんだが……」

「お、なんだラブレターか！」

はーい注目！　クラス中の視線が集まる。

おのれ、爽やかイケメンめぇぇぇ死ねぇぇぇええ！

「九重《ここのえ》ちゃん、ラブレター貰ったん？」

「んなわけあるか。自慢じゃないがモテたことがない」

「こいつ頭おかしいんじゃないか？」

「俺もそう思う」「僕もそう思うよ？」「同意」「私は最初から確信してたけどね」「ひひ……そこが良いところ……」「大丈夫、私は味方だから！」「俺も俺も」「おかしいに一票」「やっぱおかしいわ」「言えたじゃねぇか」「#おかしい」「死ねクズ」「サイコ野郎ニャ」

「お前等《ら》、誰だよ!?」

うるせぇぇぇぇえ！　怒濤《どとう》なまでの同意の嵐。ＳＮＳにハッシュタグで呟《つぶや》くな！　それとファンタジー世界の住民いなかった？　なになに俺ってそんな風に見られてたの？　地味で大人しい陰キャぼっちとして生活を送るはずだったのにどうして……。

「で、本当はなんなんだ？」

「知らん。知らんから困っているわけだ。これがラブレターに見えるか？」

下駄箱に無造作に突っ込まれていたのはラブレターなどと呼べるような洒落《しゃれ》たものではなかった。四等分された無機質なルーズリーフ。質素な文面には「放課後、自習室に来てください」とだけ書かれている。夢も希望もあったもんじゃない。

「でもこれさ、女子の字じゃない？」

「なんかそんな感じだよね。ラブレターじゃなさそうだけど……」

桜井《さくらい》や峯田《みねだ》達《たち》の所見でもラブレターの線は消えた。じゃあなに？　なんなの!?　怖っ！

「ユキ、そんな変なの行かなくていいよ！」

「俺だって行きたくないけど、どーしよ。代わりに光喜《こうき》、行けば？」

「なんで俺なんだよ。まぁ、暇だしお前がどうしてもって言うなら見てきても良いけど」

「お前、本当に良い奴《やつ》だな。俺に対する評価どうなってんの？」

「……色々あるのはお前だけじゃないってことだよ」

なにこの思わせぶりな爽やかイケメン？　偵察というのはなんとも魅力的な案だが、どのみち任せたところでどうにもならない。というわけで、放課後にジャンプ！

「え、ホントに誰？」

俺を呼び出した相手が目の前に立っていた。一つ言えるのは、告白なんて甘酸っぱい雰囲気じゃないってことだ。ここには俺達しかいない。部活への勧誘とも考え難《にく》い。

「私はC組の蓮村《はすむら》です。来てくれてありがとう」

「こっちは自己紹介いる？」

「貴方《あなた》のことは良く知ってるわ。憶えているかしら？　私達、同じ中学だったんだけど」

「一応、初対面だよね？」

「違うわ。といっても、直接話をしたことはなかったけど」

残念ながら全く思い出せない。ますますもって俺に何の用があるのか分からなかった。

「今日はお願いがあって、こうして来てもらったの」

すっと、切れ長の瞳が細くなる。敵意にも似た視線。

「単刀直入に言うわ。汐里《しおり》を解放してあげて」

言葉を反芻《はんすう》する。汐里――神代《かみしろ》のことだ。解放という言葉に違和感を覚える。

封印されていたのか、それとも捕虜かなにかだろうか。国際条約違反などしていない。

「もうちょっと噛《か》み砕いてもらっていいかな。解放って？」

「汐里は私の親友なの。貴方が悪いのよ。貴方と関わってから汐里は塞ぎ込むようになっていった。今だって、あの子は……。痛々しくて見ていられないのよ！」

悲痛な声。親友か。なるほど、そういうことね。そこまで聞けば自《おの》ずと理解する。

この子は単純に神代を心配している。言葉に嘘《うそ》が混じっているようには見えない。決然とした眼差《まなざ》しには強い意志が秘められていた。蓮村さんは、俺に神代と関わるなと、そう言っている。

「どうすればいい？」

「え？」

「解放と言っても、俺が何かを強制しているわけじゃない。蓮村さんもそれくらい分かってるだろ。それに何度も神代には伝えてる。なのに彼女は離れない。だから、どうすればいいんだ？」

自分で言い出したはずの提案に蓮村さんは困惑していた。疑うように視線を往復させる。

「どうって……貴方はそれでいいの？」

「もともと俺だって同じ気持ちだったしな。神代にいつまでも同情されていたいわけじゃない」

「それは違うの！　あれは私達が汐里を揶揄《からか》っただけで、汐里は本当に――」

「別に過去なんてどうでもいいよ。今の神代の話だろ？」

「で、でも……そんな簡単に汐里のことを諦められるの？」

その問いは不可解だった。諦める？　俺が？　誰を？　諦めなければ、そこに何があると言うのだろう。なにもない。いつだって、なにもないままにここまで来た。何かを求めて、あったのはどうしようもない結末ばかりだ。軽い頭痛を振り払う。

「諦めるもなにも最初から釣り合うなんて思ってない。俺達は対等じゃないから」

「汐里がこの高校を選んだのも、貴方を追いかけたから。アレだけ汐里から好意を向けられていて、どうしてそれが嘘だと思えるの？　それくらい分かるでしょう！」

「違う。違うんだよ蓮村さん」

彼女は俺と神代の間にあったことを知らないのだろう。彼女は神代の親友だ。なら真実を知るには良い機会だ。掻《か》い摘《つま》んで事情を話すと、目に見えて狼狽《ろうばい》を見せる。

「そ、そんなことって……」

「君は俺が神代から離れて欲しいんだろ。分かった。もう一度だけやってみるよ」

「待って！　汐里はそれだけじゃないはずなの！　なんで、こんなはずじゃ――」

呆然《ぼうぜん》とする蓮村さんに背を向け、自習室を後にする。

もっと早く神代にもハッキリ伝えるべきだった。お互いの為《ため》にも離れるべきだと。

どこかで徹しきれなかったのは、あの頃の時間が、悪くないとそう感じていたからなのかもしれない。でもそれは、決して取り戻せない過去でしかなかった。

◇

やぁ、こんにちは。三年ハメ太郎だよ！

この度、三年ハメ太郎のあだ名を襲名致しました九重雪兎です。

幾ら何でも酷《ひど》くない!? ハメ太郎ってなんだよ。ポジハメ君かよ。一年生にもこんな生徒がいるんだ！ 俺は横浜ファンではなかった残念。クスン……。

三年生の生徒会長と副会長が土下座してセフレになりにきた男として、俺こと九重雪兎はすっかり校内一の有名人になっていた。噂《うわさ》に尾ひれが付き過ぎである。

ついたあだ名が「三年ハメ太郎」だ。

言っておくが、決してハメていない。ゴムも使っていない。生ハメなんて以《もっ》ての外だ。鞄《かばん》に大切に入れてある。万が一、万が一のことがあるかもしれないからね？ ほ、本当だって！

最早《もはや》、陰キャぼっち計画は見る影もなかった。廊下を歩いているだけでひそひそ話をされている。この場合、三年寝太郎のままでも意味合い的にはなんとなく通じてしまうのが酷い。

衆目に晒《さら》され、このようなあだ名を付けられるなど、鋼を超えカルメルタザイト並に屈強なメンタルを誇る俺でなければ大ダメージだろう。そういう意味ではまだなんとか俺で良かったとも言えるが、お先真っ暗だった。どんどん理想とする学園生活から遠のいている。

このままでは不味《まず》い。辺境でスローライフを送る追放され系冒険者の如《ごと》く、ひっそりと地味に過ごしたいのだが、そんな思惑とは裏腹に進んでいる。

こんなはずじゃなかった。なんとかしなければ……。しかし、どうしたものか……。

頭を抱えるしかない。何を思ったのか弟に接触したらしい生徒会長の奇行は既に噂となって校内を駆け巡っていた。土下座で謝罪していたそうだが、問題はその後だ。

このまま放っておくと確実にややこしい事態になりそうな予感がしている。

あの後、帰ってから幾ら問い詰めても弟は何も口を割らなかった。何処《どこ》か硬い表情、定まらない視線。頑《かたく》なに何かを抑え込んでいた。抑え込もうとしていた。それはどのような感情なのだろうか。私には想像することもできない。

考えるべきことが多すぎる。幼馴染《おさななじみ》に同級生。更にそこに来て生徒会長と、この学校にはあの子を傷つける存在が多すぎる。

「いっそ、私のクラスに連れてこようかしら」

「悠璃《ゆうり》、どうしたの？」

「何故《なぜ》かあの子のクラスメイトが拝んでくるし、なんなのかしら……？」

「それにしても雪兎君って悠璃の弟君でしょ？　あの生徒会長を土下座させるって何をやったの？　とんでもないホープが現れたわね」

「本当なのそれ？　信じられないんだけど」

「画像を撮った人もいるんだって。間違いないよ」

「はぁ……。アンタ達、笑い話じゃないのよ。もっと深刻なの」

私が弟の学園生活を守ってあげないといけない。私は今年の生徒会選挙に立候補するつもりだ。それで少しでもあの子が過ごしやすいように学校を改善していく。そんなことしかできないが、それでもやらないわけにはいかなかった。

いつか、またお姉ちゃんって呼んでくれるかな……。

そんな些細《ささい》な願いだけが私を突き動かしている。私も硯川灯凪《すずりかわひなぎ》や神代汐里と大差ない。いや、最も傷つけたのは自分だろうという自覚があった。弟は一切あのときのことを口外しない。私も誰かに知られるのが怖くて、ずっと抱え込んできた。

取り返しの付かない罪。

今になって思い返せば、弟が自分に懐いていたのも当然だ。甘える先が母親から私に向いていたのだろう。でも、そんなことを今になって気づいても遅すぎた。

私は許されない罪を背負っている。手遅れになる程、弟を壊したのは私だ。

私がこの手で弟を……。今でも感触が残っている両手に視線を落とす。あのときの顔を夢に見ることもあった。何を思っていたのだろう。「あぁ、この人もなんだ」アレはきっとそんな目。

あの日以来、親しみをもって懐いてくれていた弟の姿は消えた。親愛の情は消え去っていた。

姉弟としての絆《きずな》も失っていた。私は他人だと思われているだろう。私達には何もない。

私がこんな風に心配しているなんて、あの子は全く知らないんでしょうね。

——あの日、私は、弟を殺そうとしたのだから。

「アンタなんて大っ嫌い！　消えちゃえ！」

繋《つな》いでいた手が離れる。落下していく身体《からだ》。その瞳が「どうして？」と訴えかけていた。逸《そ》らすことなく、真っすぐに見据えていた。浮かんだ困惑はすぐに諦観に変わり、現実を受け入れ、そしていつしか——。

◇

「九重《ここのえ》雪兎《ゆきと》はいるか！」

もう何回目だよこのパターーン！　既にお馴染みとなっているこの展開。

今や俺の知名度はうなぎ登りである。ただでさえ運動部の相次ぐ勧誘に辟易《へきえき》していたのだが、ここにきて難攻不落の生徒会長を攻略した男として恋愛相談を受けることもあった。モテたことがない俺に恋愛相談など片腹痛い。単に便秘だった。

俺に人の気持ちなんて分かるはずないのに。自分の気持ちさえも分からない俺が他者を理解することなど到底できない。

相変わらず教室には俺を訪ねて先輩が……って、誰この人?

知らぬ間に知り合いが増えている男、それが俺、九重雪兎だ。

「俺ですが、YOUは何しにこのクラスへ?」

「そうか君が。俺は三年の火村敏郎《ひむらとしろう》。バスケ部のキャプテンをしている」

「嫌な予感がしてきた。そういえば、九重はさっき学食に行ってましたよ」

「急に別人になるな。自分で名乗っていただろう」

「だって、面倒そうなんだもん」

火村先輩は流石《さすが》バスケ部だけあって、そこそこ身長も高い。尤《もっと》も、この学校のバスケ部は強豪というわけでもないので、だからどうしたというレベルである。だいたい他県から有力な選手をかき集めているような高校がある以上、どうしたってそこには格差が生じるものだ。

「百真《ひやくま》先輩から聞いてな。何故バスケ部じゃないのか不思議がっていた」

「知り合いだったんですか?」

「百真先輩はこの学校のOBだぞ? 君こそ知らなかったのか?」

「あまり人のことは詮索しない主義なので知りませんでした」

「それで俺も君のことを知ってな。誘いに来たというわけだ」

「素直に誘いに乗るようなら最初から入部していますよ」

なるほど、百真先輩は卒業生だったのか。考えてみれば、その程度の偶然は幾らでも起こり得る。先輩なりに気遣ってくれたのかもしれない。或《あ》いは単純に疑問に思ったか。正直、有難《ありがた》迷惑だが、そこは素直に感謝すべきなのだろう。

「バスケ部には俺と同じ中学だった人もいますよね？　その人達《たち》が何も言わない時点でお察しというやつです」

「そう思って聞いてみたんだが、君と同じ中学の者はいなかった」

「そうだったんですか？」

「うちのバスケ部はそう熱心に活動しているわけではないからな」

「それなら尚更《なおさら》、別に誘わなくても良いじゃないか」

なにもかもが今更だ。部活に打ち込んだのも現実逃避にすぎない。そこに確たる信念があったわけじゃない。だからアッサリと俺の気持ちは折れてしまった。ただ一つの目的すら果たせず中途半端なままに。だから辞めても何も思わないし、再開するつもりもない。別にバスケが特別好きというわけでもないしね。

「九重、俺達は今年が最後だ。確かにうちは強くはない。優勝できるような戦力もない。それでも三年間やってきたんだ。大会で全力を尽くしたい。力を貸してくれ！」

「おかしくないですか？　そもそも一年が簡単に試合に出られるはずが――」

「言っておくが、我が校のバスケ部は俺を含めて九人しかいないぞ」

「えっ!?　九十年代のバスケ人気は終わっていたんですか！」

「今は令和だぞ。数年前にも一瞬流行《はや》ったが、どっちもジャンプのおかげだな」

「弱小じゃないですか」

「だからこそだ。少しくらい活躍して驚かせたいだろ?」

「誰をですか。俺にはそんな相手はいません」

「九重、俺は同級生に好きな奴《やつ》がいる。大会が終わったら告白しようと思ってるんだ。だから俺はアイツに良い恰好《かっこう》を見せたい!」

「お前の為かよ! この学校の上級生って、何故下級生に聞いてもないことをペラペラ語りだすんだろう? あれかな風土病?」

火村先輩は分かり易《やす》い熱血漢だった。そしてアホである。とにかく直情的、思い立ったら一直線。俺にとっては迷惑な話でしかない。勝手にやっててください。

ほら、またクラスメイトの視線が俺に集まっている。ニヤニヤすんなよ! なんなんだよお前等《ら》! それに火村先輩の性格を考えるなら、なんとなくこの後の展開が読めるような気がする。

「なら九重、放課後俺とバスケで勝負だ!」

火村先輩は漫画の世界の住民だった。何が「なら」だよ。前後が繋がってないだろ! 勝負する意味が皆目分からない。何故かクラスメイト達は盛り上がっていた。何人かはスマホを熱心に操作している。アレはいったい何をやっているんだろう?

「分かりました。やろうぜ雪兎!」

「は? おいちょっと待て! 何でお前急に割り込んできた?」

「ユキ、やろうよ！」

巳芳《みほう》君は今日もイケメンだねぇ。爽やかスマイルが当社比三百％増しくらいになっている。それと誰だ今勝手に同意した奴？

え、俺の意思は？　なんか俺を無視して勝手に周囲が盛り上がってるんですけど……。人権侵害ですか？　いじめですか？

「３×３で勝負するのはどうですか？　うちにはバスケ部の伊藤《いとう》もいますし」

「なに？　そうか隼人《はやと》、お前もこのクラスだったのか！」

「俺の存在感って……」

渋々、バスケ部の伊藤君（？）がやってくる。そんなに良くは知らない。というか、未《いま》だに名前も憶《おぼ》えていなかった。そうか、彼は伊藤隼人君というのか！

「俺抜きでやってください……」

俺は力なく呟《つぶや》いた。


スマホのグループチャットが盛り上がっている。何故か弟の情報が逐一報告されている謎のグループ。便利だから私も使っているが、頭痛の種でもある。当の弟本人は全く知らないらしい。まったくもって非公認だった。

「あの子はまた……！」

とある一件から、弟はやたらと話題になっていた。二年のクラスにもその名前が知れ渡るくらい目立っている。ある意味、校内一の有名人かもしれない。そうでもなければ、ここまで注目を集めないだろう。このグループに参加しているクラスメイトも増えていた。どうやら今度はバスケ部のキャプテンと放課後勝負をすることになったらしい。

どうしてあの子は大人しくしておくことができないのかしら？

中学時代に打ち込んでいたバスケも綺麗《きれい》サッパリ辞めてしまっていた。今になって特に思い入れがあるようにも見えない。帰宅部だと豪語していたのに、何故こんなことになっているのか不思議でならない。大丈夫だろうか？　また何か厄介事に巻き込まれていないだろうか？　心配事が尽きない。

ふふっ。おかしいわよね。私が今更何を心配するっていうのよ。そんな資格なんて、私にはとっくにないでしょう？　どうしようもなく自嘲が零《こぼ》れる。

そうだ。あのときから、私はそんな資格など、とうに失っているというのに――。

「アンタなんて大っ嫌い！　消えちゃえ！」

私は公園の遊具の上から弟を突き飛ばした。それが何を意味するのかも分からず、そのときの私は感情に従うまま行動に移していた。生々しい感触。繋いでいた手が離れ、呆気《あっけ》なく弟の身体が宙に放り出される。

私を見る目が「どうして？」と、訴えかけていた。「なんでこんなことをするの？」と揺れていた。突き動かされる衝動。

「アンタが嫌いだからよっ！」

耐え切れず私はそう叫んでいた。数瞬後、ドサリと鈍い音がする。切れた額から血が流れていた。人間の血って赤くて綺麗だな……。そんな現実感のない空虚な感想を抱いていた。しかし、倒れてピクリとも動かない弟を見て私は我に返る。

「え……？」

私は今、何をしたの？　自分の行動が自分で信じられない。その結果、何が起こったのか認めたくなかった。虚脱感が支配する。

私は今、確かにこの手で弟を——。

襲ってくる恐怖。手が震えていた。膝が笑い、遊具の上からゆっくりと降りる。

「雪兎……？　ね、ねぇ、大丈夫だよね？」

返事はない。これまで見たことのないような大怪我《おおけが》。子供の私にはあまりにもショッキングすぎる光景。血が噴き出し地面をドス黒く変色させていく。

「……ちがっ……こんなこと……どうして……」

現実を否定したくて、私はその場から逃げ出した。

——そして、弟は帰ってこなかった。

私は弟が大好きだった。お母さんが仕事で忙しいこともあり、弟の面倒を私が見ることが多くなっていた。弟はとても真面目で手が掛からない。私にもとても懐いてくれていた。それでお母さんも安心していたのかもしれない。しかし、私だってまだまだ子供だ。弟とは一歳しか違わない。所詮は未熟な子供でしかない。

弟と一緒にいることが多くなり、一緒に遊ぶことも増える。それは苦ではなかったが、私も私で自分自身の人間関係というものが構築され始める時期でもあった。自我の目覚めが訪れる。私の世界は急速に広がりつつあった。

そんな中で、常に弟と一緒にいるということが重荷になっていた。

お母さんも弟のことばかり気にしている。それがどこか私の心に影を落としていたのかもしれない。今思えば、決してそんなことはないのに、結局は私も愛情に飢えていたのだろう。寂しく思っていたのは私も同じだった。

あるとき、私は親友のマキちゃんと遊んでいた。そこには弟もいた。

マキちゃんは一人っ子だった。だから姉弟に憧れがあったのだろう。弟をとても可愛《かわい》がっていた。胸に去来する疎外感。私の弟なのにという独占欲と、弟に親友を取られたという醜い嫉妬心。マキちゃんは私の親友なのに！　そんな複雑な感情がないという醜い嫉妬心。

それを消化できないまま弟と一緒に帰っていたある日、それは起こってしまった。

剝《む》き出しの感情をぶつける。心も身体も傷つけるあまりにも酷《ひど》い仕打ち。酷いでは済まない。殺意がなかったと否定できるだろうか。子供だからと許される行為ではなかった。

帰ってこない弟。不安が膨らんでいく。自分のせいだというのに、自分がやったことだというのに、弟の目が脳裏に焼き付いて離れない。

弟が帰ってきたのは、それから六日後のことだった。いや、帰ってきたのではない。警察から電話があった。私は全てお母さんに話していた。隠せるはずもなかった。急いで公園に向かうと、もうそこに弟の姿はない。家に向かっているのかもしれない。そう思い待ったが帰ってこない。

翌日、警察に行方不明者届を出した。確認して欲しいと連絡があるまで地獄の日々だった。でも、本当の地獄はそれからだった。

見つかった弟は酷く憔悴《しょうすい》していた。どうやって移動したのか、隣の市で発見されたという。額に大怪我、骨にもヒビが入っていた。私が弟をこんな風にしてしまったんだ！　途方もない後悔に苛《さいな》まれる。弟が暗い瞳で私を見て掠《かす》れた声をあげる。

「消えられなくてごめんなさい」

――え？　おかしい、おかしいよ！　だって、謝るのは私の方で、貴方《あなた》は何も悪くなくて！　感情の洪水が濁流となって言葉を押し流し、私は何も言えなくなる。

怪我だけじゃない。じゃあ、雪兎《ゆきと》が帰ってこなかったのも私のせい？　私が消えちゃえって言ったから？　だから消えようとしたの？

当たり前だが、私は怒られた。でも、怒っているお母さんは私を抱きしめながら泣いていた。それは単純に怒られるより辛《つら》いことだった。

けれど、このときはまだ、私は弟のその言葉の意味を理解してはいなかった。

弟が私の前から消えようとした。それは、文字通りそのままの意味だと捉えていた。単にいなくなるだけだと軽く考えていた。突き飛ばしたことは悪いと思っている。どんなに悲しんで後悔しても許されることではない。

しかし、まだその程度の認識だった。それが子供だった私の限界だった。

そのタイミングがいつだったのか。それは重要ではない。でも、私が成長し、人間の「死」を理解したとき、全てが変わった。

弟は死のうとしていた。いなくなるとは、私の前からじゃない。この世界からだ。だから弟は帰ってこなかった。弟自身も「死」を理解していたわけではないだろう。

だが、本能でそれを感じ取っていたのかもしれない。現にもう一日、発見が遅れれば死んでいた可能性もあった。或いは遊具から落ちたとき、打ちどころが悪ければ死んでいたかもしれない。即死していたかもしれない。

それを理解したとき、私の頭は恐怖で真っ白になった。私は大好きだった弟を殺そうとした。一時の感情でその命を奪い取ろうとした。

帰ってきた弟は一変していた。二度と手が繋《つな》がれることはなかった。懐いてくることもなくなった。私の後ろをニコニコと笑顔で「おねーちゃん」と、呼びながら付いて来ていた弟は消え去っていた。それ以来、一度も姉と呼ばれなくなった。

当たり前だ。私は弟を殺そうとした。またいつ殺されそうになるか分からない。不用意に近づいてこれるはずがない。殺人を犯そうとした者と仲良くできるはずなどない。でも、弟の目には恐怖も何も浮かんでいない。それがまた私を困惑させる。怯《おび》えてくれた方がまだ分かり易い。でも、弟の反応は何かを失ったかのように、まるで壊れたかのように異質なものだった。

私は何度も謝った。謝罪を繰り返した。あの日のことを夢で見る度、弟の壊れてしまった姿を見る度、謝らずにはいられなかった。

でも、手遅れだった。どんなに謝っても弟には通じない。謝罪とは許しを請う為《ため》に行われるものだ。自分が悪いと相手に伝え、相手から怒られて、初めてわだかまりは解消される。そうでなければ前に進めないのだから。

しかし弟は何も怒っていなかった。最初から私を許していた。許している相手に幾ら謝罪をしても意味を成さない。悪かったと自分のせいだと幾ら伝えても、相手がそれを許容していたら通じない。

まるで「怒り」という感情を喪失してしまったかのような……。

許しているのに、怒っていないのに謝られてもどうしようもない。弟は私が謝る度に許し続けた。だからいつもそこで終わってしまう。何も変わらない。変えられない。壊れたものは戻らない。私がどんなに元の関係に戻りたくても、私を許している弟が元に戻ることはなかった。

私は断罪されたかった。どうしてあんなことをしたのだと糾弾されたかった。

本音をぶつけて、泣いて謝って本当は大好きだと伝えて、もう一度、姉弟をやり直したかった。叶《かな》うことなどない願い。

それからますます弟は酷くなる一方だった。何かある度に何かを失っているような、そんな風に見える。まるで一つずつ感情を落としてしまっているような……。

そこで気づく。——じゃあ、もし全ての感情を喪失してしまったら、どうなるの？

電話したときの会話を思い出す。高校を出るまで待って欲しいと言っていた。何を？　そんなの決まっている。あの子はきっと、私の前から消えるつもりだ。二度と会うつもりはないのかもしれない。それに、もし「恐怖」という感情を喪失しているのであれば、躊《ちゅう》躇《ちょ》なく簡単に死を選んでしまうかもしれない。

今でも弟の心にはあの日の私の言葉が楔《くさび》として打ち込まれている。それを抜くことはできない。弟の心に触れられない私は弟を助けられない。

だから他者に期待した。彼女ならと思った。けれど、それは失敗だった。それどころか、より深く傷つけることになってしまった。頼るべきじゃなかったんだ！

それでも、なんとかして救ってみせる。他の誰でもない私が。今度こそ。

「バスケ勝負なんて……そんなことやるように思えないのに」

どんな心境の変化があったのか。何一つ見逃してはならない。どんな兆候もどんな些《さ》細《さい》な変化も、弟のことは全て見逃さない。絶対に目を離さない。かつて手を離してしまった。それから二度と繋がれなくなった。

今度、目を離せば、きっともう見ることもできなくなってしまうだろう。

タオルとスポーツ飲料でも用意しておいた方が良いだろうか。それくらい持っていそうな気もするが、とにかく何かをせずにはいられない。中学の頃、バスケに打ち込んでいた弟は素直に格好良かった。またあの姿が見られるのかもしれない。

胸中に想《おも》いを秘めて、私はドキドキしながら、放課後を待つことにした。

◆

体育館は騒動を聞きつけた暇人達《たち》で溢《あふ》れていた。観戦者のギャラリーができている。

「あれが噂《うわさ》の……」とか聞こえてくるので無視を決め込んだ。ふとした日常に降って湧いたイベントに期待しているのだろうか。俺もそんな風に傍観者を気取りたいところである。問題はこの騒動の中心が俺であるということだ。すみません、帰宅して良いですか？　騒動の中心で、帰宅を叫ぶのが俺こと九重雪兎《ここのえ》だ。

帰宅部である俺が何故《なぜ》こんなところでこんな目に遭っているのか、今の僕には理解できない。対戦相手は火村《ひむら》先輩を筆頭にバスケ部のレギュラー三人。見方によっては先輩に逆らうクソ生意気な下級生という構図であった。平和に暮らしたいのにどうして……。

因《ちな》みに3×3は攻守交替制で1ピリオド五分×二の計十分で行われる。始まってみればサクッと終わってしまうのが3×3であり、戦略めいたものも存在しない。

「じゃあ、俺達が勝利したら君達はバスケ部に入部するということでいいな？」

「分かりました」

「良くねぇ！　勝手に決めないでくれます？　先輩達も大人げなくないですか？」

「必ず勝てるとも思ってないからな！　我がバスケ部にそこまで自信があるなら誘っていない」

「なら、もし俺達が勝ったらバスケ部は解散ということで」

「それだけは、それだけはぁぁぁぁぁああ!?」

先輩達が悲嘆に暮れていた。意味不明であった。幾ら何でも最初から一年生に負けることを想定している三年生がいるだろうか。バスケ部だという伊藤《いとう》君はともかく、爽やかイケメンがどれくらい動けるのかも分からない。

「それに、俺にはモチベーションがないので、正直勝っても負けてもどうでもいいというか……」

「雪兎、絶対勝とうぜ！」

「お前等《ら》、一応あれでも先輩達はレギュラーだぞ？　負けるに決まってる」

何故か爽やかイケメンがニヤリと笑う。

「勝つさ。負けるはずがない。だろ？」

「その自信は何処《どこ》から来るんだ？」

まさかまた学校でバスケをすることになるとは思わなかった。もう二度とそんな機会はないと思っていたのだが、世の中どう転ぶか分からない。

チラリと視線を横に向けるとギャラリーの中に姉さんの姿もあった。わざわざ見に来たのだろうか。きっと、俺が問題を起こさないか監視に来たのだろう。

中学の頃、俺がバスケをやっていたのは誰の為でもなく単純に自分の為だ。失恋のショックを振り切るのにバスケを利用していたにすぎない。チームの勝利も部活の仲間もどうでも良かった。だから俺はいつも一人で練習していた。上手《うま》くなりたくて練習していたのではなく、単に身体《からだ》を動かしたかった。

二年の夏を過ぎると、そんな俺に妙に話しかけてくる奴《やつ》が現れた。

それが神代汐里《かみしろしおり》であり、俺に嘘告《うそこく》を仕掛けてきた相手だった。


「あれ？　先週もいなかったっけ？」

土曜日。私は公園のフリーコートで練習しているその人を見かけた。確か男バスのメンバーだ。彼をこの場所で見るのは二度目だった。先週も同じ時間に同じ場所でたった一人で練習している姿を見た記憶がある。その時は特に気にすることもなかったが、私も女バスをやっているからだろうか、二度目に見かけた彼のことが妙に気になった。惹《ひ》きつけられるような存在感。

しかし、何故かその雰囲気は異質で彼はとにかく必死だった。

三度目はすぐにやってくる。私は初めて学校で彼のことをちゃんと見ることにした。バスケ部同士交流があるといっても、これまで大した接点もなく話したこともない。どんな人なんだろう。休日に自主練しているくらいだ。練習熱心な人だよね。

それが私の第一印象。そこまで部活に熱意を持っていない私とは違う。

男バスもそれほど強いわけじゃない。それなのにどうしてあそこまで頑張れるんだろう？　私は彼に興味を抱き、目で追うようになっていた。

それが間違いだったのかもしれない。いざ気にして彼の姿を見るようになると、その異常性は際立っていた。朝も放課後も夜も彼は練習していた。誰かとではなくいつもたった一人で。それはチームスポーツであるバスケという競技においてはあまりにも不自然だった。彼だけが練習して何になるの？　チームが強くならないと意味なんてないのに。

馬鹿な人だな……そんな風に思う反面、心のどこかで、その姿を眩《まぶ》しく感じていたのかもしれない。

彼はどんどん頭角を表していった。当たり前だ。それだけの練習を彼はやっている。男バスのメンバー達はそんな彼の姿に困惑していた。どう扱って良いのか分からない。部活に対しての明らかな温度差。楽しむ為にやっているのに、一人だけガチな人間が交ざり込んでいることに対する異物感。

しかし、彼はそんな空気を受けても何も気にしない。そして、自分と同じ努力を他人に求めることもしなかった。今日も彼はたった一人で練習を続けている。

どうしても気になって、私はついに彼に話しかけていた。

「ねぇ。君はどうしてそんなに頑張れるの？」

話してみると、彼は普通の男子学生だった。いや、そのときはそう思った。彼はとても話し易《やす》くとても優しい人だった。

こう見えて、どうやら私はモテるらしい。何度か告白されたこともある。身長も高いし、胸だって結構成長している。発育が良いことは自分で分かっていた。男子の視線が身体に突き刺さるのを感じる。

自意識過剰と言ってしまえばその通りだが、でも、彼は違った。私にそんな視線を向けない。そもそも私のことを認識すらしていなかった。最初に話しかけたとき掛けられた言葉は「誰？」だ。それがちょっと腹立たしくて拗《す》ねたこともある。

どうすれば私に対する興味を持ってくれるのだろう。そう感じてしまうほど、とにかく彼は他者に対する意識が希薄だった。

報われない練習をただ一人続けることにどんな意味があるのだろう？

その瞳には何が映っているのだろうか。そんなことを考えてしまうほど深く暗く澱《よど》んでいた。とても冷たく何かを見据えていた。それなのに彼の態度も言葉もいつも優しい。何処か放っておけないアンバランスで奇妙な存在。それが九重雪兎《ゆきと》だった。

そんな彼は私にとっていつしか安心できる存在になっていた。大切な異性の友達。それ以上の存在になっていくことに時間は掛からなかった。

彼のことをユキと呼ぶようになり、彼も私のことを汐里と呼んでくれる仲になっていた。私から呼んで欲しいとお願いしたんだ。

彼の存在が部活内で大きく変わる契機が訪れる。二年の秋の大会で、男バスは強豪校に勝利し県大会ベスト16まで勝ち上がった。快挙だった。普段は地区大会の一回戦か二回戦で負ける事もある男バスが県大会にまで勝ち進み結果を残した。学校でも表彰される。それはほぼ彼の功績だった。

でも、バスケはチームスポーツだ。幾ら彼一人が凄《すご》くても限界がある。しかしこの結果は男子達の意識を大きく変えることになる。

自分達が上手くなればもっと上を目指せるのではないか。そんな期待が男バスには生まれつつあった。自分達がレベルアップすれば、もっと結果を出せるかもしれない。いつしか男子達はこれまでとは全く違う姿勢で、真剣にバスケに打ち込むようになっていた。彼はたった一人でバスケ部を変えてしまったんだ。

彼が自分から何かを言ったわけではない。誰かに強制したわけでもない。自分の行動だけで周囲を変えてしまったのだ。

同級生で仲の良い友達。同時にその存在、その背中に強い憧れを抱いていた。

そしてその熱気、余波は女バスにも徐々に伝わっていく。誰もが以前よりも真剣に練習に打ち込むようになっていた。

この頃から、私の周りでも彼のことを気にする声が増えた。熱い視線を送っているメンバーもいた。当然だ。彼は単純に格好良い。そんな眩《まばゆ》い輝きと、どうしようもない暗さを持っている彼のことが気にならないわけがない。

私は少しだけ優越感を抱くと同時に、不安感を持つようになっていた。その気持ちが何なのか、私が理解するにはまだ子供すぎた。ずっと運動ばかりしてきた私にとって、それが恋だと知るには経験がなさすぎたから。

彼との関係はそれからも続いた。その頃には、私はもう彼が大好きになっていた。ハッキリとそれが恋だと自覚するほどに舞い上がっていた。彼と話していると楽しい。彼と一緒にいたい。そんな気持ちが膨れ上がっていく。

そしてとうとう我慢できずに、私はそれを伝えてしまった。

でも、それがあんなことになるなんて……。

あの日から、私の後悔は始まる。伝えなければ良かった。もっと素直になれば、自分に正直になっていれば——。

「ユキ、あのね！　今日は聞いて欲しいことがあって……」

「どうしたの汐里？」

周囲は暗くなっていた。ユキは放課後ギリギリまで練習に費やしていることもあり、帰る頃には日が落ちている。私はユキを待ち一緒に帰ることを選択する。

彼は緊張している私の姿を見ても特に何かを言うわけでもなく、いつも通り優しく促してくれた。

「私、ユキが好き！」

少しだけ彼の瞳が揺れる。驚きを含んだ表情。初めて見たかもしれない。彼の感情が見えることは稀《まれ》だ。こんな風に表情に出すところなど見たことがない。

私が知っているのは普段の優しい姿か、たった一人で苛烈なまでに部活に打ち込む姿だけだった。だから、そんな彼の姿に私は胸がいっぱいになった。私でも何かを伝えられるのだと知った。私はじっとユキの瞳を見つめながら彼の言葉を待つ。

「ごめん。汐里、返事は大会が終わるまで待ってくれないかな?」

「そう……だよね。最後の大会だもんね」

その答えは予想に反するものだった。好きでもそうじゃなくても、私はどちらでも受け入れるつもりで、その覚悟と勇気を持って告白をしたつもりだ。でも、返ってきたのはそのどちらでもない第三の選択肢。「待つ」というものだった。

考えてみれば、あれだけ部活に打ち込んでいたユキにとって、三年の最後の大会は集大成ともいえるものだ。思い入れがあるのだろう。ユキ以外のメンバーも今では大会を心待ちにしている。自分達の力を見せつけてやろうと意気込んでいた。今はそれに集中したいという気持ちも分かる。

「終わったら返事をくれるの?」

「必ずするよ」

「……分かった。待つね。でも、悲しいのは嫌だから!」

気まずさと恥ずかしさに耐え切れなくなり、私はそれだけ伝えて駆け出す。なんとなくだが、良い返事がもらえるかもしれないと、何処か私はそんな期待めいたものを持っていた。だって、もしユキが私のことを好きじゃなかったら、なんとも思っていないなら、今この場で伝えれば良いはずだ。保留する理由がない。

それなのに、大会まで待って欲しいと言っていた。それはきっと、私に向き合ってくれる為《ため》にユキが必要としている時間。

だとしたらきっと、ユキは私が望んでいる答えをくれるはずだ。弾むような気持ちで私は家に向かって走り出した。

それからしばらく経《た》ち、私は女子トイレの前で友達に問い詰められていた。三人はクラスは違うが小学校からの友達で今でも仲が良い。どうやら最近、私の態度がおかしい。これはきっと何かあったのではないかと、ニヤニヤしながら尋ねてきた。

「汐里さ、もしかして九重《ここのえ》君に告白した？」

「な、なんで!?　なにもないよ！」

「じゃあなんでそんなに慌てているのよ」

「貴女《あなた》は態度に出過ぎなのよ。逆に九重君はポーカーフェイスなのにね」

「あーあ。ついに汐里ちゃんにも春が来たのかー」

そんな風に揶揄《からか》われるのは初めての経験だった。私は頭が真っ白になってしまう。私にとっての初恋。この気持ちは、とても大切で甘いもの。胸の奥に秘めていたい。傷つけたくない、傷つけられたくない。それを茶化されたくなくて、つい思ってもいないようなことを口走ってしまう。

「だって最近、汐里いつも一緒にいるじゃん。あれだけ好き好きオーラ出てたら丸わかりだよ？」

「ちがっ！　私とユキはそんなんじゃなくて……。好きとかじゃ――あれはユキがいつも一人で可哀想《かわいそう》だから構ってあげてるだけで！　そんなオーラなんて……」

「じゃあ、好きじゃないの？」

「そんなんじゃないから！　私は別にユキのことなんて――」

　自分が何を言っているのか分からない。そんな私の姿を見ながらニヤニヤしている友人達《たち》に真っ赤な顔で反論する。と、友人達の表情が一様に強張《こわば》った。視線が私の後ろに向いている。とても嫌な予感。

　どうしたの？　と、振り返るとそこには男子トイレから出てきたユキがいた。

　え？　どうしてここにユキが？

　疑問に思うが、それは疑問でもなんでもない。トイレくらい誰だって行くだろう。そんなことすらすぐには分からない程、私の頭は混乱していた。今の言葉、聞かれてた？　誰に？　ユキに？　私は何を言ったの？　私はユキに告白して、なのに今はそれを否定して――。グルグルと思考が出口の見えない回廊を彷徨《さまよ》い続ける。

「あ、あの九重君……」

　顔面蒼白《そうはく》な友達が話しかけようとするが、ユキは特に何か気にした様子もなく、こちらに視線を向けることもなく、私達に気づいてすらいないように歩いていった。

「ど、どうしよう汐里。今の聞かれてたかも！」

「私達のせいだ。私達が汐里を揶揄ったから……」

「あなた本当に告白してないの？　もしそれが嘘《うそ》なら今すぐ否定しておかないと拗《こじ》れても知らないわよ」

「汐里《しおり》ちゃん、素直にならないと大変なことになっちゃうかも……」

「えっ！　ちょっと待ってよ。そんなの――」

途方もない焦燥感。なんとかしないといけないのに、恐《こわ》くて足が動かない。

どうしよう？　どうすれば良いの？　全部嘘だったって伝えれば良いの？

もしかしたら聞かれていないかもしれない。そうだったら余計なことはしない方が良い。

でも、聞かれていたら？　答えが分からない。ただ焦りだけが募っていく。

それから数日が経過しても、私はユキに何も聞けないままだった。表面上、ユキの様子に一切の変化は見られない。いつも通り優しくて、格好良い。

でも、どことなく微《かす》かに距離が遠くなったようなそんな気がしていた。けれどそれもハッキリと感じ取れるほどでもない、本当に些細《ささい》な変化。気にしすぎている私の思い過ごしなのかもしれない。不安で勘違いしているだけかもしれない。

けど、私がついた嘘は、私が知らないうちに進んでいたんだ――。

「もうすぐ大会だね」

「そうだな」

今日も私はユキと一緒に帰っていた。歩道橋に差し掛かる。あれからこれといって何かあったわけではない。だから私は何処《どこ》か安心してしまっていた。

それが失敗だった。最初から全部素直に話しておけば、すれ違いも勘違いも起こらなかったのに……。

「あのときの返事待ってるからね！」

ユキの気持ちを考えず、浮かれた私はそんなことを言ってしまう。

「返事？」

「むぅ。忘れたなんて言わないよね？　告白の返事だよ」

ユキの表情に唐突に不安が募っていく。ユキは知っていてわざとはぐらかすような性格じゃない。本当になんとも思っていないと今みたいな返事にはならない。

「あぁ。アレか。汐里、もういいぞ俺に付き合わなくて」

「え？」

「別に俺は一人が寂しいわけじゃない。むしろそっちの方が好きなくらいだ。俺は好きで一人でいるのであって、同情しなくてもいい」

「なに……を……」

ユキが何を言っているのか分からなかった。でも何か決定的な——。

「汐里、好きでもない相手に構わなくても良い」

ユキはこんなときでもいつも通りだった。視線も声も何も変化がない。でも、その言葉には、確かな拒絶が込められていた。

「まさか君が嘘告なんてつまらない真似《まね》をするなんて」

まるでそれが何でもないことのようにユキは淡々としている。

やっぱり聞かれてたんだ！　放置しないで、あのときちゃんと話せば良かった！

そんな後悔が今更襲ってくる。私は急いで自分の気持ちを伝えようとするが、上手《うま》く声が出ない。

「返事を聞きたいなら今言うよ。汐里、答えはノーだ」

「いやっ！　違う、違うのユキ！　あれは本心じゃなくて――!?」

「こうやって俺みたいな奴《やつ》と一緒に帰るのも汐里……いや、神代《かみしろ》にとっては迷惑だろ。こういうのは今日で終わりにしよう」

神代？　まるで最初の頃に戻ったみたいだった。初めて会話した頃に。

嫌だ。違うの！　私は本当にユキが好きで、嘘告なんかじゃ――！

平然と前を進んでいくユキに手を伸ばそうとして、慌てた私は歩道橋の階段の上で足を踏み外す。あるはずの地面がない。もつれた脚は宙に投げ出され、平衡感覚が消失する。私の身体《からだ》は重力に従い、そのまま落下し地面へと――。

「汐里っ!?」

名前を呼んでくれた。こんな状況で、そんなことが嬉《うれ》しいと思ってしまう。でも、身体は止まらない。気づけば私はユキに抱きしめられていた。階段からの転落。

身体を確かめる。怪我《けが》はなさそうだ。私を誰かが支えてくれていた。誰かなんてユキしかいないのに。ユキ、そうだユキは!?

私を護《まも》るようにユキは下敷きになっていた。苦悶《くもん》の声が微かに漏れている。

「大丈夫か汐里？……っ！」

良かった意識がある。ユキも無事だ！　喜んだ束《つか》の間《ま》、私は見てしまう。ユキの右手があり得ない方向へ曲がっていた。私もスポーツをやっている。

それが何を意味するのかは一目で分かった。

ユキは右手を骨折している。大会は目前に迫っていた。

――もう、ユキは大会に出られない。


俺の髪型をなんと言うのか、いやはや散切《ざんぎ》り頭とでも言うのだろうか。叩《たた》いても特に文明開化の音はしないが、つまるところ俺が何故《なぜ》バスケをやっていたかと言えば、羞恥心からであった。愚かにも恥ずかしい勘違いをしていた馬鹿さ加減を忘れたかった。

だって両想《おも》いだと思っていた幼馴染《おさななじみ》に告白しようとしたら、先に彼氏を作られてフラれるんだぜ？　まぁ、ショックだよな。

その後すぐに、硯川《すずりかわ》と先輩の仲は深まっていった。俺が最後に硯川の手を握ったのはいつだっただろうか。憶《おぼ》えてもいない。そもそもそんなことはなかったのかもしれない。勿《もち》論《ろん》キスなんてしていないいし、それ以上のことなんて俺達にはなかった。

だからだろうか。簡単に相手と一線を越えてしまった幼馴染に対して、俺はなんというか虚無感を覚えてしまった。

あぁ、やっぱりこうなるんだな……そんな自分自身に対する諦めを抱いていた。

日に日に心に開いた空洞が広がっていくのを感じる。埋めようとしても埋まらない。まるで底の抜けたバケツのように上から水を注いでもいっぱいにならない。少しずつ漏れ出し摩耗していく感情。

そんな日々に恐怖はなかった。しかし、理性がこれではいけないと叫んでいた。

だからこそ俺は部活に打ち込んだ。バスケに取り組んだ。空洞を何かで埋めようと必死だった。そして俺は一つの目標を立てる。

最後の大会を契機に前に進もう。そのときはまだ硯川を「好き」だった気持ちが残っていた。しかし、もうそれは届かない。いつまでも抱えていてもしょうがない。そんな気持ちを割り切る為に立てた目標だった。

そのうち「好き」だったという気持ちも、誰かに対する「好意」も消えていく。気づけば理解できないようになっていた。壊れていくのを実感する日々。それを否定したくて更に俺はバスケにのめり込む。

そんな俺に近づいてくる人物がいた。それが神代汐里だった。

俺達はいつの間にか仲良くなっていた。そんな日々が過ぎていったある日、俺は神代汐里に告白された。ぶっちゃけ嘘告だった。それが分かってても別にどうでも良かった。むしろ安心したくらいだ。ショックなど受けることもない。

どうせ最後の大会が終わらない限り何も始まらない。俺の中にいた硯川灯凪《ひなぎ》という人間をしっかり消さない限り、神代に向き合うこともできない。

だから俺は答えを保留した。全ては大会が終わらないと進まないのだ。

だが、俺は大会直前に骨折し試合に出ることはなかった。全ては中途半端に投げ出され、何の整理もつかないまま放置されてしまった。それがまた少し俺を壊した。

あのとき、キチンと大会に出場していれば何かが変わっていたのだろうか。何かを取り戻すことができたのだろうか。その答えを知ることはもうできないが、少なくとも、俺と神代の関係はあのときハッキリ答えが出たはずだった。


「このボール、空気圧低いな。もう少し空気入れた方が良い」

ドリブルしてみるがイマイチボールの反発が弱い。果たして、意気揚々と俺をこの事態に巻き込んだ爽やかイケメンの実力はどの程度なのか、スッとパスを出すと、光喜《こうき》が慌てたように受け止める。しかし、ニヤリと笑うと、あっさり先輩達のマークを掻《か》い潜《くぐ》りダンクを決めた。凄《すさ》まじい身体能力。女子の黄色い歓声が沸き起こる。

イケメンってズルくない？　ここぞとばかりに女子の好感度を荒稼ぎしている。

攻守が代わり先輩達が攻撃側になる。すぐに分かった。先輩達の実力はそうでもない。

一年生と三年生では身体の成長度合いに大きな隔たりがあるが、それでもこういっては何だがどうとでもなる相手だった。身体が大きい分、動きも雑で洗練されていない。視線ですぐ次に何をしようとしているのか分かる。それがこの学校のバスケ部のレベルだとしたら、弱小というのも納得だ。

速攻を潰してシュートを打とうとする先輩の重心を外す。それだけでボールは簡単にリングに弾《はじ》かれる。再び攻守が逆転する。今度は伊藤《いとう》君にパスを出してみる。受けそびれて、慌ててボールを追いかけていた。俺は思った。これって――。

「もうやらなくて良くなくなくなくない？」

「なくなくなくなくないぞ」

「いやだって、このままやると俺達勝ってしまうのですが……」

「なに？　九重《ここのえ》まだ分からないだろう？」

「分かりますよ。というか、光喜。その動き、お前経験者だったのか」

「今更気づいたのかよ……。全く俺がどんな気持ちで」

爽やかイケメンの気持ちなど俺に分かるはずもない。

俺は勉強ができる方だと自負しているが、そんな俺が苦手にしているのが作者の気持ちを答えなさいとかいう理不尽な国語の問題だった。「トイレを我慢して苛立《いらだ》っていたのでは？」と答案用紙に書いたら、ふざけないようにと怒られたこともある。解せぬ……。俺は心理学者ではない。作者の気持ちなど分かるはずないだろ！

2ピリオドを消化する必要もない。簡単な相手だ。練習も技量も何もかも足りてない。身体が大きいだけでは相手に勝てない。はぁ……。ため息が零《こぼ》れる。最初からやる気などなかったが、むしろマイナスになっていく。

投げやりにシュートを打つ。吸い込まれるようにボールがリングをくぐる。既に黄色い歓声も起きなくなっていた。たった数分前はあんなに賑《にぎ》やかだったのに、今ではその空気は霧散している。

放課後の体育館を静寂が支配していた。一方的だった。お話にもならない。

「本当につまらない……」

その場にいる全員が引き攣《つ》った顔をしていたことに俺は気づかない。

「だったら、次のピリオド。俺と勝負しろ雪兎《ゆきと》」

そんな俺を、爽やかイケメンの鋭い視線が射抜いていた。

チリチリと肌がひりつくような感覚。久しく感じていない緊張感が心地好《よ》い。

思いがけず巡ってきたこのチャンスは逃せない。自分でも馬鹿馬鹿しいと思っている。いつまでも拘《こだわ》っていても仕方がないはずなのに。

「それでも俺は、この瞬間を待っていた」

俺、巳芳《みほう》光喜にとって目の前の男は特別だ。想い焦がれてようやく邂逅《かいこう》した、言ってみれば恋人のような存在かもしれない。

数多くの運動部から誘いを受けていた。スポーツは好きだ。中学時代にバスケを選んだのは、単に夏の暑い日に外で練習をしたくないといった理由だったが、俺は一年生からレギュラーとして試合のメンバーに抜擢《ばってき》され活躍していた。

そのバスケ部は強豪と言われていた。県大会上位の実力がある有力校。決して驕《おご》っていたわけじゃない。俺が運動面で優れていることは厳然たる事実だ。だからだろう。その男との出会いは俺にとって衝撃だった。

それは突然訪れる。地区大会。相手はあまり良く知らない弱小校。データを取る必要もない。俺達《たち》の目標は全国大会であって、地区大会などその踏み台にすぎない。気にする必要すらない相手。誰もが大差での勝利を疑っていなかった。そのはずだった。だが、始まって数分後、俺達は幽鬼でも見るかのようにコートに伏していた。

その男はまるで感情を見通せない深く澱《よど》んだ目でコートを睥睨《へいげい》していた。ポイントガードを務めながら、全てを支配していた。何一つ通じない。パスは通らずカットされ、どんなフェイントにも一切引っ掛からない。ボールを注視していたはずなのに、気が付けば、その男の手からボールはなくなり、パスが通っている。予備動作もパスをしようとする意思も何も感じ取らせない。化物じみた体力。汗一つ掻《か》かずにこちらのシュートを潰し、どれほど得点しても欠片《かけら》も喜びを見せない。無感情な機械のように淡々とその男は得点を重ねていた。明らかに異常だった。

しかし、おかしいのはそれだけではなかった。そのチームは、その男だけが突出していた。他はそうでもない。そこに勝機があったが、俺達は既に心を折られていた。あまりにも歪《いびつ》なチーム構成。それでも俺達は敵《かな》わなかった。初めて体験する圧倒的なまでの敗北と屈辱。

何が強豪だ。何が全国だ。俺は恥ずかしくなった。俺達はこの男を倒さない限り、絶対に全国へ行くことはできない。呆気《あっけ》なく終わってしまった先輩達の無念。握り締めた拳は震え涙が滲《にじ》んだ。悔しかった。誰かに負けたくないとここまで強く思ったのは初めてだった。

俺は初めて真剣にスポーツに打ち込んだ。その頃にはキャプテンになっていた。アイツを倒すこと、それが俺の目標になり、俺だけじゃない、バスケ部としての俺達の目標になっていた。

しかし、意気込んで臨んだ三年の最後の大会にアイツは出てこなかった。俺達は全国大会へ出場することが決まり、三回戦まで進んで負けた。大躍進、快進撃、快挙に学校も周囲も喜んでいた。

だが俺達バスケ部には釈然としないものが燻《くすぶ》り続けていた。あの男を倒していない。それで全国に出たとしても、それが何だというのか。俺達は負けたまま、二度とアイツに勝つ機会を失ってしまった。

そして出会った。数奇な巡り合わせ。運命なんてものを信じたくなる程に。ひょんなことに高校でアイツと同じクラスになった。想像以上におかしくて面白い奴。破天荒とでも言うのだろうか、だが、何処《どこ》か放っておけない。これがあの九重雪兎なのかと疑うときもあった。

手に残る感触。今のパス。間違いない。あのとき俺を叩き潰したのはこの男だ！

鳥肌が立つ。全身が歓喜に沸き立つ。もう一度対戦したかった。仲間として一緒にプレイしたいと思っていた。コイツと、九重雪兎と。この雰囲気、あのときと同じだ。この男のプレイは全てを消してしまう。相手の対抗心も歓声も応援も。いつしか静寂だけがその場を支配することになる。

俺はボールから視線を外していない。それなのにまるでいきなり目の前にボールが現れたかのようなパス。思わず慌ててしまった。伊藤は取りこぼしていたがしょうがない。あのときと同じように何の感情も何の思考も読み取れない。無理だ。先輩達の実力では絶対に止められない。

「本当につまらない……」

雪兎が呟《つぶや》く。

あぁ、そうだよな。お前にはつまらないだろうさ。俺はこの機会を失いたくなかった。少しでも長くこの男とプレイしていたかった。だから俺は――。

「だったら、次のピリオド。俺と勝負しろ雪兎」

巳芳君がユキに宣戦布告していた。どうしてこうなったの？　巳芳君はユキの味方じゃなかったの？　浮かんでは消えていく疑問。でも、そんなことよりユキがコートの上に立っていることに胸がいっぱいだった。

ストバスも楽しかった。それでもやっぱり彼がいる場所はココだ。

これまで重ねてきた後悔。ユキの未来を潰してしまったのは私だから。

ユキは高校に入ったらバスケをやると思っていた。でも帰宅部を選んだ。

「ねぇ。君はどうしてそんなに頑張れるの？」

昔、一度だけ聞いたことがあるその質問。その答えは意外なものだった。話しづらそうな話題にも拘《かか》わらず、ユキはまるで気にした様子もなく教えてくれた。

幼馴染《おさななじみ》にフラれたからだと。その想《おも》いを振り切る為《ため》に。その為に打ち込んでいるのだと教えてくれた。

私が告白したとき、最後の大会まで待って欲しいと言われた。きっとそれがユキが決めた目標。その大会を経てユキは気持ちに整理を付けるつもりだったはずだ。

その機会を私は潰した。私のせいで、私の愚かさが原因で。

じゃあ、ユキの中にあった気持ちは、彼がアレほどまでにバスケに打ち込んでいたその気持ちは何処にいってしまったの？

彼が前に進む機会を奪ってしまった。もしかしたら彼の中には整理されていないままの気持ちがまだ残っているのかもしれない。あのときから凍り付いたままで。

「は？　血迷ったか光喜。イケメンなら何やっても許されると思うなよ」

「このままやってもつまらないからな」

「それの何が悪いんだ。今日俺は帰って友達と遊ぶ約束があるんだ」

「いや、お前友達いないだろ！」

「おいおいふざけんなよプレイボーイ。俺には氷見山《ひみやま》さんという美魔女がだな」

「それは……友達なのか……？」

「ま、俺にとっては危険地帯なので行くつもりはないが」

「じゃあ予定ないんじゃねーか！　その年で熟女趣味に目覚めるなよ……」

「モテないからな。そうなってもしょうがないな」

「うーん、否定しまくりたい。まぁ、いい。それより先輩、これから俺がそっちに入ります。誰か代わってください。このままじゃ勝てませんよ」

「お、おい勝手に話を進めるな。そういうわけにもいかないだろ」

「先輩達が勝つのはこのままじゃ無理です。お願いします！」

「まさか一年にここまでボロボロにやられるとはね。分かったよ。ボクと代わろう」

「ありがとうございます！」

「じゃあ、ボクがこっちに入るよ」

「どうして皆、俺の意向を無視するんだろう？」

「お前はまだいいけど、俺なんか存在を無視されてないか？」

「お前……？　はい不適切」

「なんで!?」

　伊藤君は割と面白い男だった。話し合いが終わったのか光喜がこちらを振り返る。いつもの爽やかイケメンスマイルではない。獰猛《どうもう》な笑み。闘志のようなものが溢《あふ》れていた。

まったく。こいつこんな性格なのに、なんで帰宅部なんだ。

「雪兎、今度こそお前に勝ってみせる！」

「そんなに熱血漢だったっけ？」

「俺はお前と一緒にバスケがやりたい」

「俺はやりたくないな」

「でも、お前なら――！」

「悪いが期待には沿えそうにはない」

光喜《こうき》が表情を悲し気に曇らせ、フッと息を吐きだした。

「だったら雪兎。この勝負、俺が勝ったら神代《かみしろ》をもらう！」

一瞬の静寂。しかし次の瞬間、阿鼻叫喚《あびきようかん》に包まれた。当の本人である神代が一番困惑している。

「どどどど、どういうこと巳芳君!?」

へー。光喜は神代が好きだったのか。お互い体育会系の美男美女同士お似合いかもしれない。少なくとも俺に付き纏《まと》うより余程健全だ。この爽やかイケメンなら誰も文句は言うまい。

それこそ神代の親友である蓮村《はすむら》さんだって安心するだろう。

「良かったな神代。光喜は良い奴《やつ》だぞ」

「……え？」

「お、おい雪兎！　本当にそれで良いのか!?」

「どうぞどうぞ」

　何故《なぜ》か自分で言いだしたはずの爽やかイケメンが一番焦っていた。こうなるともう俺、関係なくない？　何の為にこんなことやってるんだろう。後は若いお二人でどうぞってやつじゃん。

「この勝負する意味ある？」

「何故だ雪兎、どうして気づかない！　お前は本当に何も感じないのか？　神代のことも硯川《すずりかわ》のことも、彼女達の態度を見て何も思わないのか？」

「良く分からないが、神代と仲良くやれよ」

「雪兎、何故そこまで拒絶しようとする？」

　拒絶？　何が？　誰を？　爽やかイケメンの言っていることはやはり良く分からない。思えば硯川も神代も嘘《うそ》ばかり言っていた。真意なんて俺に分かるはずもない。ましてや今の俺に理解することはもう不可能だった。

　俺が誰を拒絶している？　むしろ逆だろ。俺はいつだって拒絶されてきた。母さんも姉さんも幼馴染も同級生も先輩も。誰もが拒絶していた。誰からも必要とされていない。何処にも居場所など存在しなかった。求められているのは消えることだけだ。

　俺に向けられていたのはいつだって「拒絶」で、「好意」などなかった。拒絶しているのは俺じゃない。俺じゃないはずだ。俺が拒絶されていたはずで、俺は俺が――。

――本当にそうか？　胸中で何かが囁《ささや》く。

同情なんかじゃない。あの告白は嘘じゃないと、好きだと神代はあの日確かに――。

ズキリと鈍い痛みが頭痛となって襲う。何か大切なことを喪失したような、少し空洞が広がったような、そんなすっかり慣れ親しんだ感触。

カチリと、また何か壊れたような音がした。

ま、どうでもいっか！

俺は全てを放棄した。どうせ何も分からない。考えるだけ無駄であった。

ＷＨＯに対する信頼を失った今、国際機関を信じない男が俺、九重《ここのえ》雪兎《ゆきと》である。国連すら信じられない世の中、一個人など何をもって信用するというのか。言いたいことも言えない世の中など毒でしかない。俺に嘘をついていったい何になる？　その嘘はなんの為につくんだ？　その疑問に答えなどない。理由など思いつかない。嘘か真実かなど考えることが愚かだ。

とはいえ、クラスメイトの恋路くらい応援してやるのが正しい行動というものだろう。巳芳《みほう》光喜が良い奴なのは間違いない。だったら、俺がやることは一つだ。

「よし、じゃあこの勝負、俺が勝ったらもう二人共俺に関わるな」

「なに？」

「ユキ……なにを……」

「そこから先は二人次第だが、それは俺には関係ないしな。それに俺と関わらなければ、こんな面倒事に巻き込まれることもない。俺はバスケ部にも入らない。これで万事解決だ！」

「待て、お前はどうしてそんなに——」

「さっさと始めようか」

これで神代も爽やかイケメンも俺に気兼ねなく関係を深められるだろう。フッ、まさか彼女いない歴＝年齢の俺が恋の懸け橋になってしまうとは因果なものだ。

「九重、流石《さすが》にそんな勝負には付き合えない」

「何があるのか知らないけど、君がそんな態度ならボク達《たち》は協力できないよ？」

伊藤《いとう》君と先輩が非難するようにこちらを見ていた。疎ましそうな目。そうだこの目だ。この目こそ、俺に向けられるべき目だ。この目をみると何処か心が落ち着く。安心する。俺という存在が肯定されているような、いや、否定されているような。そしてもう関わろうとしなくなる。陰キャぼっちの俺に対して、あるべき正しい姿。

「じゃあいいです。一人でやります」

「おい、九重。少しくらいできるからって——」

「そこで休んでてくれ」

ゆっくりドリブルを始める。ギャラリーも一様に困惑の表情を浮かべていた。俺にとってはいつも通りだ。何故かバスケの試合をしているとき、いつの間にか会場が静かになっていることが多かった。変なものでも見るかのような視線が突き刺さってくるが、これもまたいつも通りのことなので気にする必要もない――――はずだった。

「待ってください！　私がユキのチームに入ります！」

凜《りん》とした力強さを秘めた神代の声がコートに響いた。


居ても立っても居られずコートの中に飛び込む。ユキを一人にしたくなかった。そんな衝動に突き動かされる。大胆な自分の行動に私自身が驚いていた。

「なに言ってるんだ神代!?」

「ごめんね巳芳君。それとありがとう」

「巻き込んだのは悪いと思ってる。でもソイツは――」

戸惑い、困惑、苦い表情。巳芳君の思惑は外れてしまったらしい。いきなりあんなことを言い出したときは驚いたが、きっと巳芳君なりに気を遣ってくれたんだと思う。

「うん、分かってる」

くるりとユキの方に向き直る。

「この前みたいに私と一緒にやろうユキ」

罪深い台詞《せりふ》。私を遠ざけようとする彼の優しさを水泡に帰すそんな行為。

あんな風に心の底から楽しんだのはいつぶりかな。煌《きら》めくような時間。先輩達とユキと一緒に公園で身体《からだ》を動かして、笑って、そして、私の気持ちをもう一度伝えたんだ。

「俺の話聞いてた？」

「私はユキに関わる資格なんてない。そんなの分かってるんだ。でも、嬉《うれ》しかった」

「嬉しい？」

ほんの少しだけユキの眉間に皺《しわ》が寄る。やっぱり彼にはちゃんと表情がある。

「どんな理由でもいいの。私がユキのモチベーションになれるんなら……それで」

それが拒絶だとしても、もう一度ユキがコートに立ってくれる。その理由が私なら、これほど嬉しいことはない。失望、罵声。あのとき、ユキに向けられたそれは私が受けるべきものだった。もう二度と誰かにそんな目でユキのことを見て欲しくない。

「だから……私は……ユキに勝って欲しくて……――」

どれだけ嫌われても、私はユキを嫌ったりしない。彼が遠くへ行くのなら、その分、私は追いかける。諦めきれなかった。この気持ちが届かないとしても、隣にいたかった。これは私の我儘《わがまま》。

――ふいにユキの手が頬に触れた。

「嬉しいなら泣くなよ」

「え……？　ほ、ほんとだ。恥ずかしいね。あはは」

ビックリして自分でも触れてみると、涙が零《こぼ》れ落ちていた。

「ごめん。どうしてかな。……止まらないや」

「爽やかイケメンなら、きっと君を泣かさないし悲しませない」

「……優しいもんね巳芳君」

「不動産屋もビックリの優良物件だ。競争倍率だって高い。アイツなら君を幸せにする」

「それでも、私はユキが好きなの。他の誰かじゃない。ユキのことが」

そうハッキリと告げる。固唾を呑《の》んで様子を窺《うかが》っていたギャラリーにも聴こえたのかざわついていた。けれど、そんなことは関係なかった。抑えきれない感情の昂《たかぶ》り。二度と自分の気持ちを否定したりしない。何度だって伝えるんだ。

ユキがとても苦しそうにしていた。慌てて身体を支えようとするが、それは一瞬のことで、優しく押し留《とど》められる。ユキの表情にハッと息を呑む。

「はぁ……。なんでこんなことになるんだろう。……神代――汐里《しおり》。一緒にやるぞ」

「うん、うん！」

「そこのテレビ見ない自慢してくる奴をぶっ飛ばす」

「したことないんだが俺……」

巳芳君が困惑した様子でツッコミを入れる。いつも通り飄々《ひょうひょう》とした態度のユキに安堵《あんど》する。非情になんてなりきれない。いつだってユキは自分以外の誰かに甘くて優しい。

「光喜。とりあえずゴチャゴチャした条件は無しだ。相手してやる」

「雪兎お前……！」

「あの……勝手に進めてるけどバスケ部の件は？」

「マネージャー通してくれます？」

「ははっ。あり……えない……。これでも足りないってのかクソ！」

笑いが自然と込み上げてくる。言い訳のしようもない。

スコアボードに刻まれた得点。３×３は時間制限の他に二十一点取ると、その時点で勝利が決まる。存外あっさり決まった勝負に慄《おのの》くことしかできずにいた。

練習を積み重ねた。打倒を掲げ全国で結果を出した。それでも、まだ届かない。その姿はもうない。つまらなそうにさっさと帰ってしまった。

変わらず存在していた高い壁。それがどうしようもなく嬉しかった。息を整え震える腕を撫《な》でる。とても簡潔な敗北。まるで相手にならなかった。それなのに楽しくてワクワクして堪《たま》らない。冷静になれと自分を律するが無理だ。

しかしそれ以上に巳芳は気になっていた。どうしてあそこまで歩み寄れないのか、何処《どこ》までも遠く、誰にも触れられないところにいる友人。

「神代、前にも聞いたが、何故《なぜ》雪兎は三年の大会に出なかった？」

あれほどの実力があってレギュラーになれないはずがない。あるとすれば不測の事態か本人が出ないと決めたか。以前はぐらかした質問に神代は答えた。

「ユキは骨折していたの」

「怪我《けが》だったのか……」

「私のせい……なの。私が嘘をついて、それでユキが……」

体育館には二人だけが残っていた。ギャラリーは既に解散している。

「どうしてあんなに壊れちまったんだ……」


「ハイ、飲みなさい」

「百五十円払いますね」

手渡されたスポーツ飲料の代わりに姉さんに千円札を差し出す。お釣りはいらない。残りは姉さんの優しさに支払っているので問題ない。下校代でもいいかもしれない。姉さんが一緒に下校してくれるなど、それだけの価値がある。姉さんは相変わらず怪訝《けげん》そうな表情をしているがいつものことだった。

姉さんと一緒に家に帰るなど非常に珍しい。といっても、この場合は連行されているといった方が正しいだろう。とはいえ、美人の姉さんが隣を歩いているというのは気分が良い。俺にとって唯一自慢できることかもしれない。

「アンタ、部活やるの？　少しは楽しかった？」

「いえ、つまらなかったです。後、陰キャなので部活はやりません」

「そう」

自分で聞いておきながら、どうでも良さそうな相槌《あいづち》が返ってくる。実際にその通りであることは言うまでもないので、特に気にしない。姉さんとしても本当に俺に興味があって聞いているというわけでもないだろう。会話が途切れないように気を使ってくれているだけだ。優しすぎる。悠璃《ゆうり》さんマジ天使。

「それでミカエルは急にどうしたんですか？」

「は？」

「いえ、なんでもないです」

ミカエルはご機嫌斜めだった。天使ではグレードが低かったのかもしれない。完全に俺の過失であった。これからは大天使として崇《あが》めよう。これといって姉弟に共通の話題などない。すぐに話すこともなくなる。今日の天気は？ などと当たり障りのない会話も今は夕方である。今更気にする必要などない時間帯だった。

「学校は楽しい？」

「楽しい……楽しいですか……うーん」

「迷うところなの？」

「多分、楽しくはないですね」

「ふぅん」

再び沈黙が訪れる。ぎこちない関係。でも、それでいい。姉さんに近づきすぎてはいけない。そうなればまたきっと、あのときみたいなことになるだけだ。

「高校、卒業したらどうするつもりなの？」

「どう……とは？」

曖昧な質問。急に始まった進路相談に困惑するが、思えば、俺はこの手の質問を極めて苦手にしていた。将来の夢やなりたいもの、憧れなどをまともに答えられた試しがない。

そんなこと考えたこともない。高校を卒業したらどうするつもりなのかと言われても、ピンとこない。進学する？　或《あるい》いは就職する？　そういうことが聞きたいのだろうか。

「さぁ？」

「なにそれ」

そうとしか答えられない。ふと、手に温かいものを感じる。人間の体温。俺より少しだけ冷たい。いつの間にか手を姉さんに握られていた。これはアレかな？　絶対に逃がさないぞという鉄の意志。手錠みたいなものだ。

「行かないで」

「何処にですか？」

「何処にも。私の傍《そば》にいて」

姉さんは何を言っている？　理解が及ばない。俺は別に週末、旅行の予定を立てていたりなどしない。暇なものである。誰かと遊ぶ予定もない。陰キャぼっちだからな！　休日に友達と遊ぶなんて、そんなリア充みたいな真似《まね》するはずない。

「雪兎《ゆきと》」

「はい？」

何故《なぜ》か抱きしめられていた。？？？　なにこれ？　なにが起こっている？　幾ら何でもここまで拘束しなくても俺は逃げたりしない。何処に逃げると言うのだろう？　脱獄犯だと勘違いされているのだろうか？

「何度言っても言い足りないの。ごめんなさい。今日のアンタを見てますます怖くなった。もう遅かったんじゃないかって。それでも――」

「悠璃さん？」

「私の前からいなくなろうとしないで。自分で傷つこうとしないで。周りを遠ざけないで。アンタの近くにいたいの。アンタはみんなから好かれているわ」

「嘘《うそ》ですよ」

「嘘じゃない」

姉が不思議なことを言っている。ひょっとして落ち込んでいるようにでも見えたのだろうか？　勿論《もちろん》そんな事実はない。こう見えても俺のポーカーフェイス伝説は枚挙に暇がない。にらめっこで負けたことはないし、幼馴染《おさななじみ》の硯川《すずりかわ》に笑ったところを一度も見た事がないと言われるくらいには鉄面皮だった。落ち込むようなことなどなかったし、そんな感情の起伏があるわけでもない。だから混乱してしまう。

何を言ってんだろう？　それに嘘だ。

だって、だって姉さんは――。

「大嫌いだって言ってたじゃないですか」

「大好きよ」

唇に柔らかな感触。何故、俺はキスされているんだろう？

第七章「陽炎の灯」

「そうか、悠璃さんはビッチだったんだ！」

俺は疑問の答えに辿《たど》り着いた。いったい何故いきなり姉さんがキスなどしてきたのか、俺は昨晩考え続けた。しかし、答えが出なかった為《ため》、こうして学校でも思案を継続中だったのだが、遂《つい》に見つけた答えがこれだ。九重《ここのえ》悠璃ビッチ説。

これまで姉さんが誰かと付き合っていたという話を聞いたことはないが、アレだけ美人の姉だ。モテるに決まっている。過去に彼氏の一人や二人、十人や二十人いてもおかしくない。アレだな清楚《せいそ》系ビッチという奴《やつ》なのかもしれない。思わぬ姉の背景を知ってしまった俺だが、そんなことで俺の態度が変わったりはしないので安心してくれよな！

「今回のテスト、うちのクラスだけやたら平均点高くて鼻高々の前になんか怖いんだが」

困惑顔の小百合《さゆり》先生。ゴールデンウィークを控え、テストの返却が始まっていた。

平均点が高いのも当然である。勉強会は連日大盛況で日に日に参加者が増えていた。神代《かみしろ》ですら今回のテストはかなりの手応《てごた》えだったらしい。俺としてはいつも通りだが、テストなど俺にとっては児戯に等しい。ごめん、嘘。児戯に等しいって言ってみただけ。格好良いじゃん？

驚くなかれ、俺は学年総合三位だった。言っておくが、俺は別に頭が良いわけではない。

これと言って趣味もない俺は家でトレーニングか勉強するくらいしかやることがないという悲しきロンリーウルフな学生であった。

「お前、勉強もできんのかよ」

「普通に話しかけてくるなよ爽やかイケメン」

何故、コイツは普通に話しかけてきてるんだろう？　じゃあ、あの勝負は何だったの？

完全に無駄骨であった。俺は骨粗鬆《こつそしょうしょう》症ではない。

「つれないこと言うなよな。すごいな雪兎。俺は十位だった」

「それも普通に凄《すご》いだろ」

「嫌味にしか聞こえねーんだよ」

「俺なんかに関わっている暇があるなら神代と上手《うま》くやれ」

「そろそろ俺も腹立ってきた」

「セロトニン足りてないんじゃないか？　大豆か乳製品を多めに摂取した方が良い」

「あれが殿上人《てんじようびと》の会話だよ美紀《みき》ちゃん……」

「あの二人、やっぱなんかおかしくない!?　私なんて赤点取りそうだったんだけど……」

「テストのことは忘れよ！　あのさ、皆でゴールデンウィーク遊びに行かない？」

エリザベスがニコニコと話しかけてくる。ゴールデンウィーク？　黄金週間のことだった。特に言い直す意味はない。要するに連休期間だ。俺の行動パターンとして、毎年この期間は雪華《せつか》さんの家に拉致られている。行かないと泣くんだもん。仕方ないよね。そして俺は雪華さんの家で竜宮城に招待された浦島太郎のような歓待を受けるのであった。

「ほら、光喜《こうき》。お前、誘われてるぞ。まったくこれだからリア充って奴は」

「どうみてもお前もだろ」

「はぁ？　陰キャぼっちの俺がクラスメイトから遊びに誘われるわけないだろ？　てめぇ、いい加減なことばっかり言ってんじゃねぇぞ」

「九重君もだよ！」

「マジかよ嘘だろ……？」

「なんでそんな驚天動地な感じで驚くの!?　それにこんなに堂々とハブったりしないよ！」

「あぁ、なるほど！　ハブるなら陰でやるってことか！　流石《さすが》、エリザベス。あははは」

「そんなことしないよ!?」

「大丈夫大丈夫。俺、そういうの慣れてるし！　どんどんハブってくれて良いよ！」

エリザベスはドン引きしていた。おかしいな。俺は相手に気を使っているつもりなのだが、何か間違えたのだろうか。俺みたいな奴がいても空気が悪くなるだけである。今まさにこの状況がそれを証明している。俺が何かしゃべると、大抵こういう空気になってしまう。それが、この俺、ＰＭ２・５ならぬＰＭ九重雪兎だ。俺はこのクラスにおけるハウスダストといっても過言ではない。空気清浄機が必要であり、俺の前にはＨＥＰＡフィルターの設置が求められている。

「九重ちゃん、私達《たち》と遊びに行くの嫌？」

「別にそんなこともないが、遊ぶって言っても何するんだ？」

「それを考えるのも楽しいんだよ！」

峯田《みねだ》美紀はギャルである。見た目や言動もギャルそのものだ。ということはビッチなのかもしれない。だとすれば、姉さんと何処《どこ》かしら共通点があるのだろうか。俺はボッチだ。ビッチではない。ビッチの行動原理など分かるはずもない。姉が何故あのような行動に及んだのか峯田なら分かるかもしれない。

「ところで峯田、君はビッチか？」

「は、はぁ!?　酷《ひど》いよ九重ちゃん。私そんな軽い女じゃないからねっ！」

「なに、違ったのか？　失礼なことを言ってしまった。すまない」

「え、えっと……そんな素直に謝られても困るけど……なに、どうしたの？」

「一つ聞きたいことがあったんだけど」

「それって、もしかして……」

小さな声で「私にビッチか聞いてきたってことは、そういうこと？」とか、顔を赤くして峯田が呟《つぶや》いているが丸聞こえだった。しかし、そういうことってどういうことなんだよ！　俺には何を意味しているのかサッパリ分からないので、聞こえていたところでどうにもならない。

「つい先日、いきなり悠璃《ゆうり》さん――姉さんにキスされたんだけど、これはどういうことなのかと。峯田なら何か分かるかもしれないと思ったのだが」

沈黙の後、クラス内に悲鳴が響き渡った。

え、どうしたの!? なにかあった!?


ジロジロと視線が突き刺さる。動物園で飼われている動物達もこんな気分なのかな？

二年生の教室でペット扱いされている男、それがこの俺、九重雪兎である。

お昼、悠璃さんから教室に来るよう指令が下った。半ば強制的に呼び出されたが、拒否権など存在しない。悠璃さんは常任理事国、俺は非常任理事国なのである。この世はかくも理不尽だ。

悠璃さんの隣に座らせられ、正面には姉の友達と思《おぼ》しき女子生徒が二名。

しかし、教室中から聞き耳を立てられている。あ、でもこれ俺のクラスも同じか！

「君が噂《うわさ》になってる悠璃の弟君かー。あんまり似てないね」

「同感です。俺も常々疑っています」

「アンタさ、前にそれ言って母さん泣かしたのにまだ凝りてないの？」

「そうですよ先輩。失礼なこと言わないでください！」

あ、これ姉さんマジでキレてるやつだ。俺は自己主張に信念などないので変節も辞さない。

「掌《てのひら》返しすぎでしょ君……。でさ、聞きたいこと沢山あったんだ。まずはアレだよアレ。生徒会長の件だけど、どこまでが本当なの？」

もしやこれは噂を払拭する大チャンスなのでは？

二年生ともなれば、一年生よりも格段に影響力がある。なにより悠璃さんがいる場での発言となれば、それが事実として知れ渡るはずだ。千載一遇の機会だった。

「まったくデマもいいところですよ。情報は正しくないと困ります。いいですか。祁堂《けどう》会長は、土下座してセフレになりにきたわけではなく、土下座した結果、セフレになりたいと——」

「あぁ!?」

悠璃さんの怒りが即刻ピークに達していた。鬼面かな？

「あのさ、弟君。それ……なんか違いあるの？」

「ありますよ。えっと…………主に順番とか」

「殆《ほと》ん《ん》ど事実ってことじゃない！」

なんか教室内がざわついてない？　所々「マジかよ……」とか声が聞こえてくる。

「あの女！　リコールしてやる。ただちに不信任投票の準備を……」

「待てよ？　そういえば会長は一言もそんなこと言ってなかったような」

「そ、そうだよね！　無駄にハラハラしちゃったけど、あの会長に限って、そんなトンデモないこと言うはずないよね。なんだ。所詮、噂は噂で安心しちゃった！」

「そうそう思い出しましたよ俺も。会長は私を抱けと」

「噂じゃないじゃん！　言ってるじゃん！　誤解する余地さえなく真っ黒じゃん！」

「お昼時に衝撃の事実が判明したわね……。どうするのよこの空気……」

聞き耳どころか先輩達の多くがこっちを向いて座ってる。聴衆のみなさんこんにちは。

「で、弟君はどう思ってるの？」

「正直、会長に勝てる確率は五分五分くらいかと。美人ですし」

「は？」

「誘惑には負けませぬ」

「アンタには私がいるでしょ」

「はい」

俺に発言の自由などなかった。憲法は保障してくれない。

「ねぇ。じゃあさ。家での悠璃はどう？　知ってる？　この子、人気あるんだよ」

「存じ上げております」

「……嬉《うれ》しくないわよそんなの」

「出た、私はそんなの興味ありませんアピール。嫌味よねぇ」

ニヤニヤと悠璃さんの友達がチクチク煽《あお》っている。

「悠璃さんが好かれてて人気だと嬉しいよ？」

「――――！　そう。私は大人気なの。これからも期待していなさい」

「これ……悠璃の弱点は弟君なのでは？」

先輩が呆《あき》れているが、姉に弱点などあるはずがない。

「それで、家ではどんな様子なの？」

「家での悠璃さんですか？　そうですね。良く下着姿で」

「それ以上話すと今日アンタのベッドで寝るわよ。それが嫌なら――」

「良く下着姿で牛乳とか飲んでますよ」

「!?」

悠璃さんが驚愕《きょうがく》している。信じられないといった表情だ。

悠璃さんが俺のベッドで寝たいなら、俺はリビングのソファーで寝るだけだ。拒否などありえない。たまには新鮮な気持ちで寝たいことだってあるだろうし。

「あははは！　悠璃の発育が良いのはそれが理由？　弟君面白いね！」

実際には遺伝だと思う。

「まさかアンタが私と一緒に寝たかったなんて……。分かったわ。準備してから行くわね」

「うん？」

そこはかとなく噛《か》み合ってないような気もするが、いつものことだ。

「それにしても、またこれでしばらくＳＮＳが賑《にぎ》わうこと間違いないわね。ただでさえ最近は弟君の話題が多いっていうのに」

「そうなんですか？」

「知らないの？　色々と目立ってるよ」

「SNSとかグループチャットとかエゴサーチとか一切やらないので」

「この子はあまりスマホも見ないから」

「へー。今時、珍しいね？　でも、それくらいの方が良いのかも。内容にショックを受けることだってあるかもしれないし。ま、弟君は図太そうだから大丈夫っぽいけど」

「良くも悪くも好き勝手言ってるだけだからね、ああいうの。面白かったし、また聞かせてね？」

「ところでアンタ、パジャマは着てた方が好き？　なくてもいいよ」

「その質問の意図が全く分からない」

人は噂話が好きなものだ。それは太古から存在する娯楽なのだろう。

それでいて尾ひれがついたり、どんどん内容が変容していくことだってままある。

なにが真実で、なにが嘘《うそ》なのか。そんな弁明の余地さえなく蔓延《まんえん》していく。

噂とは制御できない怪物。そういうものなのかもしれない。

好奇心、或《あ》るいは悪意なのか。どんな感情があるにせよ、それは恐怖だ。

——対象とされた者にとって、深い傷を負ってしまうほどに。

◇

現実における学校とは意外とつまらないものだ。生徒会が絶大な権力を持っていたり、週刊誌まがいのスクープ記事を書く新聞部や、腕章をした風紀委員が校則を守らせることに心血を注いでいたりなどしない。黒幕が教頭なんてこともない。風評被害も甚だしい。なんの黒幕だよ。

だが、そんな事件など起こらないはずの日常が、この日は違っていた。

眠い目を擦《こす》りながら登校すると、教室内がざわついている。

重苦しい空気の中、視線を一斉に浴びる。なんなの怖っ！

「あ、九重《ここのえ》ちゃん。おはよ」

「雪兎《ゆきと》、待ってたぞ！」

珍しく爽やかイケメンが躊躇《ためら》っていた。

峯田や桜井《さくらい》、高橋《たかはし》といった面々も、ぞろぞろと机の周りに集まってくる。

「九重って硯川《すずりかわ》さんと同中なんだろ。だったら何か知ってることもあるかと思ってさ」

「硯川さん、あんまり自分のこと詳しく話さないしね。だから九重君のこと待ってたの」

「なにかあったのか？」

「やっぱり雪兎は知らないか。ちょっとこれを見てくれ」

スマホの画面を光喜が指でスライドしていく。その内容に思わず顔を顰《しか》めた。

「カースト下克上でも起こされたか」

「昨日、突然、流れて来たんだ」

硯川灯凪《ひなぎ》をターゲットにした見るに堪えない誹謗《ひぼう》中傷めいた言葉の羅列。中学時代のことも暴露されている。恐らくそれは、硯川にとって触れて欲しくない過去。一見してデマと分かる内容もあるが、盛大にブチ撒《ま》けられた情報の中には俺の知らないものもある。

「硯川が二股？　先輩とは別れたと言ってたが……」

「何か知ってるのか？」

「本人がそう言っていたのを聞いた。嘘には思えなかったけどな」

「やっぱりデマかよ」

明らかに私怨を感じさせる幼稚な書き込みも含まれていた。意図的なフェイクか、一片の真実が存在しているのか。真相は本人以外知る由もないが、少なくともこれを書き込んだ人物は硯川に恨みを抱いてる。それだけは確実だ。

「……大丈夫かな硯川さん」

「今時、こういうダサいのは流行《はや》んないっつーのに」

「つまんねぇことしやがる。どうするんだ九重？」

「どうするって言われてもな……。そんなの硯川次第だろ」

皆、聞く相手間違ってない？　硯川のことを俺に聞かれても困るんですけど……。

やり口は悪質だが、嫌がらせにしては稚拙でもある。硯川がどう考えるかは分からないが、直接手を出していない以上、別に無視しようと思えばできなくもない。

これで終わる保証もないが、逆にこれ以上のことをやれば相手も相当なリスクを背負うことになるはずだ。犯人が明らかになれば処分が下る可能性もある。そこまでして硯川を陥れたい誰かがいるのだろうか。どこまで本気なのか、これだけでは見えてこない。

だが――。

「犯人はこの中にいる！」

高らかに宣言すると、ビクッとクラス全員が反応する。そうだよね、ごめん。

「え、え、ホントなのユキ!?」

「個人的に言ってみたかっただけだが、成程《なるほど》、このクラスじゃなさそうだな」

「は？　どういう――」

そもそも一番怪しいのは同じクラスの人間だ。しかし硯川は虐《いじ》めのターゲットになるようなタイプじゃないし、敵対するグループもいない。

何より爽やかイケメンを筆頭にこうして集まっているのはクラスの中心、天敵陽キャ軍団だ。下手な真似《まね》をすれば、犯人の方が排斥されかねない。

「ま、硯川に聞いてみるしかないんじゃないの」

「そうだよね……。お願いね、九重ちゃん」

「――ん？　だから何で俺が？　え、それ俺がやるの？」

首を捻《ひね》るが、背中を叩《たた》かれる。だから何で俺なんだよ！

しかし、そんな懸念は無駄に終わった。

硯川が体調不良で学校を欠席したからだ。

職員室に呼び出され、担任から課題のプリントを渡される。俺のではなく、硯川の分だった。

「どうせ放課後暇なんだから、それくらい働け。同じ中学で仲良いんだろ」

二日間も休めば、それなりの量になる。だが、それが理由で呼ばれたわけでもなさそうだ。

「頼むよ。事情をある程度は把握しているが、硯川が積極的に話しかける相手はお前だけだし、このままってわけにもいかんだろ。書き込みの方は継続するようなら勿論《もちろん》対処する」

小百合《さゆり》先生の意見は尤《もっと》もだが、それでも俺が頷《うなず》くことはなかった。

「そんなこと言われても無理なものは無理です」

「どうして頑《かたく》なに拒否するんだ？　お前達《たち》の関係は知らないが、なにか理由でもあるのか？」

「俺は硯川の家を出禁になってるので」

「出禁!?」

「マジ無理」

「頼んだぞ九重」

そう、そうなのだ。俺は硯川灯凪の母親である茜《あかね》さんから、中二の時に、出禁を喰《く》らっている。過去には家族間で交流があったりもしたが、今では「もう来ないで」と、キッパリお断りされてるんだよね。これでも昔はクリスマスにお呼ばれしたこともあったのだが、今となっては懐かしい思い出だ。そんなわけで、先生の頼みを聞きたいのは山々だが現実的に難しい。本当だよ？

「なにやらかしたんだお前……」

「見解の相違です」

出禁の理由は、俺が茜さんの期待に沿えなかったからだ。

そしてそのことは、灯凪も、妹の灯織《ひおり》ちゃんも知らない。俺と茜さんだけの秘密だった。

「あぁ、もう！　だからってお前しかいないんだ。何をして出禁にされたのかは知らないが、この際、謝ってこい。ついでに硯川から話を聞いてきてくれ。ほら、コーヒー奢《おご》ってやるから」

先生にプリントを押し付けられる。百円で買収された。先生、十円足りません。

◆

嫌々ながら来てしまった。あの我儘《わがまま》教師め。

「そういえば、二年ぶりだっけ」

『硯川』と表札の掲げられた玄関前で立ち止まる。前回はここで引き返した。

嫌だなぁ……どうしよ。正直、全く気が進まない。いっそ郵便受けにでも突っ込んで帰ろうかな。駄目？　頼む、灯凪か灯織ちゃん出てくれと思いながら、チャイムを押す。

「……はい。どちら様？」

「すみませんでしたぁぁぁぁぁぁぁぁぁぁあ！」

扉を開けた人物を見て開口一番、土下座だ。こうなったら先手必勝。勢いで押し切ってやる！

「お久しぶりです茜さん！　今日もとてもお綺麗《きれい》ですね。いや、違うんです。俺は断ったんです。でも、担任からどうしてもと頼まれてここまで来ただけで、決して茜さんとの約束を蔑《ないがし》ろにしたわけじゃないんです。大丈夫です。今後はこういうことがないよう徹底します。だから今回だけは何卒《なにとぞ》お許し頂ければ。それといつも綺麗ですね。あ、これ学校の課題とゼリーの詰め合わせです。クラスメイトも心配してます。じゃあそろそろカラスも鳴いてるので俺は帰りますね」

「雪兎君」

おかしいな前に進まないぞ？　挨拶を済ませ撤退しようと急ぐが、ガッシリと後ろから制服の襟首を摑《つか》まれていた。恐る恐る振り返る。茜さんは笑顔だったが、青筋が浮かんでいた。

「な・に・し・て・る・の・か・な・？」

「な、長居するとお邪魔かなと思って……」

お怒りのようだ。ちょいちょい媚《こび》を売ってみたが効果はなかった。

茜さんは若い。パッと見だと硯川三姉妹の長女にしか見えないが、娘を想《おも》う立派な母親だ。俺が出禁にされるのも当然なのであった。

「あのねぇ……。はぁ。とりあえず持ってきてくれたことには感謝するわ。ありがとう。それにしても——君が来るなんて思ってなかったけど」

「俺もです。今日だけだと思うので、本当にすみませんでした」

もう一度、深く頭を下げる。嫌な思いをさせてしまった。スッと茜さんの目が鋭くなる。

「ここに来たのは君の意思？」

「いえ。先程も言いましたが、担任にどうしてもと頼まれてしまって。俺はちゃんと断ったんです。来るつもりはありませんでした。それが約束なので」

「………そっか。やっぱり君には来て欲しくないかな」

「はい」

「……——どうして君はっ！……うぅん。なんでもない。あの子も明日には元気になると思うから。次に休んだりしたときは、持ってこなくていいよ」

「お手数をお掛けします」

「ばいばい雪兎君」

茜さんの表情が一瞬だけ歪《ゆが》み、すぐに戻る。これでいい。反故《ほご》にはできない。

見送られることもなく静かに玄関が閉まった。

憤りをぶち撒けたい衝動に駆られる。憎らしいくらいに変わってない。

馬鹿馬鹿しい。約束なんて本当は存在しない。それを分かっているはずだ。

彼が一言、娘の為《ため》に会いに来たと、心配だから会いに来たと言ってくれたのなら、喜んで迎え入れた。そのまま夕食に誘って、楽しく会話することだってできるのに。

今日、来てくれたのだって本当に嬉《うれ》しかった。きっとあの子も元気になるだろう。

それなのに。自分の意思じゃない？　本当にそうなの？　あんなに仲が良かったのに、なんとも思っていないの？　分からない。彼が何を考えているのか、その真意が。

娘が悪いのは間違いない。結果として報いを受けたこともしょうがない。

だから言って欲しかった。次は助けると、護《まも》ってみせると、もう二度と手を離さないと。

それが親のエゴだとしても、そう本人の口から聞きたかった。安心したかったんだと思う。試すように問いかけた私の言葉を、彼は反論することもなく受け止め、なにもかも諦めた。

それから、彼がこの家に来ることはなくなった。私の言葉そのままに。

学校でなにかあったのか、最近は随分と明るくなっていた灯凪が、体調を崩して部屋に閉じ籠っている。ようやく笑顔を見せるようになった。吹っ切れたと思っていた。そんな矢先。

「――あっ、待ちなさい！　灯織」

彼に気づいたのか、脇をすり抜けて、灯織が駆け出していく。

不味《まず》い。雪兎《ゆきと》君に家に来るなと言ったことが灯織に知られたら激怒されてしまう。それに関しては灯凪も一緒だと思うが、姉妹喧嘩《げんか》は小康状態で燻《くすぶ》っている。再び火が付くかもしれない。あのときの灯織は怖かった。宥《なだ》めようとした夫もどうしていいか分からず狼狽《ろうばい》していたくらいだ。鈍痛に額を押さえる。全く厄介なものだ。

私を含めてこの家の人間は、どうにも幼馴染《おさななじみ》の彼が気になって仕方ないらしい。


「お兄ちゃん！」

「あれ、灯織ちゃん？」

振り向きざまに視界に捉えた姿は一瞬、硯川《すずりかわ》灯凪のように見えた。

だが、そんなはずはない。俺をお兄ちゃんと呼ぶのは一人しかいない。

走ってきた灯凪の妹、硯川灯織ちゃんが抱き着いてくる。茜さんの面影を色濃く残す美人さんで姉の灯凪にソックリだが、2Pカラーではなく、灯織ちゃん独自の魅力に溢《あふ》れている。それでいて、どこか中学生らしいあどけなさも残していた。

「お兄ちゃん、会いたかった！」

「久しぶりだね。飴《あめ》をあげよう」

「やった！」

近所のおばちゃんシステム。ポケットから取り出した飴を灯織ちゃんに手渡す。

「追いかけてきたの？」

「うん。お兄ちゃんの気配がしたから」

「達人かな？」

なんか武道の達人みたいなことを言い出してる。……気配ってなにさ。

「お姉ちゃんのお見舞い？　どうして部屋に来てくれなかったの？」

「女の子の部屋に入るわけにはいかないよ。それに学校の課題を持ってきただけだから」

出禁にされている件には触れない。灯織ちゃん怒りそうだし。

「お兄ちゃんならいつでも大歓迎だよ？」

人通りは少ないとはいえ往来だ。抱き着くのは勘弁して欲しい。

「あ、そうだ。灯織ちゃん、灯凪《ひなぎ》と喧嘩してるの？」

「えっ……あ、うん……。あはは。お姉ちゃんに聞いたの？」

「悩んでたみたいだったけど」

「お姉ちゃんが悪いんだから自業自得だよ。——それにまだ許せないし」

笑みを浮かべていた灯織ちゃんの表情が暗くなる。

「それに、それだけじゃないんだ。またお姉ちゃん、苦しんでるみたい」

「そんなに？」

「うん。昨日からずっと部屋から出てこないんだ。お兄ちゃん、何か知ってる？」

「予想は付くよ。多分ね」

キュッと強く灯織ちゃんの抱き着く力が強くなる。

「あのね。お姉ちゃんは最低だと思う。馬鹿だよホント。でも、お兄ちゃん。お姉ちゃんのこと助けてあげてくれないかな？　お姉ちゃんが信じられるのは、お兄ちゃんしかいないから。もう一度だけ、お姉ちゃんのこと見てあげて欲しいんだ」

「それを彼女が望んでいるとは思えないな」

「どうして？　そんなはずないよ。お姉ちゃんはいつだってお兄ちゃんのことを待ってる。だって、お姉ちゃんはずっとお兄ちゃんのことが……」

真剣な眼差《まなざ》しに射抜かれる。そういえば、彼女も同じことを言っていた。

そして俺はその言葉を否定し――聞き流した。

「もちろん、私もだよ？」

小悪魔だ。真《ま》っ直《す》ぐな灯織ちゃんは、姉よりずっと強敵かもしれない。

ああもう仕方ない！　これは灯織ちゃんに頼まれたからだ。優しいお兄ちゃんなのだ。お風呂上がり、勉強も一段落し時計を確認する。寝るには早く、硯川も起きているはずだ。

意を決して電話を掛ける。この短期間で二回も連絡することになるとは。

『……雪兎？』

塞ぎ込んでいると聞いていたが、思いがけず、すぐに繋《つな》がった。

だが、声を聞く限り、酷《ひど》く憔悴《しょうすい》している。俺のメンタルはアダマンタイトより強固だが、誰も彼もがそういうわけにはいかないだろう。あんな風に剝《む》き出しの悪意をぶつけられれば、ショックで落ち込むし疲弊するのが普通なのかもしれない。

「君は今、助けを求めている。間違いないか？」

『……え？　なにを……』

「単刀直入に言う。一週間以内に解決する。だから明日から学校に来い」

『なんで……雪兎が……どうして……？』

「あのな硯川。前も言ったが、困ってるなら、助けがいるなら言ってくれなきゃ分からない。なんでも一人で抱え込むな。家族もいるし、他に友達だっているだろ。みんな心配してる」

声のトーンが低くなり、嗚咽《おえつ》が交じり始める。

『なんでこうなっちゃうのかな……。決意したんだよ。今度こそ間違えないって決めたのに……』

ぽつぽつと零《こぼ》し始めた言葉を、ただ黙って聞くことに徹する。

『この前、告白されたんだ。……でも、ちゃんと断ったの……。もう二度と自分を裏切りたくなかったから……。強くなりたかった。偽らなくても隣に立てるように、支えられるように。一緒にいたかった。それなのに……』

硯川が抱え込んでいた想いを吐露していく。

ありのまま剝き出しにされた感情の発露に、思考が回り始める。

『一つだけ聞いていい？』

「あぁ」

『もしさ……私がウワサ通りでも、雪兎は助けてくれるの？』

「そんなこと関係あるか」

希望は叶《かな》わず、期待は実らない。

いつだってその繰り返しで、何かを求めることを諦めた。

それでも、誰かに求められるのならば、応《こた》えるくらいしてもいいはずだ。

それくらいの、その程度の価値ならば、俺にだってあると信じたかった。

『……嫌だよ。もうあんな目で見られるの嫌なんだ。過去に縛られたくない……雪兎と離れたくない。虚飾の私でいたくない！　きっと強くなる。なってみせる。だから、お願い。最後にするから……弱い私は終わりにするから。だからもう一度だけ……ゆーちゃん』

息を呑《の》む。まるで言い聞かせるように――彼女は言葉を放った。

『――助けて！』

「体調を整えて、さっさと寝ろ」

電話を切る。明日から忙しくなりそうだ。

不思議だった。もう交わることなどないと、ずっとそう思っていた。

あの日、手を振り払われた瞬間からずっと。

◇

「そんなはずないだろ！」

「酷い……ユキまでこんなこと……」

巳芳光喜《みほうこうき》は憤っていた。だがそれは巳芳だけではない。

クラス中が一様に顔を顰《しか》めている。当事者でもある硯川灯凪の表情は真っ青だ。

その告発が回ってきたのは、昨夜だった。

慌てて連絡をするが、返信は来ない。硯川の件もそうだが、流石《さすが》に許せない。悪質さが限度を超えていた。なんとしてもアイツと協力して犯人を見つけ出してやる。

そう巳芳が固く誓っていると、いつも通り飄々《ひょうひょう》とした様子で、渦中の人物が登校してくる。知っているのか知らないのか、その無表情からは読み取ることはできない。

「雪兎！　これを見てくれ」

九重《ここのえ》雪兎の周りに、何人もの生徒が集まる。見せられた画面に九重雪兎が固まった。

「あのね、これが昨日流れてきたの。こんなの絶対許せないよ！　九重ちゃんがやったなんて」

「どうする雪兎？　先生に相談するか？」

誰もが信じていなかった。あまりにも馬鹿げている。

――硯川灯凪のデマを流したのは九重雪兎である。

それは衝撃的な告発だった。中学時代、硯川灯凪にフラれた腹いせにあることないことデマを撒《ま》き散らした。幼馴染に対する誹謗《ひぼう》中傷の全ては九重雪兎がやったことだ。

それだけではない。――九重雪兎は、姉である九重悠璃《ゆうり》に手を出し絶縁された。

センセーショナルな言葉が躍る。それは悪意そのものでしかなかった。

ただ九重雪兎という人間を陥れようとするだけの卑劣で冒瀆《ぼうとく》的な手段。

その信頼性など言及する価値もない。あまりにもお粗末な嘘《うそ》でしかないからだ。

露骨で、体裁を取り繕うことすらできない低俗なゴシップ。

「雪兎……止《や》めてよっ……なんで……こんな、これじゃあアンタが――！」

泣き腫らしたのか、目を真っ赤にした硯川灯凪がフラフラと九重雪兎の下《もと》に近づいてくる。

彼女が最も強い怒りと悲しみを抱いているのは明らかだった。

硯川灯凪が九重雪兎に対して好意を持っていることを知らない人間はこのクラスにいない。だからこそ仲を引き裂くようなデマが許せない。

すぐに動くはずだ。ここまでされて黙っているような奴《やつ》じゃない。

それが概《おおむ》ね共通認識であり、告発を真に受ける者などいなかった。

「な、なんでこんな……。違う！　やったのは俺じゃない！」

「ど、どうしたんだ雪兎？」

見慣れない九重雪兎の狼狽する様子に、ざわめきが波のように広がっていく。

「雪兎ダメ！　こんなこと私は――――！」

「信じてくれ硯川！　俺はこんなことしてない！」

硯川の言葉を遮り、九重雪兎は逃げるように教室を飛び出していく。

廊下で遠巻きに眺めていた数名の野次馬をかき分けて、姿を消す。

その様子を目で追いながら、拭いきれない違和感に巳芳は苛立《いらだ》っていた。

「あの馬鹿……今度は何をやるつもりだ？」

「あんなユキ見たことない……」

「九重ちゃんショック受けてたね」

「そうか！　それだよ峯田《みねだ》！」

違和感の正体。それに気づいた巳芳は、硯川に向き直る。

「あのSNSなんて全く見ないメンタル最強男がショックなんて受けるはずないんだ。

白々しい真似《まね》しやがって。そうだろ硯川？」

その問いかけにビクリと硯川は身体《からだ》を震わせる。

今この瞬間、硯川灯凪だけは気づいていた。九重雪兎がやろうとしていることに。

固く拳を握り締めた。思えばずっと、守られてばかりだった。

（……雪兎《ゆきと》、言ってくれたよね。一人で抱え込むなって——みんなを頼れって。ごめんなさい。私のせいで、こんなに苦しめて。だけど雪兎だけに抱え込ませるなんて……できないから）

助けて欲しいと懇願したのは自分だ。そんな自分の弱さが嫌になる。彼の優しさに付け込んで、一方的に利用しているだけ。こんな手段を取らせてしまった自分の不甲斐《ふがい》なさが腹立たしい。

硯川《すずりかわ》灯凪とて完全に理解してはいなかった。しかし、それでも分かることがある。

書き込みには、硯川灯凪と九重雪兎しか知らない事実が含まれていた。

躊躇《ちゆうちよ》した。それは九重雪兎が自分の為《ため》にやろうとしていることを壊すことだから。

無為にすることは、そんな覚悟さえ否定することだ。それでも——。

（……私も強くなる。もう懲り懲りなんだ。過去に付き纏《まと》われるのも、一緒にいられないのも）

だから、伝える。きっと大丈夫だ。彼は、皆に好かれているから。

「ごめん、みんな。私の話を聞いて欲しい」

「硯川さん？」

それは硯川灯凪の決意。

間違え続けた少女が、取り戻そうと手を伸ばす意思の煌《きら》めき。

後悔を重ね、悔やみ続けた。戻りたいと願い続けた。

ようやく気づき辿《たど》り着いた。戻るのではなく、進むしかないのだと語られる事実に、クラス中が凍り付いた。

九重雪兎は校内の有名人である。知名度は硯川灯《ひ》凪《なぎ》と比較にならない。

ただでさえ最近では広く名前が知れ渡っていた。事態は瞬く間に拡散していく。

◇

「フハハハハ！」

「真顔で高笑いするなよ気持ち悪いだろ」

爽やかイケメンが失礼なツッコミを入れてくるが、上機嫌なので許す。

あれから一週間。俺はひたすら毎日、九重雪兎の悪評を垂れ流していた。

そう、全ての犯人は本当に俺だったのだ。とはいえ最後の方は書くこともなくなり、内容も随分といい加減だった。想像力の限界といったところだろう。

『生徒会長をセフレにしている』『同級生をペットにして牝犬《めすいぬ》扱い』『年上相手にママ活で稼いでいる』ここら辺くらいまではまだマシだったが、『ポスターを張るのに画鋲《がびょう》で穴をあけるのが許せないクズ』『甘いモノ好きのクズ』『コンビニで商品を買うとき、必ずレジ袋を貰《もら》ってる』などネタ切れも甚だしい。しかしそんな地道な努力の結果、今や俺は校内一のクズと相成った。

連日連夜、火に油を注ぐ炎上を繰り返し、ガソリンは常にハイオク満タンだ。

犯行がバレて狼狽《ろうばい》した俺が早退したという噂《うわさ》も表向きには事実だ。実際には保健室に行った後、そのまま早退して、ひたすら自演工作に明け暮れるという学生にあるまじき所業である。

俺のクズっぷりに恐れ慄《おのの》いたのか、この一週間クラスメイトは殆《ほとん》ど話しかけてこなかった。爽やかイケメンくらいのものだが、ぼっちとして本来あるべき姿に戻ったとも言える。

もうお分かりだろう。俺は匿名なのを良いことに犯人の犯行を掠《かす》め取ったわけだ。

噂を上書きすることで、硯川への誹謗中傷を有耶無耶《うやむや》にする。それが目的だった。

そしてそれも今日で終わりを迎える。昨夜、最後の噂を流した。

九重雪兎が佐藤小春を脅迫している――という噂を。

「九重ッ！」

教室に怒鳴り込んできたのは隣のクラスの男子生徒。勢いに押されるまま胸倉を掴《つか》まれる。

ここで俺が一発くらい殴られれば全ては円満に解決だ。

九重雪兎という悪は滅び正義が勝った。【完】←この辺にテロップ出しといて。

まさにぐうの音も出ない勧善懲悪。誰もがスッキリした気分になれるに違いない。

彼の名前は宮原秀一《みやはらしゅういち》。佐藤小春《さとうこはる》の幼馴染《おさななじみ》だ。

実を言えば、問題は二日目の時点で解決していた。

最初にSNSで硯川灯凪のデマを流したのは佐藤小春という女子生徒だ。

彼女は泣きながら謝罪しにやってきた。彼女にしてみれば、硯川灯凪をターゲットにしていたはずが、何者かにより、いつの間にか全く無関係の俺が犯人に仕立て上げられ、その後執拗《しつよう》かつ徹底的に貶《おとし》められていく様子は恐怖でしかなかったのだろう。

彼女が更に硯川へ攻撃を行ったとしても、匿名である限りそれは全て俺の犯行になってしまう。

そもそも佐藤小春は深く後悔しており、最初の一回以降、続けることはなかった。罪悪感に苛《さいな》まれ、硯川に打ち明けて謝罪しようと考えていたらしい。そんな折にこの騒動だ。

彼女の話を聞いて俺は悩んだ。これで終わって本当に良いのか、と。

佐藤小春と宮原秀一は幼馴染だが、宮原秀一の心は佐藤小春から離れていた。

中学時代、陸上部だった宮原秀一は才能の限界を感じ、怪我《けが》を理由に陸上を辞めた。

佐藤小春は、そのことを不満に思っていた。幼馴染の彼女にとって、宮原秀一はヒーローだ。凄《すご》い選手になれなくても良い。ただひたむきに陸上を頑張るそんな姿に憧れ、いつしかそれは恋心へと昇華していた。彼女は格好良い宮原秀一であって欲しかった。

しかし、陸上への復帰を促す佐藤小春を疎ましく感じていた宮原秀一は徐々に距離を置くようになっていく。そして、新たな出会いを見つけようと、宮原秀一は硯川灯凪に告白した。

俺が女神先輩と一緒になって覗《のぞ》いていた日に告白していたのは宮原秀一だったのだ。

硯川のことを調べ、その過去を知った佐藤小春は、宮原秀一を盗《と》られまいと行動を起こした。

しかし、その代償は大きく、彼女もまた傷ついていた。

そこでこの画期的な解決方法だ。まず俺が自分自身の悪評を流す。途中から面白くなってしまいつい徹底的にやってしまったが、後の祭りである。

そして俺の悪評が広がった頃、佐藤小春を俺が脅迫しているという噂を流す。

効果は覿面《てきめん》だった。佐藤小春の身を案じた宮原秀一は、救い出そうとこうして俺の前に立った。

やはり二人は幼馴染だったのだろう。すれ違っていたとしても、どちらも心の奥底では相手のことを大切に思っている。宮原秀一は決して見捨てようとはしなかった。

この茶番に真実など必要ない。宮原秀一はまだ遅くないのだから。

慣れない愉悦を浮かべて、煽《あお》るように宮原秀一の耳元で醜悪な言葉を囁《ささや》く。

これでいい。これが正解だ。後は諸悪の根源たる俺が、因果応報の報いを受ければそれで解決するはず――。

「シュウちゃん止めて！　やっぱりこんなことできないよ！」

激高する宮原秀一を悲愴《ひそう》な声で必死に止めたのは、佐藤小春だった。

◆

「九重すまん！　謝っても許されることじゃないのは分かってる。けど、本当にすまなかった！」

「硯川さんも九重君もごめんなさい！」

あるぇー？　どうしてこうなった……。

あっさりと杜撰《ずさん》な計画は破綻し、目論見《もくろみ》は崩壊した。

想定とは裏腹に最後はどうにも締まらない感じになってしまったが、しょうがない。

概ね目的は達成している。佐藤小春が硯川に謝罪しようとするのを止めたのは全てこの瞬間の為だ。どうしても宮原秀一を引っ張り出す必要があった。

もしあの時点で、硯川と佐藤小春の間だけで話が終わっていれば、圧《お》し潰されそうになっていた佐藤小春は、宮原秀一と向き合えなかったかもしれない。宮原秀一に自分のしたことを隠そうとしてしまえば、彼女は一生後ろめたさと後悔を抱え込んでいただろう。

「で、だ。ようやく終わりか？　最初から全部説明しろ雪兎」

全てもなにも、九重《ここのえ》雪兎による硯川灯凪への復讐《ふくしゅう》。

「それで良くないか？」

「いいわけないだろ。俺達《たち》だって硯川から聞いてるんだ」

「硯川から？」

「俺達をそんなに信用できないか？　そんなに無力なのか？　いつだって何でもお前ひとりで上手《うま》く立ち回れるなんて思い上がるな」

「ちゃんと俺にもメリットがあるんだよ」

どこまでも横暴で傲慢で自分勝手だ。光喜《こうき》達には許せない手段なのかもしれない。それでも、最大限上手くやったつもりだ。

俺がフラれた腹いせに硯川のデマを流したことにすれば、書き込みの信憑性《しんぴょうせい》は失われる。何が真実かを知る者はいなくなる。過去は曖昧になり、改めて触れようとする者もいなくなるだろう。

硯川灯凪の過去は、彼女にしか分からない不可侵になった。

だが、それだけではない。この計画には多大なメリットが含まれている。

「宮原、一つだけ頼みがある」

「な、なんだ？　なんでも言ってくれ！　俺にできることならなんだってやる！」

「陸上部に入れ」

「それは……。君というヤツはどこまで……！」

うっ……。キラキラした目でこちらを見てくる宮原君には申し訳ないが、実は善意でもなんでもない。

これまで運動部から勧誘が相次いでいたが、その中でも特にしつこいのが陸上部だった。そこでこの実力は確かな宮原秀一をスケープゴートにしようと思い付いたのだ！

え？　爽やかイケメンと神代《かみしろ》はどうなるって？　知らん。そっちは自分でなんとかしろ。

これで硯川だけではなく、佐藤小春も燻《くすぶ》っていた宮原秀一も全て良い方向に丸く収まる。そしてなにより悪評まみれの俺に近づく者は減り、これで理想とする静かで平穏な陰キャぼっちライフを取り戻せるはず。なにかと騒がしかったここ最近の学園生活にもオサラバである。

それにしてもブチ切れた悠璃《ゆうり》さんを宥《なだ》めるのは至難の業だった。今になって実は自作自演でしたなんて口が裂けても言えない。

なにはともあれ最後はおじゃんになったが、一石二鳥ならぬ五鳥くらいの画期的な計画だった。

これも俺のメンタルがオリハルコンのように最強だから可能だったわけで、誰も損することなく、全てがあるべきところに収まったと言えよう。完璧だ。にゃはははははは！

これにて閉幕。——だが、彼女はそれを許さない。

「すずっち、どして帰らないん？」

「変な呼び方しないで！……待ってる人がいるの」

放課後、小百合《さゆり》先生の事情聴取兼ありがたいお説教を終えて戻ると、硯川《すずりかわ》が一人残っている。

夕日が差し込む教室は茜色《あかねいろ》に染まり、その瞳は緋色《ひいろ》に輝いていた。

懐かしさを覚えた。そういえば昔、こんなことがあったような気がする。

そうだ、あの日も確か、こんな風に彼女は——。

ズキズキと頭痛が走る。疲労が溜《た》まっていた。甘いモノを補給したい。

「ふーん。待ち合わせか。遅くなる前に帰れよ」

「どうして？　待ってたのは雪兎《ゆきと》よ」

「——俺を？」

「あのさ……ありがとう」

「嫌われることしかしてないけどな」

「ふふっ。そうね。本当にそう。雪兎なんて大嫌い」

沈黙が訪れる。いつしか、こんな風に同じ時間を共有することもなくなっていた。

いや、そんな時間が存在していたことが、勘違いだったのかもしれない。

「俺は君に酷《ひど》いことをした。ごめん」

「……うん」

「もう君の過去に触れる者はいない」

「……うん」

硯川が過去の何を恐れていたのか俺は知らない。

一心不乱にバスケに打ち込んでいた頃、俺は硯川を見ていなかった。

硯川が苦しんでいるなら、気づける機会はあった。だが、結局は見捨てたのだ。

俺は宮原秀一とは違う。だから、茜さんは俺を許さない。それは親として当然のことだと思う。

「これから素敵な相手が見つかるさ。茜さんのお眼鏡に適《かな》うような相手が」

「………」

硯川はもう大丈夫だろう。これから彼女は胸を張って陽光の中を進んでいける。

俺のような嫌われ者が近くにいるわけにはいかない。彼女には相応《ふさわ》しい場所があるのだから。

「――んっ――――!?」

視界が暗転し、一瞬、思考が空白になった。

息さえ触れ合う程の距離に硯川の顔がある。

声を出そうにも出せなかった。――唇が塞がれている。

「――……遠いね。昔はいつも隣にいたのに、今はこんなにも届かない」

ゆっくり唇が離れる。肺が新鮮な空気を求めて収縮を繰り返していた。

「……なに……を……」

「──あの日、私の中にあった灯火《ともしび》が消えて、真っ暗な道を歩いてきた。寒くて、冷たくて。温かな貴方《あなた》を追いかけた。どうして私がこの高校を選んだと思う？　雪兎のお母さんに教えてもらったの。──悠璃さんなら、教えてくれなかったかな」

苦笑しながら、滔々《とうとう》と硯川が言葉を紡ぐ。緋色に揺らめく瞳が煌々《こうこう》と輝いていた。

「お願い。これから、私の家に来て欲しいの」

──目の前にいるのは、俺の知らない硯川灯凪《ひなぎ》だった。

◆

「お姉ちゃん、急がないと時間ないよ？　分かってる？」

「う、うん」

「お兄ちゃんなら、きっと大丈夫。約束してくれたもん」

妹の灯織《ひおり》に背中を押されるのは何度目だろう。一時期は本当に険悪になっていた。私が雪兎を裏切ったからだ。

雪兎は私の両親とも面識があり可愛《かわい》がられていた。妹だけじゃない両親からも怒られた。パパは息子も欲しかったらしい。そんなパパにとって雪兎は息子みたいなものだった。うちは私と灯織の二人姉妹だ。だからパパは雪兎と一緒にキャッチボールで遊んだりもしていた。当時はそれくらい仲良くしていて、いつも一緒に遊んでいた。

私が雪兎のことを好きなのは家族全員が知るところだった。

だから、私の裏切りが許せなかったんだと思う。それによって引き起こされた事態によって、私は地獄に落ち苦しむことになる。

あれほど両親から怒られたことは初めてだった。でも、それさえも私にとっては必要なことで、誰かに怒られないと私の気が済まなかった。

「お兄ちゃん、私達のところでも話題になってるよ。ヤバい一年生がいるって」

「雪兎の事ね。間違いないわ」

灯織は私の二つ下で中学二年生だ。私と同じ高校に入学するつもりでいる。

そんな灯織のところまで知れ渡るようなヤバい一年生など、雪兎しかいないだろう。私達が高校に入学してからそれほど時間は経《た》っていないが、九重雪兎の名はとにかく知れ渡っていた。わざわざクラスまで見に来る人がいる始末だ。

「お姉ちゃん、本当にシテないんだよね？」

「シテない！　するはずないでしょ！」

「もし、それが嘘《うそ》だったら絶交するから。お兄ちゃんを裏切って、自分を裏切って、あんな最低でわけのわからない奴《やつ》に捧《ささ》げたなんて本当に汚くて気持ち悪い」

「それは私が一番良く分かってる！」

「お姉ちゃんのせいでお兄ちゃんは傷ついた。うちにも遊びに来なくなっちゃった。私だって勉強とか教えて欲しいのに、お兄ちゃんは変わっちゃった。昔よりもっと遠くにいるような、そんな気がするの。このままだったら、もうお兄ちゃんは無関係な他人になっちゃう」

「幼馴染《おさななじみ》って、なんだろうね灯織……」

本当に自分が嫌になる。身勝手で愚かさに反吐《へど》が出る。いつもいつも迷惑を掛けて、困らせて、傷つけて、裏切って。それなのに、私を助けようとしてくれる。

そして――奇跡は起こった。信じられなかった。

魔法のように、彼は一瞬で私を救ってみせたから。

彼のついた嘘によって、私の過去は、曖昧なものとなり時間の中に溶けた。

でも、見ていられなかった。自分を傷つけて、心にもない台詞《せりふ》を吐いて。

日に日に雪兎の悪評は広がっている。針の筵《むしろ》状態だ。

自分の心を剝《む》き出しにして、それを自分で切り刻む。

そんなこと普通なら耐えられない。そしてそれをやっているのは彼自身なのだ。

自ら誹謗《ひぼう》中傷をばら撒《ま》いて貶《おとし》める。それがどんな意味を持つのか分からない。

……それはきっと彼にしか分からない。

あの頃、私は自分のことだけしか考えていなかった。雪兎がどういう状態にあるかなんてまるで知らなかったし、知ろうともしなかった。

彼の進路を桜花《おうか》さんに聞いたとき、少しだけ教えてもらったことがある。

涙が止まらなかった。長く一緒にいたのに何も知らなかった。

雪兎がああなったのは、私だけのせいじゃない。でも、それが免罪符になるわけじゃない。それで気持ちが軽くなるわけじゃない。

むしろ、より傷つけたことに対しての罪悪感は増すばかりで、壊れてしまいそうな彼を見るのが怖かった。これ以上の後悔はないと思っていたのに、でも、今は以前よりもっと苦しんでいる。私も加担した一人だ。彼を傷つけた一人なんだ。

どんな結果になってもいい。彼に向き合わなければ、私はずっとこのまま前に進めない。嫌われても拒否されても伝えたいんだ。

「――私は変わる。誰でもない。私が望む私に。今度は私が救ってみせる」

私は裏切ってない。心も身体《からだ》も誰にも許してない。

あまりにも自罰的。このままなら、きっといつか彼は誰の前からもいなくなる。

私は静かに呟《つぶや》く。もう逃げるのは止《や》めよう。彼に嫌われるのが怖くて、それを言い訳にして避け続けるのは止めよう。

――それが、硯川灯凪の真実。

「素直になりなさい、硯川灯凪。人を傷つけるだけの悪意はいらないの。幼馴染は負けヒロイン。それでも私は――」

それでも、こんなにも好きなのだから。

この気持ちは止められなくて――。

「待ってたわ雪兎」

「この前、怒られたばっかりなんだよなぁ……」

「どうしたの？」

「……なんでもない」

また来てしまった。短期間に二度目の訪問。茜さんの逆鱗《げきりん》に触れちゃうねこりゃ。

どうしても家に来て欲しいと懇願されたら仕方なくない？

あんなにも必死な硯川を見たのは初めてだった。無視もできない。

帰宅部を極めし俺にとって放課後はフリーダムである。これといって普段、何か用事があるわけでもないしね。これくらい問題ないさ。

まぁ、今日は大変だったけど。お腹《なか》も空《す》いたし頭も痛い。

昔は良く一緒に遊んでいた。この家に来ることも多かった。今のマンションに引っ越すまでは、この近くに住んでいたこともあり、家族ぐるみで交流があった。

今となっては懐かしい記憶であり、取り戻せない時間でもある。

準備があるから少しだけ待って欲しいと告げられ、三十分程待つと硯川から連絡が来る。

その頃には十九時を過ぎていた。

「ごめんね。こっちが呼んだのに」

「ほら、これやる」

ゲーセンで暇を潰しているときに発見したビッグブサイクマ（命名：九重《ここのえ》雪兎）を渡す。

灯織ちゃんと茜さんの分も確保しておいた。媚《こび》を売りまくりである。

「あ、ありがと！……昔からこういうの得意だよね」

「すぐ店員呼んで位置調節してもらうからな」

「そ、そうなんだ？　灯織も喜ぶよ」

硯川に連れられ、玄関をくぐる。

硯川の表情が強張《こわば》っていた。あまり調子が良さそうではない。

「気分が悪いならまた今度で良くないか？」

「ごめん、大丈夫。心配しないで」

リビングをスルーし、そのまま彼女の部屋に招かれる。記憶の中にある硯川の部屋とは大きく変わっていた。彼女が用意してくれたクッションに座る。

「この部屋に来るのはいつ以来だ？」

「三年ぶりくらいかしら」

「懐かしいな。面影がある」

「そう？　だいぶ変わってると思うけど、雪兎が言うならそうなのかな。ふふっ」

家でリラックスしているからなのか、それとも問題が解決したからなのか、見なくなって久しい、とても自然な笑顔。

一つ大きく息を吐くと硯川は居ずまいを正す。

「三年なら、それほど昔ってわけでもないいか。ご両親はいないのか？」

……特に茜《あかね》さん。いないよね？　今だけは全て任せて貰《もら》ってるから」

「いるよ。でも、今だけは全て任せて貰ってるから」

「いるじゃん！」

駄目じゃん！　任せて貰ってるならいっか。……って、何を？

聞きたいところだが、それはきっと硯川《すずりかわ》が俺をここに呼んだ理由なのだろう。

彼女が話すのを待てばいい。少しだけ気が楽になる。

「……本当に、あの頃みたいだな」

珍しく頭の中で思っている事と発言が一致していた。

俺にとっては極めて稀《まれ》な事だ。懐かしさに当てられて、それくらい何処《どこ》か俺も少しだけ素直な気持ちになっているのかもしれない。

「今日は来てくれてありがとう」

「あれだけ頼み込まれればな。で、何の用だ？」

「聞いて欲しいことがあるの。そして、見て。私の姿を――」

硯川は決心を固めたように、着ている服を脱ぎ始めた。

止める間もなく、制服を脱ぎ、躊躇《ちゅうちょ》なく下着にまで手を掛けると、一糸まとわぬ姿になった。甘い匂いが部屋に充満し、脳髄を刺激する。

ただ見ていることしかできなかった。錯乱とも言える行動。

でも、硯川の身体が震えていることだけは俺にも分かった。

「正気に戻れ硯川」

　まったく馬鹿馬鹿しい台詞が口から飛び出す。おかしいのは俺なのに。壊れているのは俺なのに。恐らく今の発言は間違っている。何が間違っているのかは分からないが、そうに違いないと心のどこかで認識していた。

　目の前で女子が裸になっているのに、求められているのはそんな色気のないぶしつけな言葉じゃないはずだ。でも、何を言えば――。

「違う。間違っていたのはあの頃の私！　今が正常なの」

「何を言っている？」

「ずっと後悔してきた。あの日から毎日泣きながら、泣き疲れて眠る日々だった。妹に愛想を尽かされて、家族からも怒られて、そして――貴方を傷つけた」

「良く分からないが、君が何か悪い事をしたのか？　でも、それは俺に関係ないだろ。俺と硯川の接点は、あれから殆《ほとん》どなかったはずだ」

「ううん。全て私が悪いの。自分の気持ちに素直になれずに、雪兎《ゆきと》の気持ちを知ろうとして、私は何も伝えずに一方的に貴方を求めた。悔やみ切れない過ち」

　支離滅裂だった。単語の意味は分かっても、それが何を意味しているのか欠片《かけら》も理解できない。俺と硯川はここ二年近く接点などなかった。

　こうみえて俺は英語も話せるバイリンガルである。英語も国語もテストの点数は九十五点を超えていた。そんな俺が理解できないとなれば、これはもう一学生に解ける範疇《はんちゅう》を超えている。

　しかし、硯川の目は正気を失ってなどいなかった。そこが俺と硯川の決定的な違いであり、硯川の黒曜石のように深い色をした瞳は、真《ま》っ直《す》ぐに俺を見据えていた。

「雪兎、私は先輩とセックスなんかしてないよ」

「雪兎、私は先輩とセックスなんかしてないよ」

　心も身体も曝《さら》け出す。守るものはなにもない。素直になれない私はもうおしまい。

　こんなにも回り道をしてしまった。こんなにも遠くなってしまった。

　今はただその距離を縮めて、私の全てを伝えたい。

　恥ずかしさなんて感じることさえないままに。

「目を逸《そ》らさないで。私はここにいる。貴方《あなた》の前に。だから見て」

「何故《なぜ》こんなことを？」

「もう誤解されたくないから」

「誤解？」

「私はずっと雪兎が好きだった」

　なんでこんなに簡単なことが言えなかったんだろう。

　たったこれだけのことで、ここまで拗《こじ》れてしまった。

　あの頃、私は焦ってイライラしていた。アプローチしているつもりだった。

なのに、雪兎の反応はいつも淡白で、もしかしたら私のことなんて好きじゃないのかもしれない。だって一度も笑ったところを見た事がない。

私と一緒にいるのがつまらないの？　そんな風に思うと不安だった。

卑怯《ひきょう》な私は自分の気持ちを伝えずに相手の気持ちを知ることばかり考えていた。

先輩に告白されたのはちょうどそんな頃だった。私はそれを利用しようと思い付いた。

先輩に告白されたことを告げると、いつものように、なんでもないことのように「そうなんだ」と、彼は答えた。

叫び出したかった。先輩と付き合っても良いの？　何も思わないの？　私が盗《と》られても雪兎は平気なの？　ショックと悲しさでぐちゃぐちゃになり、私は最後の希望に縋《すが》った。

先輩と付き合うことになれば、きっと嫉妬してくれるかもしれない。

それならまだ可能性が残されているのではないかと、愚かにも道を誤った。

きっとそのとき、私が今みたいに素直になれていれば、こんなことにはならなかった。

素直に向き合って、自分の気持ちを雪兎にぶつければ良かった。

私がやったことは最低だった。自分からは何も伝えず、先輩をただ利用しようとしただけ。先輩に対する感情は何もない。どういう人間かも知らない。ただ雪兎の気持ちを知る為《ため》に都合が良かった。

その間違いはすぐに後悔に変わる。私が先輩と付き合ったことを伝えると、雪兎は私に告白しようと思っていたと言ってくれた。凍り付いた。

どうして、どうしてもう少しだけ早く言ってくれなかったの？　全てを投げ出して応《こた》えたかった。ずっと聞きたかった言葉。私の願い。でも、今の私は先輩との関係を清算しない限り、応えることができない。

雪兎の目が一層、深く澱《よど》んだように暗くなっていたような気がした。

先輩と付き合い始めてから二週間。恋人らしいことは何もなかった。

当然だ。私には一切そんな感情はない。先輩に興味なんてまるでなかった。

どうでもいい存在。雪兎の気持ちが分かった以上、今となっては煩わしいだけだった。もう少しだけその男に関心を持って調べていれば、決して付き合おうなどとは思わなかった。なにもかもが自業自得だ。

そんな私に業を煮やしたのか、先輩は強引にキスを迫ってきた。

気持ち悪かった。ありえない！　なんでこんな人と！　私には雪兎だけなのに！　鳥肌の立つようなおぞましさ、穢《けが》されたくないという拒否反応、気づけば私は全力で先輩を突き飛ばし、その場から駆け出していた。

家に帰ると、別れましょうと先輩にメールを送る。

その後からだ。私が先輩とセックスをしたという噂《うわさ》が流れ始めたのは。

先輩は腹いせに私と肉体関係を結んだと言いふらした。

そんな噂はすぐに広がる。思春期の中学生にとって、格好のエンターテイメントでしかない。私は必死で否定したが、その否定が通じるのは私の周囲だけだ。

知らない人に声を掛けて、私はセックスしていませんなどと言って回るような馬鹿な真《ま》似《ね》などできるはずもないし、大多数は噂の真偽などどうでもいい。

その後も、噂はより過激になり、ありもしない先輩との仲は随分と深まっていた。一身に浴びる男子からの下卑《げび》た視線が、舐《な》め回すように身体《からだ》を這《は》っていく。

付き合うとは契約だ。双方の合意の下《もと》に成立する。それは破棄も一緒だった。先輩から告白を受けて、けれど何一つ恋人らしいこともせず、恋人とも認めず、そして一方的に別れを切り出した。私が振り回しただけ。その報いを受けた。

先輩にもプライドがあったのだろう。すぐに私と別れたとは言い出さなかった。人の噂も七十五日というが、七十五日も過ぎれば、それは噂ではなく事実として定着してしまう。私は先輩を呪った。どうしてそんな酷《ひど》い嘘《うそ》をついたのか。

けれど、最低なのは私も同じだった。好きでもない相手からの告白を受け、都合良く利用しようとしていた最低のクソ女。

最低の先輩と最低の私。お似合いの結果だと言えるのかもしれない。

そんな噂は妹の耳にも入り、そして両親にも伝わる。妹は雪兎に懐いていた。だからだろうか、あんな妹の視線はこれまで見た事がなかった。私に対して、まるで汚物でも見るかのような、汚いものでも見るかのような侮蔑の眼差《まなざ》し。

両親からも呼び出された。私は否定した。肉体関係など持っていないと。

妹も両親も、どうしてそうなったのか、私の行動、思考、その経緯に激怒した。

──そして、聞く。

「雪兎君は、知っているの？」

私の大好きな人。絶対に知られたくない。こんなの嘘だって信じて欲しい。

そんな都合の良い妄想。しかし、あまりにもその噂は広がりすぎていた。知らないことなどあり得ない。雪兎の耳にも入っているはずだ。

そして、仮に名目上であっても、私が都合良く利用していたのだとしても、私と先輩は付き合っていたことになっている。そういう行為をしていてもなんらおかしくない。その事実が、噂をより強固なものにしてしまっていた。

急いで誤解を解かなくちゃ！　そう焦る気持ちと裏腹に雪兎からも妹と同じような視線を向けられるかもしれないという恐怖に足が竦《すく》んで動けなくなる。

あんなで眼《め》で見られたら耐えられない。

穢らわしい汚物を見るような眼で見られたら、私は──。

彼の姿を追いかける。でも、彼はまるで何も気にしていないように部活に打ち込んでいた。その事実が更に私を苦しめる。

私のことなんて、もうどうでも良いの？──お願い助けてよ！

悲痛な叫びは声に出ることはなく、その頃には感情がバラバラになっていた。

雪兎を大切に想《おも》っている悠璃《ゆうり》さんは激怒し、二度と近づくなと釘《くぎ》を刺された。

色んな人を裏切ったことに、気づくのが遅すぎた。

そしていつしか噂は公然の事実となり、私達《たち》の関係は自然消滅し、彼はまた少し遠くへ行ったような、隔絶した存在になっていた。

「私が悪かったの……。都合良く利用しようとした私が。自分勝手で、悪辣で。笑っちゃうでしょ。本当にどうしようもないクズ。全部私のせいなんだ……」

でも、今なら分かる。きっと先輩とのことがなくても、あの頃の傲慢な私は、いつか必ず彼を傷つけていた。素直になれない私が、ずっとそうしてきたように。

私の後悔を彼は黙って聞いてくれていた。あのとき、すぐにこうして話していれば、こんなに拗れることはなかった。いつだって、彼は私の話をちゃんと聞いてくれていたのに。向き合ってこなかった私が悪い。

未練がましく高校まで彼を追いかけた。漠然とした、けれど確かな予感。

これがきっと最後のチャンスだ。これを逃したら、私達の関係は完全に終わる。

変わろうと決意して、その足を再び過去の亡霊に摑《つか》まれ引きずり下ろされた。

どうしていいか分からなくて、でも、そこに雪兎はいたんだ。いつもの表情で、なんでもないことのようにその手を差し伸べてくれた。

夏祭りの日、彼の手を振り払ったのは私なのに。

もういいでしょう硯川灯凪《ひなぎ》。後悔は終わりにしましょう。

だから――。

「――証明させて。私の全部を貴方にあげる」

抱き着いた硯川《すずりかわ》が、そのままベッドに倒れ込む。

覆いかぶさるようにして、俺と硯川は向き合っていた。

硯川の瞳の中に囚《とら》われている俺は、金縛りにあったように指先一つ動かせない。

「硯川……？」

「――こんな日が来るのをずっと待ってたんだ。本当はもっとロマンチックなのを夢見てたけど、ごめんね？　私には、もうそんな時間ないと思ったから」

あぁ、君はこんなにも綺麗《きれい》に笑えるようになっていたのか。

幼き頃の無垢《むく》な笑顔でもなく、あの頃の不機嫌な表情でもなく。

「……焦らなくていい。冷静になれ。……証明なんてしなくても俺は……」

「いつでも味方でいてくれた貴方だから、私がして欲しいんだ。他の誰でもない雪兎に。触れるのも触れさせるのも。嘘なんかじゃない。もう嘘なんてつきたくないの。だから確かめて――私の全部を感じて」

それは硯川にとって大切なもののはずだ。

なにもなかったことを証明する為だけに、そんなことはできない。

「――ううん。違うよ。ほら触ってみて。こんなにも、この瞬間が嬉《うれ》しいの」

手を重ねて胸に持っていく。身体が熱を持ち、鼓動が高まっていた。

「そっか。ようやく思い出せた……。どうして忘れてたのかな――小さい頃は、いつだってこんな風に繋《つな》がってたのに……」

ポロポロと硯川の瞳から涙が溢《あふ》れ出す。

俺も思い出していた。もっとずっと小さい頃、俺達は以心伝心で、言葉なんていらなかった。途切れた糸を結び直すように、微《かす》かに今、俺達は繋がっている。

硯川の話は驚くべきものだったが、聞けば納得するものでもある。

あの頃はそういうものだろうと思っていたが、彼女の態度が変だったことに気づける機会は幾らでもあった。硯川は俺に知られたくなかったと言っていた。彼女から近づけないなら、俺から歩み寄ればその時点で解決していたものだったのかもしれない。

ただその頃の俺はもう硯川を見ていなかった。

でも、こうして話を聞いたからこそ思う。

どうして、どうして――。

「な……んで、今なんだ……?」

「私が臆病だったから、私が素直になれなかったから……」

「どうして今になって言う?」

「それはきっと、手遅れになりそうだったから」

何故なんだ? どうして今なんだ!

「あの頃の俺なら、きっと君の気持ちを受け止められた。でも、今の俺は……」

思い出す光景はいつだって緋色《ひいろ》に染まってる。

俺はあの日、納得してしまった。報われないことに。

何かを求めて、手に入らないと知り、そして諦めて――失った。

これほどまでに求められても、彼女の気持ちを受け取ることはできない。

こんなにも美しい彼女に不幸は似合わない。

ズキズキと激しい頭痛が襲う。かつてなく酷い。

駄目だ壊れるな。壊れようとするな。葛藤を繰り返す。いつものように壊れてしまえば、何も思わなくなる。こんな痛みなど消えてなくなる。

さぁ、壊れようじゃないか。いつものように魔王から世界の半分をやろうと言われて、躊躇《ちゅうちょ》なく返事をするのがこの俺、九重雪兎《ここのえゆきと》だなどと……そんな風に壊れてしまえば、気にならなくなる。俺は、俺で、俺が……。

そんなのが九重雪兎だったのか？　いつからそんな風になった？

壊れたい。早く壊れよう。空洞が広がろうとするのを感じる。

俺はいつも壊れてきた。でも、もしこれまで勘違いし続けてきた感情が勘違いじゃないとすれば、俺はなんて酷いことを……ありえない。

そんなの幻想だ。嘘だ。考えるな。放棄しろ。壊れてしまえばいい。

それは防衛本能なのかもしれない。他者の向けてくる感情が理解できない。しようとしない。勘違いを繰り返してきた。でも、それは、本当にそうだったのか。

硯川の気持ちが、心が、感情が、膨大な波となって流れ込んでくる。

温《あたた》かかった。零《こぼ》れ落ちそうなそれを手放したくないと思えるほどに。

「雪兎、大丈夫!?　真っ青だよ！」

自分の身体を隠すことなく、惜しげもなく晒《さら》け出して、彼女は俺の心配をしている。

何の為《ため》に、彼女は何の為にこんなことをしている？

彼女にとって裸を晒すことはそんなに簡単なことなのか？

何故《なぜ》今になってそれを俺に伝えようとしている？

俺を苦しめたいから？　なら、何故こんなにも辛《つら》そうに俺を心配している？

壊れようとする俺を、壊れてはいけないと何かがブレーキを掛ける。

この葛藤を手放してはいけないと、何かが抑えつける。

壊れたくない、もう勘違いしたくない。これ以上、進めば手遅れになる。

いや、もう手遅れなんだろう。それでも、誰も傷つけたくない、傷つけられたくない。

相反する衝動が渦巻く。女難の相などと、馬鹿げた呪いのようなもののせいで、何故こんなにも苦しむことになるのか。

理解できない。しようとしない？　分からない。分かろうとしないだけ？　何もかもが空虚で俺を消そうとしてくる。消し去って楽になれば良いのに、そんな蠱惑《こわくてき》的な欲求に支配されそうになる。それはとても甘美で、とても魅力的だった。

そうだ、消し去ってしまえば——。

ふわりと、唇が塞がれた。その感触は二度目だった。

少しだけ違う味。甘く蕩《とろ》けるような刺激が思考を溶かしていく。

「大丈夫だからっ！　もう絶対に傷つけたりしないから！」

硯川は泣いていた。どうして彼女は泣いている？　何が悲しい？

何処《どこ》か身体に痛みでもあるのだろうか？　それとも硯川の涙腺はガバガバ――。

ははーん、なるほど。さては裸だからお腹《なか》でも冷やしたんだな？

などと、思考を覆い尽くそうとする靄《もや》を振り払う。

そうじゃない……違う、そんなことじゃないはずだ。

何故勘違いしようとする？　故意に間違うな。彼女は今、俺の為に……。

いつからこうなった？　いつからこんな風に思考を誘導されていた？　誰に？　何故だ？　俺は九重雪兎で、九重雪兎が俺で……。

「す、硯川……いや、灯凪……？」

「名前、呼んでくれたね。へへっ。私のファーストキスとセカンドキス。ちゃんとあげられて良かった」

消して良いのか？　本当にこの笑顔を。泣いている彼女を。俺の中から消して、それでいつも通り九重雪兎として振舞って、それで――。

頭痛が激しさを増す。消したい、消し去りたい。

抱きしめられる。人肌が直接触れ合う。

何か原因があったのか、しいて言えば全てが原因だった。

俺を壊そうとする悪意。壊れさせようとする状況。失い続けてきた。それで良かった。それでも良かった。何も気にならなかった。

でも、きっと失ってはいけないものもあったはずだ。気づかなければならないこともあったはずだった。それが何か分からないようになったとしても、もう手遅れなのだとしても、きっと無くしてはならない何かが――。

「……灯凪、そんな性格だったか？」

「私は幼馴染《おさななじみ》よ。素直になれない私は終わり。そのまま負けたくなかった。傷つけたまま終わりたくなかった」

幼馴染は負けヒロイン。そんな風に言われているらしい。

「だって、こんなにも大好きなんだから――！」

彼女の笑顔と言葉が嘘《うそ》だとは思いたくなかった。

◆

「――――！――――ッ！」

誰かの声がする。俺はその声を気にすることなく、目の前の光景に魅入られていた。遠くまで見渡せる絶景。何処までも吸い込まれるような空と大地。もう一歩、たったもう一歩足を踏み出しただけで、俺はその一部となれるかもしれない。無意識に身体《からだ》が引き寄せられる。

どうせ消えるつもりだった。居場所など何処にもない。それが今であっても何の問題もない。俺は無価値で必要ない。なら、この衝動に身を任せたって良いじゃないか。それで誰が困るわけじゃない。それで誰が悲しむわけじゃない。なんて、なんてとめどなく俺を惹《ひ》きつけて止《や》まない。

だから、俺は――。

降り始めた雨が頭を冷やしていく。黒いアスファルトにできた水たまりをぼんやりと眺めていた。硯川の家から帰る頃には、日はすっかり落ちて、暗がりを街灯だけが照らしている。

夜道をただ一人、彷徨《さまよ》うように歩き続けた。

硯川の体温は温かった。といっても、くんずほぐれつ抱き合っていたわけじゃない。俺と硯川はただ一緒にいただけだ。今の俺には彼女の気持ちを受け止めきれない。同じだけの気持ちを返せない。だから何もしなかった。

けれど、手だけを握りあって話し合った。これまでの時間を埋めるように。

俺達は幼馴染で、そして変化を求めてすれ違った。

灯凪は誤り、俺は失った。そこで終わっていた俺達の関係。

でもあの瞬間、俺達《たち》は確かに繋がっていた。

それが今の俺と灯凪《ひなぎ》の距離。自問自答を繰り返す。

それでいいのか？　いつから俺はこうなった？

硯川の家でも感じた疑念が今も俺の中に渦巻いている。

1アウト、ランナー一塁から迷いなくエンドランを仕掛けるのがこの俺、九重雪兎だなど と、そうだ、これだ。いつから俺はそうなっていた？　自らの思考に疑問を感じる。

偏り、偏向、何処か歪《ゆが》んでいるような、歪まされているようなそんな違和感。

何故、気づかなかった？　何故、疑問に思わなかった？　それもまた不思議だった。

奇妙な思考の偏在。俺のメンタルはスーパーアラミド繊維並に強度に優れているが、それもいったいいつからそうだったのか、そうなったのか、思い出そうにも思い出せない。

——俺は……いや、九重雪兎は誰なんだ？


「ふぅ……」

姉さんの部屋の前で大きく息を吐いた。

その疑問に答えを出さなければ俺は前に進めない。壊れ続け停滞を繰り返す。

それでも良いと思っていた。そのことに対して何も思わないし気にならない。

でも、多分そのままだったら、きっと誰かが悲しむんじゃないかと思ってしまった。俺が今更幾ら傷つこうがどうでもいいが、誰かを傷つけたくはない。

そして恐らく俺は、そんな風にこれまで誰かを傷つけてきたのかもしれない。

ノックする。二十二時を回ったくらいだが、まだ起きているだろう。

自嘲する。良いだろもう？　どうせ嫌われているのだから、今以上に嫌われたところで何かあるはずもない。今や学園きってのクズに成り下がった。そうだ気にするな。俺は見つけないといけない。本当の俺を。見失ってしまった九重雪兎を。

その為には、これまでと違うアプローチが必要になるはずだ。

これまでと正反対で、俺がこれまで避けてきたことに答えがあるかもしれない。

だから進む。どんなに傷ついても。もう傷つくことには慣れている。

でも、誰かを泣かせたくはないから。

「どうしたのこんな時間に？」

パジャマ姿の姉さんが出てくる。これといって眠そうにしているようにも見えない。予習でもしていたのだろうか。姉さんは俺と違ってべらぼうに優秀だ。

まったくどうして姉弟でここまで格差があるのか、驚異の格差社会。

しかし、姉さんは母さん似なのだろう。脅威な胸囲を誇っている。フヒヒ。

「少しだけ話があるんだけど、良いかな姉さん？」

「アンタが私に？　珍しいね。おいで」

姉さんが部屋に入れてくれる。姉さんの部屋に入るのはいつ以来だろう。

きっと十年以上前だ。あの日から俺達はずっとそんな関係だった。互いに干渉せず、互いを見ず、俺は姉さんを避けてきた。

でも、姉さんはそうだったか？　思い返す。それに何故、あんなことをした？　俺が嫌いなんじゃないのか？　恐らく誤っているであろう回答を導き出そうとする思考を強制的に中断する。ふと、姉さんの動きがピタリと止まった。

「――――えっ？　ちょっと待って。アンタ今なんて言ったの？」

「姉さん？　あぁ、ちょっと話があって」

「雪兎……？　雪兎！　雪兎――――！」

ガバッと姉さんに抱き着かれる。なんなんだよ今日は！　やたら抱き着かれる一日だった。フリーハグの日か何か？　俺の理性が不沈艦、戦艦大和じゃなかったらトンデモナイことになってますけど？　いや、沈没してるじゃん。相変わらずふざけた思考が加速していく。それでも前に進もう。ここで終わっては駄目なんだ！

エピローグ

「まじやばたにえん」

昨日はマジでヤバかった。結局あの後、感極まった姉さんに抱きしめられたまま寝る事になってしまった。ここ最近、心配を掛けたとはいえ、母さんといい姉さんといい過保護すぎである。

むしろ問題なのは俺だ。良い歳《とし》して姉と一緒に寝ているなど、口が裂けても言えない。

いや、まておかしくないか？　これまで俺はそういうことをなんら気にせず、当たり前のように口にしていたのではなかったか？　何故、口が裂けても言えないと思った？

今までの俺ならそんなことを考えなかったような……。

まぁ、いい。登校して早々に悩むのも馬鹿らしい。

今日は俺にとってはやることが沢山ある。俺は俺を見つけるために動かなければならない。これまでと違う何かを。これまでとは違う俺として。

「どうした雪兎《ゆきと》、難しい顔して」

爽やかイケメンは今日も爽やかだった。おはよう。昨日から雨は降り続いているが、爽やかイケメンの顔は今日も晴れている。まったくもって季節感のない奴《やつ》である。四六時中晴れていると疲れないの？　曇りとかないの？　だが、俺は気象予報士ではない。今日はそんなことに構っている暇はなかった。

「巳芳光喜《みほうこうき》、俺はバスケ部に入ることにする」

「なに!?　本当か！　どういう心境の変化なんだ？」

「とりあえず熱血先輩の言っていた大会までだ。そこから続けるかどうかはその後次第だな」

「分かった。じゃあ俺も入部する！」

「キモッ！　ついてこようとすんなよ。俺のこと好きなの？」

「そりゃあそうだろ」

「そりゃそうなのか」

何故《なぜ》か緊張感に包まれている教室内からは黄色い歓声が上がっていた。これに関してはなんとなく深入りすると藪蛇《やぶへび》になりそうなので俺は見ないフリをした。

「神代《かみしろ》……いや、汐里《しおり》」

「ユ、ユキ……？」

恐る恐るこちらに視線を送っていた神代に声を掛ける。

俺に関わったばかりに傷つけてしまった。俺は神代が原因で骨折したし、それが原因で大会にも出られなかった。それは事実だ。だが、とっくにぶっ壊れていた俺は別にそのことで傷ついたりはしなかった。肉体は傷ついたけどな。

しかし、神代本人はどうだろう？　ずっと苛《さいな》まれてきたはずだ。きっと俺が同じように誰かを傷つけたなら、それを無視したままでいることはできないだろう。

「女に二言はないか？」

「え？　それって男の人に使う言葉じゃ……」

「男女共同参画社会だ。それは気にするな。もう一度聞く。二言はないな？」

「何か分からないけど、ないよ。もうユキには絶対嘘つかないって決めたから！」

「よし、なら俺のマネージャーになれ」

「えっ？　うん、うん！」

またしても各所から叫び声が上がっている。

このクラス、こんなんで大丈夫なんだろうか？


「ねぇねぇ、悠璃《ゆうり》。見た？　見た？」

「知ってるわよ。まったく突然どうしたのかしらね」

「なんか悠璃、嬉《うれ》しそうだけど」

「そうかしら？　じゃあきっとそうなんでしょう」

「弟ちゃん凄《すご》いよねー。また連れてきてよ」

早速、弟は波乱を巻き起こしているらしい。クラスメイトに「俺の女になれ」と発言したとかどうとかで盛り上がっている。タイムラインが凄い事になっていた。

いつの間にそんな俺様キャラになっていたのかしら？　帰ったら尋問ね。

相変わらず逐一その言動や行動が報告されているが、あの子に何があったのか、普段の騒動とは少しというか大幅に毛色が変わっていた。しいて言えば、あの子は初めて巻き込まれるのではなく、自分から何かをしようとしている。

昨日の事を思い出す。まだ少し目が赤いかもしれない。ガラにもなく号泣してしまった。それどころか弟を離したくなくて一緒に寝てしまったくらいだ。

昨日だけじゃない今日も明日もこれから先もそうしたい。母さんとも一緒に寝てたんだし私だって良いわよね？　そんな誰にともつかない同意を求める。ずっと呼ばれたかった。姉と認めて欲しかった。他人ではなく肉親として見て欲しかった。

少しだけあの子の心に触れられたかもしれない。これまで悪い変化しかなかった。それが初めて良い変化が起きたのかもしれない。

だとしたら、私は絶対にこの機会を潰すわけにはいかない。

再び悪意で傷つけさせるわけにはいかない。守らなくちゃ。今度こそ、私が。

「というわけで騒がしいクラスから逃げて来ました」

「今となっては君の方がよっぽど有名だよね」

お昼休み。非常階段でピーナッツバターパンとチョコレートパンを食べる。

選択失敗であった。甘すぎる。幾ら俺が甘党とは言え、この両者は役割が被《かぶ》っていた。

今の俺の身体《からだ》は糖分より闘争を求めていた。ごめん嘘《うそ》です戦いたくないです。

「それよりもヘスティア先輩、いつもここにいませんか？」

「なんかちょっとエッチっぽい服着てそうな名前止《や》めてよ！」

「なんのことですか？」

「ううん。知らないなら忘れて。なんでもないの」

「例の紐《ひも》ならありますけど」

「知ってるじゃん！　それに何で持ってるの⁉」

「この名前の時点でこういうこともあろうかと」

「君、もしかして私にそれを着せるつもりで……⁉」

「そんなに胸ないだろ」

「おいこら下級生」

「平にご容赦を！　平にご容赦を！」

ヘスティア先輩はいつも通り、非常階段で一人昼食を食べていた。やっぱりどう考えてもぼっちだよねこの人。告白されていたくらいだ。先輩は美人だ。

それなのに友達がいないなんて、なんか可哀想《かわいそう》になってきたぞ。

「まぁまぁ。ヘスティア先輩。俺が友達になってあげますから」

「なんでちょっと上から目線なの⁉　あと、なんか私のこと友達いない寂しいぼっちだと思ってるでしょ？」

「違うんですか？」

「違うよ！　こう見えて私、結構友達多いんだからね！」

「ピーナッツバターが甘いって微妙に納得いかないよね。おのれアメリカ！」

「だから聞こう？　私の話をちゃんと聞こう？」

「どーどーどー」

「馬じゃない！　馬じゃないよ！」

「女神ですもんね」

「なんかもう疲れてきたし、それでいい気がしてきた……」

何故かヘスティア先輩がげんなりしている。可哀想なので俺は例の紐を先輩にあげた。

「私は君と違ってぼっちじゃないからね？　ちゃんと聞いてる？」

「俺も最近、どうも自分はぼっちではないのではないかと思い始めました」

「あれ、そうなんだ？　確かに君は色々とアレだけどさ……」

「ま、陰キャなのは変わらないですけどね！　ゲラララララ」

「真顔で変な笑い方しないでよ。怖いじゃない。でも、そっか良かったね」

「良い事なのか分かりませんが、ヘスティア先輩がそう言うってことは、きっとこれで良かったんだと思う事にします」

「そうそう、私の言う事をちゃんと聞くんだよ。だって女神だもんね？」

「おいおい自分で女神気取りかよ」

「急に梯子《はしご》外さないでよ！　君が言ったんでしょ!?」

弱い雨はまだ降り続いている。そんな中、外で昼食を取ろうなんて奇特な生徒は俺とヘスティア先輩くらいだった。非常階段は濡《ぬ》れることはないので問題ないが、不思議と心地好《よ》い空間だった。

俺にとって、学校や家がそんな風に心地好い空間になることはあるのだろうか。

きっと、俺は今までそれを――。

あとがき

この度は本作を手に取っていただき、ありがとうございます。

ネット小説として掲載していたものが、こうして一冊の本になるのは、応援してくださった皆様のお陰です。重ねて心よりお礼申し上げます。

本作はもともと「主人公の物語」という側面の強い作品でした。

しかしながら書籍版では「主人公とヒロインの物語」になるよう、よりヒロイン達《たち》にフォーカスしてみたのですが、いかがだったでしょうか。

様々なヒロインが登場するので、推しヒロインがいたら、是非教えてくださいね！

一つ一つのエピソードの長さなども、ＷＥＢと書籍ではフォーマットが異なっていることもあり、見直しています。全体的に大きく改稿しているので、ＷＥＢ版をお読みの方も、また少し違った感触でお楽しみいただけるのではないでしょうか。

最後にはなりますが、謝辞を。

登場人物が多いにも拘《かか》わらず、魅力的で素敵なキャラクター達を描いてくださった緜《わた》先生、担当してくださった編集部の方々、また出版するにあたって、関わった多くの関係者の皆様。そして何より、読者の皆様、本当にありがとうございます。
まだまだ本作の『恋愛』は始まっていません。
ここからがスタートラインです。今後の展開をご期待ください！
それでは、またこうして皆様にお会いできることを楽しみにしています。

OVERLAP

俺にトラウマを与えた女子達がチラチラ見てくるけど、残念ですが手遅れです 1

発　行　2022年4月25日　初版第一刷発行

著　者　御堂ユラギ

発行者　永田勝治

発行所　株式会社オーバーラップ
〒141-0031　東京都品川区西五反田8-1-5

校正・DTP　株式会社鷗来堂

印刷・製本　大日本印刷株式会社

Printed in Japan　ISBN 978-4-8240-0153-5 C0193